Eva-Maria Hehl

Die Frau mit den Lilith-Haaren

Bibliografische Information
der Deutschen Nationalbibliothek:

Die Deutsche Nationalbibliothek
verzeichnet diese Publikation in
der Deutschen Nationalbibliografie.
Detaillierte bibliografische Daten
sind im Internet über
http://www.d-nb.de abrufbar.

Alle Rechte der Verbreitung,
auch durch Film, Funk und Fernsehen,
fotomechanische Wiedergabe,
Tonträger, elektronische Datenträger und
auszugsweisen Nachdruck,
sind vorbehalten.

www.vindobonaverlag.com

© 2023 Vindobona Verlag

ISBN 978-3-949263-75-0
Lektorat: Kristina Steiner
Umschlagabbildungen:
Vladimirdreams | Dreamstime.com,
Bronzino: Eleonro of Toledo (ca. 1543).
Collection of the National Gallery
Prague. Shared via Wikimedia Commons:
<https://commons.wikimedia.org/wiki/
File:Bronzino,_Agnolo_-_Eleonora_of_
Toledo_-_National_Gallery_in_Prague.jpg>
(letzter Zugriff: 03.08.22)
Umschlaggestaltung, Layout & Satz:
Vindobona Verlag

Gedruckt in der Europäischen Union
auf umweltfreundlichem, chlor- und
säurefrei gebleichtem Papier.

Erster Teil. Männer mit meiner Statur und meinem Aussehen gab es schon zu jeder Zeit und in jedem Jahrhundert. Eine meiner zahlreichen Damenbekanntschaften verglich mich mit David. Sie meinte den berühmten David, den von Michelangelo, die Statue auf der Piazza della Signoria vor den Uffizien in Florenz. Sie sagte, ich sähe ihm ähnlich, hätte sein Aussehen, die Unbeweglichkeit einer Marmorstatue und – seinen Sockel! „Den Florentinerinnen schwoll der Busen ungebührlich an, wenn sie zu ihm aufsahen." Diesen Satz las sie mir aus einem Buch über die Uffizien vor, die in meiner Geschichte eine gewisse Rolle spielen werden, was ich zu dieser Zeit noch nicht wusste.

Bei dem Stichwort Uffizien fällt mir wieder ein, wer mich mit David verglichen hatte: Es war Debora. Sie war die Einzige, die sich mit Kunst auskannte. Der Vergleich mit dem marmornen David konnte nur von ihr gekommen sein. Ihr Urteil über mich war aber nicht so schmeichelhaft gemeint, wie es vielleicht auf den ersten Blick aussehen mag. Immerhin – eine gewisse Ähnlichkeit zwischen David und mir ist unverkennbar und offen gesagt: Ich habe nichts dagegen, wenn den Damen in Florenz oder anderswo der Busen anschwillt, ob ungebührlich oder nicht.

Babette äußerte sich nicht über meine Ähnlichkeit zu Michelangelos David. Gegen Ende der Beziehung, das ich zu diesem Augenblick allenfalls ahnte, verstieg sie sich zu einem in ihren Augen vernichtenden Urteil: Sie nannte mich gefühllos. Natürlich hatte ich Gefühle wie jeder andere auch. Ich fand es aber sehr angenehm, dass es mir gelungen war, meine Gefühlswelt kontrolliert und wohldosiert zu handhaben. Mir lag nichts an emotionalen Exzessen. Man wird zum Sklaven seiner eigenen Psyche, dachte ich in meiner jugendlichen Selbsteinschätzung, man handelt unreflektiert, möglicherweise sogar spontan, und das Verhängnis ist vorprogrammiert. Ich fand, dass solche Verhaltensweisen vor allem Frauen anhafteten, und dann wunderten sie sich, dass sie mich damit in die Flucht schlugen. Sie wunderten sich nicht nur, sie waren verletzt, gekränkt, in ihren Hoffnungen getäuscht, die ich nicht genährt hatte. Die Szenen, die dann unweigerlich folgten, waren mir zutiefst zuwider. Unreflektierte Handlungen und Distanzlosigkeit führten nicht unbedingt zur Katastrophe, aber doch zu häufig für meinen Geschmack. Von Anfang an hielt ich mit meiner Einstellung, wie ich mir den Verlauf einer Beziehung vorstelle, nicht hinter dem Berg. Offen und ehrlich gab ich zu, dass ich nicht allzu viel Nähe ertrage. Die Frauen, mit denen ich es bisher zu tun hatte, schienen zu Beginn unserer Bekanntschaft immer sehr empfänglich und voller Verständnis für meine Argumente, sodass ich jedes Mal die Hoffnung in mir trug, es könnte von Dauer sein. Aber früher oder später folgten die immer gleichen Szenen, die ich verabscheue: Tränen, Wutausbrüche, Vorwürfe.

Anna zum Beispiel wollte mit mir zusammenleben. Natürlich war mir bekannt, dass Paare üblicherweise ihr Leben auf diese Weise organisieren. Damals dachte ich noch: vielleicht. Aus heutiger Sicht weiß ich: Das konnte nicht gut gehen. Bei Anna hatte ich immer das Gefühl, sie stellt mich unter eine Glasglocke, um mich von allen Seiten betrachten zu können. Ich war zur Unbeweglichkeit verurteilt, denn jeden Schritt, den ich tat, musste von ihr abgesegnet werden. So kam es mir vor. Meine Selbstbestimmung gab ich in dem Moment auf, als ich die Wohnung betrat. Über allem der Zwang, jede Kleinigkeit zu diskutieren, Kompromisse einzugehen und Liebesbeweise erbringen zu müssen! Keine Ruhe nach einem anstrengenden Arbeitstag. Es gab keinen Platz in der gemeinsamen Wohnung, wo ich mich unbeobachtet fühlen konnte. Anna war kommunikativ. Ja, das war sie und lebhaft! Mit anderen Worten: Sie war ständig in Aktion. Am Anfang fand ich ihre agile Art faszinierend, dann anstrengend und schließlich mühsam. Frauen müssen immer über alles reden, über ihre Gefühle und meine, die ich habe und nicht zeige oder nicht habe – warum, wieso, weshalb –, über das Zusammenleben, die Zukunft und die Vergangenheit. Sie können nichts hinnehmen, ohne es zu zerreden. Ich glaube, das sehe ich heute noch so. Ich erinnere mich an einen Nachmittag im Café. In welche Phase diese Erinnerung fällt, weiß ich heute nicht mehr. Am Nebentisch saßen jedenfalls zwei Frauen, die sich stundenlang nur über Gefühlsverwirrungen unterhielten. Ich stelle die Frage in den Raum: Wer bitte soll das aushalten? Das erwarten sie dann auch von ihrem Partner. An jenem Nachmittag gab es kein anderes Thema; ich konnte es nicht fassen! Und unter der Oberfläche lauert ständig die Hysterie. Damals hatte ich eines schönen Tages einen Zettel an den Kühlschrank befestigt mit dem Spruch: Auf, lass uns anders werden als die vielen, die da wimmeln im allgemeinen Haufen! Anna las den Satz am Kühlschrank und sagte – nichts! Sie warf mir lediglich einen rätselhaften Blick zu. Als sie beschloss, die Sache zu beenden und aus der gemeinsamen Wohnung auszuziehen, warf sie nochmals ein Auge auf das Stück Papier, das immer noch am Kühlschrank hing. Mich würdigte sie keines Blickes mehr. Mit erhobenem Kopf und zusammengepressten Lippen verließ sie wortlos die Wohnung. Ich empfand ungeheure Erleichterung, als sie endlich die Tür hinter sich schloss. Ich weiß noch: Ich lief durch sämtliche Zimmer und riss alle Fenster auf, um die Geister zu vertreiben.

Britt wollte unbedingt unsere Beziehung mit einer Heirat legalisieren. Es war mir klar, dass sie damit den Plan verfolgte, mich auf meine momentanen Gefühle dauerhaft festzulegen. Ich konnte und wollte mich nicht festlegen lassen über Jahre hinaus. Ich bin kein Mann, den man heiratet. Diese Einstellung habe ich heute noch. Das, was ich heute fühle, ist möglicherweise nicht von Dauer. Ich war dann doch sehr froh um meine wieder gewonnene Freiheit, obwohl Britt reizvoll und amüsant gewesen war. Und außerordentlich attraktiv!

Meine Mutter wollte unbedingt eine Schwiegertochter mit den entsprechenden Enkeln und machte mir deshalb heftige Vorwürfe. Sie hatte Britt bei einem ihrer überraschenden Besuche (heute wäre sie dazu nicht mehr in der Lage) kennengelernt und

meinte, wir würden hervorragend zusammenpassen. Das konnte sich nur auf den äußeren Eindruck beziehen – zu einem anderen Urteil wäre meine Mutter nicht fähig. Das wunderte mich, denn sonst hatte sie immer viel an meinem unsteten Gefühlsleben auszusetzen. Ihre Worte.
  Als ich Sieglind kennenlernte, war ich noch voller Illusionen und Pläne. Sieglind hatte aus der Geschichte mit Britt gelernt, so schien es, die ich ihr gleich am ersten Abend in aller Ausführlichkeit berichtet hatte, als abschreckendes Beispiel sozusagen. Aber dann kam sie in einem intimen Moment mit dem Wunsch, ein Kind haben zu wollen. Von mir! Ich war einigermaßen fassungslos und zog mich direkt zurück. Das ist durchaus wörtlich und dann im übertragenen Sinne zu verstehen. Dabei waren es ihre Unabhängigkeit und ihre Selbstständigkeit gewesen, die mich von Anfang an zu ihr hinzogen. Ich versuchte ihr das auszureden, denn mir lag wirklich an ihr und der Beziehung. Aber das war vergebene Liebesmüh. Sie setzte dagegen, dass es normal sei, ein Kind haben zu wollen. Sie meinte, ich hätte bestimmt Freude an einem Kind. An einem gemeinsamen Kind. Dass sie im entsprechenden Alter sei – zu der Zeit war sie Ende zwanzig, genau zehn Jahre jünger als ich. Ich warf ihr vor, nicht mit offenen Karten gespielt zu haben. Dass es ihr nur darauf angekommen wäre, mich dauerhaft an sie zu binden. Worauf sie einen hysterischen Anfall bekam, den ich ihr gar nicht zugetraut hätte, denn bislang hatte sie sich vernünftig und meinen Argumenten zugänglich gezeigt. Und dann teilte sie mir mit unbeweglicher Miene mit, sie hätte mich auch unwissentlich zum Vater machen können. Ich war fassungslos! Das wäre Betrug! Verrat! Ich war stolz in meiner gerechten Empörung.
  Diese unschöne Szene ist mir mehr als alles andere aus dieser Zeit im Gedächtnis geblieben. Ich kann den Anblick schwangerer Frauen nicht ertragen, diese trächtigen Bäuche, die selbstzufriedenen Mienen und später das böse Erwachen: Hilflosigkeit, Abhängigkeit für alle Beteiligten. Der Begriff „Mutter" war nach meiner Erfahrung nicht wirklich positiv. Die Realität sah anders aus, und für mich war und blieb es rätselhaft, warum so viele

Frauen wie versessen darauf waren, dieses Zustands habhaft zu werden. Man stelle sich vor: diese Veränderung! Diese grundlegende Veränderung. Nichts wäre mehr, wie es vorher war. Es ist schlicht und ergreifend so, dass ich kein Babygeschrei ertrage. Ich habe schon Supermärkte verlassen, habe meinen Einkaufswagen stehen lassen und bin regelrecht geflüchtet, wenn irgendwo ein Baby anfing zu schreien. Daran hat sich bis heute nichts geändert – es klingt nach abgrundtiefer Verzweiflung und Hilflosigkeit – Zustände, die ich ablehne, zu vermeiden suche. Babygeschrei bringt mich an den Rand des Wahnsinns – ich kann es nicht anders ausdrücken, auch wenn mir das übertrieben erscheint in dem Moment, wenn ich es niederschreibe. Es ist einfach so.

Apropos Supermarkt: Ich glaube, es war letzte Woche, als ich an zwei Frauen mit Einkaufswägen vorbeiging, in denen kleine Kinder saßen. Sie hatten keinen Blick für ihre Umgebung. Da kann der schönste Mann der Welt entlanggehen, sie würden es nicht bemerken. Sind die Kinder auf der Welt, haben sie den Kopf nicht mehr frei.

Das würde unweigerlich auf mich zukommen, sollte Sieglind ein Kind von mir bekommen. Nicht, wenn ich es verhindern konnte! Grauen stieg über mir hoch, eine Art Panik machte sich breit, schlug über meinem Kopf zusammen bei dem Gedanken. Ich hörte auf, mit ihr zu schlafen, aus Angst, sie würde ihren Plan doch noch in die Tat umsetzen. Da die sexuelle Ebene fehlte, hielt die Beziehung nicht mehr lange. Ich hüllte mich in Schweigen, weil ich keinen Sinn darin sah, dieses Thema immer und immer wieder zu diskutieren. Damit fiel auch die verbale Kommunikation in sich zusammen. Sieglind reagierte erbost, versuchte es mit Bitten, mit Exaltiertheit, mit zeitweiligen Trennungsversuchen und resignierte schließlich.

Doch welche Vorstellung von Beziehung, von Zusammenleben hatte ich – damals – nach all den gescheiterten Versuchen? Die Frage stelle ich mir heute. Die Frage stellt sich immer noch.

Johannes war immer voller Verständnis, wenn ich ihm wieder einmal vom Ende einer Beziehung zu berichten hatte. Er war ein geduldiger Zuhörer, ein wahrhaftiger Freund. Wir kennen uns seit Jahren, seit unserer Studienzeit. Universität, Kunstakademie und Musikhochschule lagen unweit voneinander entfernt. Das Studentenleben mit Veranstaltungen, Festen, Mensabesuchen fand in diesem Viertel statt. Außerdem hatte ich einige Vorlesungen in Kunstgeschichte gehört – aus reinem Interesse. Ich spielte mit dem Gedanken, ein zusätzliches Studium anzuhängen und so hatten wir uns kennengelernt.

Johannes sagte nie viel zu meinen Frauengeschichten, er sprach überhaupt wenig – ein sehr angenehmer Charakterzug, und bei Frauen, wie gesagt, leider so gut wie nie oder doch sehr selten anzutreffen. Manchmal war er mir ein wenig fremd, das muss ich zugeben, aber schließlich war er Künstler und hatte deshalb Narrenfreiheit in meinen Augen. Er stellte keine Forderungen und überließ mir das Tempo unserer Freundschaft.

Er ist Maler, und wie ich finde, ein sehr guter. Mir gefallen seine Bilder, vor allem seine surrealen Farbkompositionen. Die sind auch sehr gefragt, aber es kostet ihn unendlich viel, sich von ihnen zu trennen. Manche sind absolut unverkäuflich; da lässt er nicht mit sich reden, denn Geld interessiert ihn nicht. Je weniger der Mensch brauche, desto unabhängiger sei er. Das war vielleicht der Schlüsselsatz, der mich endgültig für ihn einnahm. Das wäre ein Motto, nach dem es sich zu leben lohnt, dachte ich.

Zu der Zeit, zum Zeitpunkt jener Geschichte, die ich mich aufzuschreiben bemühe, nach einer turbulenten Beziehung zu einer Frau – Barbara oder so ähnlich – ich war ihr nur selten begegnet, sie war absolut nicht meine Kragenweite, lebte er allein. Er reist oft nach Italien oder nach Frankreich und sitzt dann vor irgendwelchen Bildern, stundenlang. Das fülle ihn aus, so bekomme er seine Impulse, seine Inspirationen, sagt er. Seiner Meinung nach ist Italien die Wiege der Kunst und Frankreich der Vorhang darüber. Ein hübsches Bild.

Mein Bereich hat mit klingenden Tönen und ihrem Konstrukt zu tun: Ich habe einen Lehrauftrag für Musikwissenschaft an der hiesigen Musikhochschule. Mein Name: Ingo Brunner, Dr. Ingo Brunner. Heute, am 5. September, beginne ich mit dieser Geschichte. Das Jahr ist unwichtig, den Wochentag habe ich vergessen und im Laufe der letzten Jahre sind mir mit Sicherheit einige Tage abhandengekommen. Ich bin angewiesen auf einige spärliche Notizen. Spärlich deshalb, weil ich nie vorhatte, diese Geschichte aufzuschreiben, und ich fürchte, dass sich in meiner Erinnerung vieles anders ausnimmt, als ich es damals erlebte.

Als ich mit diesem Bericht begann, lag der letzte Umzug gerade mal fünf Monate zurück – ausgelöst durch eine Stimme, die Stimme einer Nachbarin, deren Klang mich letztendlich in die Flucht geschlagen hatte. Ihren Mann hatte sie damit im Lauf der Jahre immer kleiner werden lassen. Eine Stimme wie ein Dolchstoß. Ein psychischer oder physischer Defekt. Oder beides. Eine Frau, die nur davon lebte, andere zu belauschen, zu bespitzeln; sie stand am Fenster, um zu sehen, was es in der Nachbarschaft Neues gab, sie stand mit dem Besen auf der Straße, damit ihr nichts entging. Büsche und Bäume waren längst entfernt, denn die machten Dreck und oberstes Gebot war Sauberkeit. Sonntagmorgen telefonierte sie bei offenem Fenster. Mich warf sie damit regelmäßig aus dem Bett; ihre Stimme war in der ganzen Gegend zu hören. Wenn die Enkel da waren, wurde der Hof zugesperrt. Die Untermieter wechselten ständig, vermutlich fühlten sie sich kontrolliert und beurteilt. Sie mischte sich in alles ein, von der Kehrwoche bis zur Kindererziehung, ob man es hören wollte oder nicht. Meist wollten die Leute es nicht hören. Jahrelang hatte dieses Ehepaar einen Hund, der – wie sollte es anders sein – genau zu ihnen passte. Es heißt ja, der Hund spiegle seinen Herren wider. Und was soll ich sagen: Der Hund hatte dieselbe Stimme wie seine Herrin!

Er klang heiser, aggressiv, bösartig und voll kommen disharmonisch. Die Schallwellen, die aus seinem Maul hervorschossen, verursachten mir Übelkeit. Und er bellte alles an, was sich bewegte. Zum Glück wurde er nicht von der Leine gelassen, ein Kettenhund sozusagen. Eines Tages war er nicht mehr da. Ich vermisste ihn nicht, brauchte aber einige Zeit, um zu bemerken, dass ich ihn nicht vermisste.

Die Stimme dieser Nachbarin gab den Ausschlag, mir eine neue Bleibe zu suchen. Eigentlich müsste ich ihr dankbar sein. Denn meine heutige Wohnung hat keine direkten Nachbarn mehr und einen fantastischen Blick über die Stadt! Anfangs bin ich ständig durch die Räume gelaufen und konnte es nicht fassen: Ruhe allenthalben, bis auf ein leichtes Rauschen, ein weißes Rauschen aus dem Stadtkessel, das mich aber nicht stört und keine unliebsamen Erinnerungen weckt. Manchmal träume ich noch von dieser Dolchstoßstimme und wache schweißgebadet auf. Gegenwärtig aber fühle mich sehr privilegiert.

Kunst beziehungsweise Malerei spielt in meinem Leben und in dieser Geschichte eine gewichtige Rolle. So will ich unbedingt erwähnen, dass an der Wand hinter dem Flügel ein Bild von Dalí hängt: Das Haupt des Gekreuzigten als Mittelpunkt der Komposition, ein schwarzer Farbklecks, die Farbe aus dem Zentrum in alle Richtungen gezogen als angedeutete Dornenkrone. Leib und Kreuz sind nur angedeutet. Angedeutetes Kreuz, angedeutete Arme, angedeuteter Körper der Christusfigur teilen das Bild in zwei Hälften. Unten rechts Maria Magdalena mit erhobenen Händen, ihr weinendes Gesicht mit dem rötlichen Haar bildet das Gegengewicht zum Haupt des Kreuzigungsopfers. Sie, Maria Magdalena, hat die gleiche Haltung wie bei Grünewald. Ich sah das Gemälde in einer Ausstellung und war sofort fasziniert von Dalís minimalistischer Darstellungsweise. Ich wusste, das muss ich haben.

Daneben der Warhol. Der gehört bis zum heutigen Tag hierher – gekröntes Haupt oder so ähnlich –: ein griechischer Kopf in Gold oder Gelb, auf violettem Hintergrund, ein Gemälde, das vollkommene Ruhe und Konzentration ausstrahlt. Und wenn Canetti über Brueghel schreibt „Ich habe ihn in mir vorgefunden, als hätte er schon lange, sicher, dass ich zu ihm kommen müsse, auf mich gewartet", dann trifft das auf mich und dieses Warhol-Gemälde zu.

Und an das Trio 1978 von Luboš Fišer, denke ich gerade beim Schreiben dieses Berichtes.

Ein Gemälde meines Freundes Johannes an der gegenüberliegenden Wand ist mindestens so exponiert wie der Dalí: eine Art

Improvisation, das auch diesen Titel trägt, eine Art musikalische Improvisation, wie Johannes berichtete; er habe es mit Musik gemalt, verschiedene Komponisten, verschiedene Epochen und natürlich verschiedene Stücke. Aus diesem Grund hat er die Leinwand in vier Quadrate geteilt, zerschnitten, die zusammengesetzt das Bild ergeben, abstrakt mit vielen unterschiedlichen Rot- und Blautönen, etwas Sonnengelb und Ocker, schwarze Teilstriche. Später kam dann noch der Bronzino hinzu, von dem ich bis zu diesem Zeitpunkt noch nichts ahnte.

Eine Wand habe ich mir freigehalten. Ich warte immer noch auf ein Gemälde von Magritte mit dem Titel *Liebespaar* (ein Mann und eine Frau, beide Köpfe verhüllt mit weißen Tüchern, die sich küssen – für mich der Inbegriff von Schweigen und Intimität). Das Absurde steigert die Intensität, dachte ich, als ich das Bild in einem Sammelband über Kussszenen entdeckte. Das Bild von 1928 ist in Privatbesitz. Es ist also kaum anzunehmen, dass ein Abdruck den Weg zu mir findet, aber ich gebe die Hoffnung nicht auf – die Wand bleibt frei und wartet.

Die Tücher haben mich lange verfolgt – Paar oder Liebespaar, wo ist der Unterschied? Wenn zwei ein Paar sind, war mal Liebe im Spiel, oder beide bilden ein Paar mit einem Partner, der nicht auf dem Gemälde zu sehen ist. Möglicherweise sind die Tücher ein Indiz dafür. Zwei Frauen kämen zum Zeitpunkt des Geschehens als Gefährtin infrage: Elsa oder Hannah. Auch Isabel wäre hinter den Tüchern denkbar. Aber das ist eine andere Geschichte.

Wenn ich mit einem Glas Wein auf meiner Terrasse sitze, den Blick auf die Stadt gerichtet, und Musik höre und keiner meine Idylle stört, kann ich wohl von einem idealen Zustand sprechen. Vielleicht könnte man überhaupt sagen: Die Geschichte begann mit Berlioz.

Liebe kann man das nicht nennen, was ich empfinde, wenn ich Berlioz höre. Besessenheit trifft es eher, Besessenheit und Leidenschaft. Kein anderer Komponist hat eine solche Wirkung auf mich. Wenn ich könnte, würde ich komponieren wie Berlioz. Ich meine damit, dass zwischen ihm und mir eine Art Wesensverwandtschaft bestehen muss. Ich habe das Gefühl, keiner versteht seine Musik so wie ich. Als man mir mit zwölf Jahren die Mandeln entfernte, hörte ich als Erstes nach der Narkose *Harold in Italien*. Vor allem der zweite Satz, wenn der Pilgerchor am Betrachter vorbeizieht, ist für mich eines der genialsten Musikstücke der gesamten Musikgeschichte. Es war ein tiefgreifendes Ereignis, ein Schlüsselerlebnis, das mich für mein ganzes Leben prägte. Daher die Faszination dieses Komponisten, meine Affinität zu ihm, die sich im Laufe der Jahre zur Besessenheit entwickelte.

Einige Zeit später las ich in der Zeitung von der Vorankündigung eines Konzertes: Die *Symphonie fantastique* sollte aufgeführt werden mit einem der ortsansässigen Orchester und unter Leitung von Fabio Luisi. Berlioz wird nicht allzu häufig gespielt. Den Harold findet man sehr selten in den Konzertprogrammen. Für durchschnittliche Orchester entschieden zu schwierig, ist er auch für Profiorchester eine echte Herausforderung. Stellen wie in Brahms' letzter Symphonie, letzter Satz, wo jeder Dirigent weiß, dass es mehr oder weniger Gunst des Zufalls ist, wenn die Stelle klappt, solche gibt es bei Berlioz zuhauf. Und deshalb war ich skeptisch. Zwar war ich bereit, meine Skepsis erneut zu überprüfen, aber vermutlich nur, um meine Vorurteile erneut bestätigt zu bekommen.

Ich besitze natürlich eine der besten Aufnahmen dieser Symphonie, eine fast schon historisch zu nennende Interpretation von 1954: Charles Münch mit dem Boston Symphony Orchestra. Die amerikanischen Orchester haben einfach die besten Blechbläser der Welt! Die Aufnahme mit dem Orchester aus Chicago unter Abbado entstand 30 Jahre später und erreicht in etwa dieses Niveau. Es kommt nämlich darauf an, dass im fünften Satz (*Songe d'une nuit du Sabbat*) das Tempo und die Spannung zunehmen bzw. explodieren muss. Muss! Bei Bernstein entlädt sich alles im Gang zum Richtplatz (*au supplice*) und leider bleibt für den Hexensabbat dann nichts mehr übrig. Schade, schade, denn sonst ist diese Aufnahme meines Favoriten durchaus ebenbürtig.

Die Gardiner-Aufnahme mit seinem Orchestre Révolutionnaire et Romantique aus den 90er-Jahren ist mir zu steril. Ich mag es, wenn man das Ratschen der Bögen hört oder das Atmen der Bläser.

Aus heutiger Sicht sollte ich die Aufnahme mit Michael Tilson Thomas und der San Francisco Symphony allen anderen voranstellen. Wie bei Charles Munch eine Liveaufnahme. Wie gern wäre ich dabei gewesen! Berlioz ist für mich die lebendigste Musik mit der größtmöglichen erotischen Ausstrahlung. Berlioz und seine erotische Musik sind der triefend sexuellen Musik eines Richard Wagner in meinen Augen hoch überlegen. Natürlich hat der einen immens wichtigen Platz in der Musikgeschichte. Das ist keine Frage. Aber ohne Berlioz kein Wagner. Das wusste Richard auch und hat ihm seinen Tristan gewidmet.

Das angekündigte Symphoniekonzert mit Berlioz nach der Pause bot noch eine weitere Rarität: Das Klarinettenkonzert von Nielsen, das sehr selten gespielt wird, ebenfalls auf Grund seiner technischen Schwierigkeiten, wie ich später dem Programmheft entnahm.

Und zur Einstimmung – vermutlich der Vorliebe des dänischen Komponisten geschuldet – die Ouvertüre zu Figaros Hochzeit.

Ich markierte mir den Termin im Kalender, telefonierte mit Johannes, der immer ganz dankbar war, wenn ich ihn aus seinem Bau holte, und kümmerte mich um die Karten (nicht Parkett, sondern aufsteigende Sitzreihe, damit man den Orchesterklang vor bzw. unter sich hat).

Ich muss sagen, ich war extrem gespannt. Nicht so sehr wegen des Klarinettenkonzertes, schon gar nicht wegen des Figaros. Der Dirigent war mir namentlich bekannt dadurch, dass er die Dresdner Frauenkirche nach dem Wiederaufbau mit dem Verdi-Requiem eingeweiht hatte. Eine solche Aufgabe, die auf allen Fernsehkanälen übertragen wird, überträgt man nur einem Routinier. Und genau diese Routine wird der *Symphonie fantastique* häufig zum Verhängnis. Es muss klingen, als ob Berlioz eben erst seine Musik komponiert hätte – für die *scène aux champs* hat Berlioz drei Wochen, für den Gang zum Richtplatz hat er einen Tag gebraucht. Einen Tag! Er war 22 Jahre alt, als er das Werk schrieb im Jahre 1830. Wenn man bedenkt, was Chopin und Mendelssohn in dieser Zeit zu Papier brachten, wird umso deutlicher, wie revolutionär der Franzose war!

Da Johannes kein Auto besaß – das ist auch heute noch so –, holte ich ihn ab, und wir fuhren gemeinsam zur Konzerthalle. Und was musste ich lesen, als ich das Programmheft aufschlug: Bei allem Spott über Berlioz wegen der Vernachlässigung des Melodischen, seiner harmonischen Irrtümer und seiner – wie Wagner es nannte – „teuflisch verworrenen Musiksprache" mussten sämtliche Kritiker doch seine überragende Bedeutung in der Kunst der Instrumentation anerkennen. Vielen Komponisten des späten 20. Jahrhunderts (!) gilt Berlioz als unumstrittener Begründer des modernen Orchesters (Das ist ja beileibe nicht neu, dass die Herren Zeitgenossen nicht über ihre Fußspitze hinaussehen konnten oder wollten). Sein Einfluss war vor allem außerhalb Deutschlands, aber auch hier spürbar, was am Beispiel Mahlers belegt werden kann. Berlioz betritt Neuland, unkonventionelle Anlage der Sätze (fünf Sätze!), ein Thema für alle Sätze in Gestalt der *idée fixe*, sein Gefühl für Orchesterfarben. Beklemmende Übertragung von Gedankenbildern in Klängen. Das ist für mich der erotische Aspekt an dieser Musik: Sie spricht, die Instrumente sprechen und stellen so eine Beziehung zum Zuhörer her.

Die Symphonie stellt, wie bereits erwähnt, schwindelerregende technische Anforderungen an die Orchestermusiker. Berlioz war der Erste, der die Auffassung vertrat – die heute allgemein gilt, damals aber revolutionär neu war –, dass die Musik nach den Vorstellungen des Komponisten aufzuführen sei und nicht nach denen des Dirigenten oder des Publikums, dass sie ihren eigenen Platz in ihrer eigenen Epoche habe und nicht aktualisiert werden dürfe. Irgendwo hat der gute Hector auch seine konventionelle Ecke, dachte ich bei mir, als die beiden Plätze vor uns besetzt wurden.

Wie jetzt schon mehrmals anklang, bin ich nicht leicht zu entflammen. Schon gar nicht, was das weibliche Geschlecht betrifft. Was sich aber in diesem Moment, völlig unerwartet und verbunden mit einem leichten und ungewöhnlichen Parfümduft – ungewöhnlich deshalb, weil ich den Duft nicht kannte, und ich habe ein sehr gutes Gedächtnis für Gerüche und Düfte aller Art! – meinen erstaunten Augen in diesem Moment bot, verschlug mir regelrecht die Sprache. Ein makelloser Rücken nahm schräg vor mir Platz, und wenn ich sage, makellos, dann meine ich vollkommen: königliche Haltung, kerzengerade, die Wirbelsäule ist zu erahnen – ich hasse fleischige Rücken! –, die Haut mit dem hellen Flaum möchte man streicheln, gerade Schultern, die in einen langen Hals übergehen. Auf ihnen lagerten rote Haare (ein rothaariges Weib ist selten, dachte ich). Sie unterhielt sich mit ihrem Nachbarn, und ich hatte Gelegenheit, ihr Profil zu bewundern. Ein Profil wie das einer Renaissance-Madonna.

Der Nachbar war natürlich männlich, aber, wie ich mit tiefer Genugtuung feststellen konnte, unattraktiv, um nicht zu sagen hässlich. Er hatte ein fliehendes Kinn, einen Hühnerhals und schütteres Haar in einer undefinierbaren Farbe. Meine rothaarige Madonna hatte kleine, wohlgeformte Ohren, an denen grüne Tropfen hingen, passend zum rückenfreien Kleid. Ich betrachtete den Nacken mit der schweren kupferroten Haarflut und hätte am liebsten diese Pracht ergriffen, um mir die einzelnen Strähnen durch die Finger gleiten zu lassen.

Johannes brachte mich zurück in die Realität. Er fragte nach dem Programm, während die Orchestermusiker auf die Bühne kamen. Ein Orchester ist ein wild zusammengewürfelter Haufen, sagte ein Dirigent in einem Interview. Meist mehr als hundert Individuen, die sich quasi in allem unterscheiden: Herkunft, Alter, Temperament, Lebensgewohnheiten, politische und künstlerische Einstellung. Sie müssen sich nicht einmal sympathisch finden, aber sie müssen zu einer klanglichen Einheit verschmelzen, wenn das Konzert gut werden soll. Im günstigsten Fall gelingt es dem Dirigenten, die Musiker zur Höchstleistung zu inspirieren. Alle Querelen, Vorurteile, negativen Gefühle müssen hinter der Musik zurückstehen. Dann kann es zu einer Sternstunde kommen. Würde das heute Abend gelingen? Großes Fragezeichen.

Jeder nahm seinen Platz ein, Kammerton vom Oboisten, dann vom ersten Geiger und der Dirigent betrat die Bühne. Die meisten Dirigenten kommen mit raschen Schritten auf die Bühne, und Luisi war da keine Ausnahme, als könnten sie es nicht erwarten anzufangen. (Ich habe Pianisten gesehen, die sich förmlich zu ihrem Instrument schleppten. Der Gang zum Flügel ein Gang zum Richtplatz. Von Clara Haskil weiß man, dass sie förmlich auf das Podium geschoben werden musste. Manche spielen bereits den ersten Ton, noch ehe sie sitzen, andere starren die Tasten an, als hätten sie vergessen, was sie spielen wollten.)

Der Dirigent sah recht unscheinbar aus – auf den ersten Blick erwartete ich jedenfalls keine Wunderdinge. Der äußere Schein trog. Ich täusche mich nicht gern, sehe meine Wahrnehmungen gern bestätigt, aber schon beim ersten Mozartklang horchte ich auf: überraschend schlank und durchsichtig in zügigem Tempo. So liebe ich Mozart.

Dann kam der Nielsen. Ein großgewachsener, sehr junger Klarinettist spielte den Solopart. Er bewegte sich zur Musik, bildete eine harmonische Einheit mit seinem Instrument. Der Applaus danach wollte nicht enden und der Solist spielte ein eigenes Werk als Zugabe. Dem Programmheft war zu entnehmen, dass der junge Mann auch schon eigene Werke veröffentlicht hatte.

Pause nach dem ersten Teil. Ich hatte einen kurzen Moment Zeit, die Renaissance-Madonna von vorn zu sehen. Sie hatte einen Ausdruck im Gesicht, der mich erstaunte: sehr bestimmt, um nicht zu sagen willensstark, dabei sanft und hingebungsvoll. Wenn ich heute an diesen Moment zurückdenke, weiß ich, dass ich richtig lag mit dieser ersten Einschätzung. Sie war mindestens 20 Jahre jünger als ich nach meiner Schätzung. Sie klemmte ihre Tasche unter den Arm, warf die Haare zurück und folgte ihrem Begleiter, der nicht gewann, wenn man ihn von vorn betrachtete. Johannes wollte an die frische Luft, und ich hatte Lust auf eine Zigarette. Also quälten wir uns in Richtung Ausgang. Ich hielt Ausschau nach dem grünen rückenfreien Kleid, konnte es aber nirgends entdecken. Da Johannes einen schweigsamen Tag hatte, berichtete ich von meinem ersten Berlioz-Erlebnis, von der Bratsche, die nie wie eine Bratsche klingt, sondern eher wie eine menschliche Stimme, und von meinem Traum, den Harold einmal in Italien unter freiem Himmel zu hören, bei Sonnenuntergang, zwischen Pinien und Zypressen. Die Italiener spielen

Berlioz allerdings noch seltener als die Deutschen. Die Pause war zu Ende und meine Skepsis wuchs. Ich wartete auf die rothaarige Madonna, aber die Plätze blieben frei. Ich lehnte mich entspannt zurück, schob meine Beine unter den Vordersitz und gedachte, streng und mitleidlos und von nichts abgelenkt dem Treiben auf der Bühne zuzuhören.

Und erlebte eine Sensation! Vergessen waren die weißen Schultern, das rote Haar, das grüne rückenfreie Kleid. Jetzt gab es nur noch Musik, Musik in Vollendung. Kein Bläser patzte. Luisi jagte das Orchester in einen Rausch, der sich sofort übertrug. Aber was passiert wirklich mit mir, wenn ich diese Musik höre, wenn diese Musik so gespielt wird: Ich verlasse meinen Körper, ich werde zu einem Instrument, ich bin der Rausch, die Ekstase, in Trance – alles, was dieser Komponist für mich verkörpert. Und jedes Mal bin ich fasziniert von der Modernität, den Farben der einzelnen Instrumente, die er – nach meiner Meinung – wie kein anderer einzusetzen weiß.Erster Satz: Reverie – eine lange Einleitung, bis das Hauptthema kommt, hier in Gestalt der *idée fixe* –, ein Thema für die ganze Symphonie, auch eine Neuheit. Un bal. Die beiden Harfen kommen zum Einsatz, bevor der Walzerrhythmus beginnt. Dann l'*idée fixe*. Man kann sich gut vorstellen, dass dieser Mann, stellvertretend für alle Männer, in einem Ballsaal mit lauter schönen Frauen und tanzenden Paaren, wie dieser Mann nach seiner Geliebten Ausschau hält. Vielleicht steht er am Rand und sucht die Tanzfläche ab oder er tanzt mit einer Frau, die ihn nicht interessiert, und bei jeder Drehung sucht er nach der einzigen Person, derentwegen er hier ist. In mir taucht mal wieder der Wunsch auf, einen Film zu drehen, der nur von der Musik lebt. Ein stringendo am Schluss und der Ball ist aus. Luisi macht jetzt eine längere Pause. Vom ersten zum zweiten Satz war der Übergang kaum zu spüren. Jetzt das Englisch-Horn. Es bläst eine zweitaktige Melodie – völlig allein. Es ist eigentlich keine Melodie, sondern ein dreiteiliges Motiv, was so viel Weite, Einsamkeit, Sehnsucht zulässt, die kaum ein einzelner Mensch aushalten, geschweige denn, von einem einzelnen Instrument erzeugt werden kann. Die Oboe antwortet – lontano schreibt der

Komponist vor, was so viel bedeutet wie: weit weg – mit anderen Worten – hinter der Bühne. Dadurch wird eine räumliche Dimension hinzugewonnen, und wenn man die Augen schließt, was ich längst getan habe, meint man, auf einem Hügel zu sitzen und selbst zu blasen. Debussy hat diese Stimmung in seinem petit berger, das ausschließlich auf den Klaviertasten stattfindet, heraufbeschworen. Bei ihm ist es eine richtige Schäfermelodie, die aber den gleichen offenen Schluss hat wie in der *scène aux champs*: Was wird geschehen? Wir wissen es nicht. Man könnte auch von dunklen Vorahnungen sprechen, denn so hört der Satz auf: Zwiegespräch zwischen dem Solobläser und den Pauken. Manche halten den Paukenwirbel für Donnergrollen, also ein sich ankündigendes Gewitter. Für mich hat ein Gewitter hier nichts zu suchen: Die Pauken kündigen Unheil an. Besser könnte man den Beginn eines Horrorszenarios musikalisch nicht darstellen. Ich habe mich bei diesem Satz immer gefragt: Wie viel Einfluss von Beethovens Pastorale sind in diesen Satz miteingeflossen? Die Sechste aus dem Jahr 1808 hat auch 5 Sätze – völlig untypisch für eine klassische Symphonie. Aber Beethoven war eben auch seiner Zeit weit voraus. Die pastorale Szene am Bach wäre dann die Parallele zur *scène aux champs*. Ich versuchte mir vorzustellen, wie der Beethoven-Satz anfängt, aber es gelang mir nicht, und ich nahm mir vor, zuhause in der Partitur zu stöbern. Jetzt kommt der Satz, den Berlioz in einem einzigen Tag komponiert hat, dachte ich. Unvorstellbar – immer wieder! Und was wir jetzt live erlebten, war sensationell: Luisi peitschte das Orchester nach vorn, dass es eine Lust war. Und gleichzeitig wünschte ich mich weit weg, ich allein mit dieser Musik, ich wollte sie mit keinem teilen. Niemand sollte meine Auflösung miterleben. Keiner! Nicht einmal Johannes, der völlig unbeweglich neben mir saß, während ich laufend das Gefühl hatte, aus meiner Haut zu springen. Kurz vor Ende des vierten Satzes der *idée fixe*, von der Klarinettistin gespielt –, Luisi beendete ihr Spiel brutal und abrupt, wie in der Partitur vorgeschrieben. Eine Art Hinrichtung, eine musikalische Enthauptung. Genauso sollte es sein. Und fast unmerklich – direkt anschließend – begann der

Hexensabbat – die Streicher hatten gerade noch Zeit, Dämpfer aufzusetzen. Sehr unheimlich wirkt der Beginn mit den tiefsten Streichinstrumenten und heute besonders. Dann die Hauptmelodie mit spöttischem Gelächter, verzerrt, höllisch gut, ich ballte die Fäuste (Wie kann ein Mensch die immer gleiche Melodiefolge so unterschiedlich darstellen! Dazu bedarf es schon genialischer kompositorischer Fähigkeiten!). Die Staccati kamen messerscharf, verletzten fast das Trommelfell. Und dann die Kirchenglocken, Metallstäbe heute, klingen sie bei jeder Aufnahme, die ich gehört habe, anders. Das Jüngste Gericht wird eingeläutet – so stelle ich es mir vor –, der Himmel öffnet sich, heraus kommen aber keine Engel, sondern Hexen. Wo ist der Unterschied? Beim *dies irae*-Thema – sempre senza stringendo – hält sich der Dirigent genau an die Vorschriften. Dann beginnt der eigentliche Hexentanz, ein Höllentanz, der mit dem *dies irae*- Thema potenziert wird. Die Spannung muss einem den Atem nehmen. Muss! Vergessen ist jegliche liebenswürdige Harmlosigkeit – sollte es sie je in diesem Werk gegeben haben. In einem Anfall von Verrücktheit würde ich im letzten Satz am liebsten vom Turm springen, obwohl es gerade diese Lebendigkeit ist, die mich davor bewahrt. Berlioz hören und sterben – heute Abend gewiss. Die Vorfreude – sweet anticipation – auf meine Lieblingsstelle „col legno" (umgedrehte Bögen, Holz auf Saiten) hörte sich heute an wie das Kratzen eines Käfers an einem vertrockneten Blatt. Und dann, einige Takte später, der Prüfstein für jedes Profiorchester: die Bläserstelle, auf der Münch-Aufnahme im Tempo unerreicht – brutale Unterbrechung: count down, tutti im fortissimo –, animando un poco, und das Orchester explodierte bis zum Schlussfanal. Man braucht keine Drogen: Berlioz hat die gleiche Wirkung!

Das Volk tobte, ausnahmsweise zurecht, und das gab mir die Möglichkeit, mich wieder zu sammeln; ich war – wo war ich gewesen? – schweißüberströmt. Ich konnte nicht applaudieren, ich wusste nicht mehr wie, meine Hände fanden sich nicht. Der Dirigent schien ebenfalls Schwierigkeiten zu haben, einen Fuß vor den anderen zu setzen, aber vielleicht war das nur mein Eindruck. So kann man jedenfalls nicht dirigieren, wenn man die

Kontrolle behält (was er trotz allem muss – das ist die Kunst). Ich denke, das war einer jener genialen Momente, die nicht abrufbereit sind. Vielleicht hat es ihn selbst überrascht, vielleicht hat ihn das Orchester überrascht. Ich atmete tief ein und spürte ein Glücksgefühl, wie ich es selten erlebt habe. Physiologisch erklärbar mit Dopamin, ein Neurotransmitter im Gehirn, der dann ausgeschüttet wird, wenn man sich so fühlt wie ich momentan. Musik weckt Emotionen, von denen man vielleicht keine Ahnung hat, selbst wenn man das Stück so gut kennt wie ich.

Johannes wirkte ebenfalls ganz erschlagen, ich sah ihn an und nickte. Die Orchestermusiker standen wie Ölgötzen auf der Bühne und ließen die Bravo-Rufe über sich ergehen. Sie hatten einen Höllentrip hinter sich und hatten sich heute selbst übertroffen. Für mich war dies eine zusätzliche Überraschung, denn ich hatte das Orchester schon ganz anders gehört.

Später stand in der Kritik: Imaginärer Horrorfilm – was für eine Musik ist doch die *Symphonie fantastique* von Hector Berlioz! Der Schriftsteller Heinrich Heine, der sie 1831 – ein Jahr nach der Pariser Uraufführung – gehört hatte, schrieb noch Jahre später, sie habe für ihn „etwas urweltliches, wo nicht gar antediluvianisches", es gemahne ihn „an untergegangene Tiergattungen, an fabelhafte Königtümer und Sünden, an aufgetürmte Unmöglichkeiten", die katholische Kirchenmusik werde hier „mit der schauerlichsten, blutigsten Possenhaftigkeit parodiert." Auch heute noch kann einem dieses „bizarre Nachtstück" kalte Schauer über den Rücken jagen, wenn es so fulminant und doch detailgetreu gespielt wird. Wegen des quasirealistischen Hexensabbatfinales wird Berlioz als Hieronymus Bosch des Orchesterklangs bezeichnet. Und weiter: Was Fabio Luisi da aus dem am Ende minutenlang gefeierten Orchesters herausholte, würde man sich für manch Opernaufführung wünschen. (Zitat Ende). Und in unserer zweiten Tageszeitung schrieb der Kritiker: Ein Höllentanz, von Luisi als Hexenmeister angepeitscht, das abschließende *dies irae*-Pandämonium mit seinen Bogenholzattacken, den in hoher Klarinettenlage die leitmotivische *Idée fixe* – Melodie der Geliebten, grotesk verzerrenden Orchesterekstasen und dem raumfüllenden Glockengetöse. Wie vergleichsweise dürftig nimmt sich neben solchen Konzerterlebnissen selbst die brillanteste CD aus. Begeisterte Zurufe. Über ein Jahr später, an derselben Stelle, mit demselben Orchester, aber einem anderen Dirigenten, die Instrumentalstücke aus Romeo und Julia. Und diese Aufführung war in keiner Weise vergleichbar mit der *Symphonie fantastique*. Wie Berlioz zu diesem Stück kam, liegt auf der Hand: durch Harriet Smithson, seiner großen Liebe, die die Hauptrolle in der Shakespeare-Tragödie gespielt hat. Ein Instrumentalwerk mit Chor und drei Gesangssolisten: sieben Sätze! Nach Aussage des Komponisten ist es weder eine konzertante Oper noch eine Kantate, sondern eine Chorfantasie. Meine über alles favorisierte Liebesszene war fast nicht wiederzuerkennen! So durchschnittlich klang es an jenem Abend. Vielleicht ist dies das Dilemma, dachte ich: Wenn Berlioz durchschnittlich musiziert wird, dann ist die Musik schlecht. Mozart und Beethoven bleiben Durchschnitt. Kann ja sein, dass der Dirigent jenes Abends als Berlioz-Experte gilt, aber die Aufführung zündete nicht. Lag es am Orchester? Möglich. Sie spielten so wie immer. Das war ihr Niveau und das war an diesem Abend, bei diesem Werk, tödlich. So genial sie unter Luisi gespielt hatten, so durchschnittlich klangen sie bei jenem Konzert. Zum wiederholten Male fragte ich mich: Was war unter Fabio Luisi geschehen? Diese Frage stellte ich mir auch während der Musik zu Romeo und Julia. Ich wünschte mich weit weg. Ich erwog aufzustehen und das Konzert demonstrativ zu verlassen. Warum tat ich es nicht? Warum blieb ich? Ich wartete bis zuletzt auf den überspringenden Funken. Vergeblich. Aus seinen Memoiren ist bekannt, dass auch Berlioz die *scène d'amour* allem anderen vorzog. Dieser Faszination erlagen noch mehr Musiker, die nach Beendigung eines Konzertes in Hannover seinen Frack küssten. „In gewissen Konzertsälen und vor gewissen Zuhörern würde ich mich allerdings hüten, dieses Adagio aufzuführen." Heute Abend hätte er sich bestätigt gefunden. Keine Spur von Erotik, von Faszination, von Rauschhaftem, von einem Berühren der Sinne.

Schweigend verließen wir den Ort des Geschehens. Ich war Johannes dankbar dafür, dass er keine unnötigen Worte verlor. Das Auto fuhr von selbst, alles verlief völlig mechanisch. Schweigen zwischen uns die ganze Fahrt über, Johannes ging voraus, ich folgte ihm wie paralysiert, ich setzte mich, er öffnete eine Flasche Wein, reichte mir ein Glas und schenkte ein. Immer noch war kein Wort zwischen uns gewechselt worden.

Johannes setzte sich mir gegenüber und sah mich an: „Welche Farbe hat das Paradies?" Ich musste grinsen, ich liebe solche assoziativen Fragen, und besser hätte er mein Körpergefühl, meine Stimmung nicht charakterisieren können. „Der Satz stammt nicht von mir, hab ich gestern in einem Buch gelesen", schob er erklärend hinterher. „Wenn ein Mensch im Traum das Paradies durchwanderte, und man gäbe ihm eine Blume als Beweis, dass er dort war, und er fände beim Aufwachen diese Blume in seiner Hand – was dann?", ergänzte ich. „Auch aus einem Buch." Tja, welche Farbe würde ich der *Symphonie fantastique* zuordnen? Ein ganzes Gemälde, etwas Überdimensionales, vielleicht Gewaltiges, Hypermodernes. „Guernica." Ich wiegte den Kopf, aber warum nicht ein Schlachtengemälde, eine Anklage; Gewalt war durchaus vorhanden, die Formen waren ins Abstrakte aufgelöst. Ja, doch, Guernica würde es vielleicht ganz gut treffen. Wir sprachen über Kunst und das war gut so; das eben Erlebte war kaum in Worte zu fassen. „Ich glaube, wir wachen morgen mit einer Blume in der Hand auf", sagte Johannes zum Schluss dieses denkwürdigen Tages.

Manchmal stellt sich erst später heraus, wie denkwürdig ein Tag gewesen war. Auch noch nach vielen Jahren war diese Aufführung eine Sensation, von denen es nicht allzu viele gibt, auch nicht für anspruchsvolle Konzertbesucher, zu denen ich mich zähle. Dieses Konzert wirkt heute noch nach, und alles Nachfolgende misst man daran. Das sind Glücksmomente, die geschehen – sie sind nicht planbar. Zu gern hätte ich Herrn Luisi gefragt, ob er dies auch so sah.

Kurze Zeit später begann das Semester wieder. Mein musikgeschichtliches Thema lautete diesmal: Hugo Wolf und Eduard

Mörike – eine geniale Kombination. Mir lag vor allem daran, die Bedeutung dieser genialen Kombination für unsere heutige Zeit in den Vordergrund zu stellen. 1838 waren Mörikes Gedichte erstmals erschienen und für die Öffentlichkeit zugänglich. Die literarische Welt nahm indes nicht viel Notiz von ihnen, bis Wolf sie entdeckte und ihnen durch seine Kompositionen zur Unsterblichkeit verhalf. Der Umkehrschluss war aber ebenso zutreffend: Erst durch diese Gedichte, mit denen sich Wolf intensiv beschäftigte, hatte er zu seinem Kompositionsstil gefunden. Die Poesie Mörikes hatte ihn unsterblich gemacht. Aus diesem Grund steht das Lied mit dem Titel „Der Genesene an die Hoffnung" an erster Stelle des Liederbandes. 44 Lieder entstanden in Perchtoldsdorf bei Wien, wo Hugo Wolf eine kleine Laube bewohnte und das Gärtnerehepaar zur Verzweiflung brachte, weil er ständig auf dem Flügel „klemperte". Klar, dass ich die Studenten damit zum Lachen brachte. Das revolutionär Neue an Wolfs Musik war, dass die Gesangsstimme stark vom Text geprägt wird, dass die Deklamation im Vordergrund zu stehen hat, dass der Klaviersatz ein starkes Eigenleben entwickelt (Viel mehr noch als zu Schuberts Zeiten. Schuberts Liedsätze sind homogen, Wolfs dagegen konträr. Wolf geht es um Gegensätze, seine Lieder leben von der Spannung zwischen Stimme und Klavier. Bei Schubert steht die Einheit zwischen Stimme, Text und Klaviersatz im Vordergrund.), ja, dass das Klavier sogar zum Kontrapunkt der Singstimme wird und echte kunstvolle Duette entstehen. Wolf nützt alle Register des Klaviers, tiefe Terzen erzeugen dumpfe Schwebungen, luftiger Klang durch weitgriffige Lagen, impressionistische Elemente durch pianissimo-Triller in hoher Lage. Kurz, der Pianist hatte alle Hände voll zu tun – im wahrsten Sinne des Wortes, und jeder, der die Storchenbotschaft, den Feuerreiter oder andere Nachspiele üben muss, weiß das. Es lag auf der Hand, einige Lieder – eine möglichst breite Auswahl – zu Gehör zu bringen: Gesangsstudenten und angehende Liedbegleiter sollten dabei Gelegenheit erhalten, eines der zahlreichen Lieder dieser Paarung zu Gehör zu bringen.

 Wie soll ich meine Überraschung beschreiben, als die rothaarige Renaissance-Madonna auf das Podium kam! Der Anblick war so unvermittelt, dass mir der Atem stockte und ich alle Mühe hatte nach außen ruhig zu bleiben. „Elsa Rivinius", stellte sie sich vor. Ich kam jedenfalls am Ende meiner Vorlesung in den Genuss, ihre Stimme zu hören. Und es war wirklich ein Genuss! Sie wählte „Das verlassene Mägdelein". Ihr Begleiter vom Konzertabend, der hühnerhalsige Jüngling – ich nahm ihn nur am Rande wahr – nahm am Flügel Platz und begann mit den ersten Takten: Terzen mit steilen Fingern, ruhiges optimales Tempo, zum Glück in der Originaltonart a- Moll (ich mag – wie Wolf übrigens – keine transponierten Lieder, auch wenn sie notwendig sind, aber schließlich hat der Komponist nicht umsonst diese Tonart gewählt). „Früh wann die Hähne krähen, eh die Sternlein schwinden, muß ich am Herde stehen, muß Feuer zünden. Schön ist der Flammenschein, es sprühen die Funken, ich schaue so darein in Leid versunken." Das kommt fast tonlos, tatsächlich völlig versunken im Schmerz, beim Anblick des Feuers. „Plötzlich" – die Konsonanten schleuderte sie in den Raum – „plötzlich da kommt es mir treuloser Knabe" – mit den Konsonanten zeigte sie ihre Verletztheit und ihre Wut über den Verrat – „dass ich die Nacht von dir geträumet habe." Ihre Stimme bekam einen bangen Unterton, die Anklage ist zwar noch zu spüren, aber auch Sehnsucht macht sich breit, während das Klavier die Übergangstakte spielt und das fortsetzt, worüber die Sängerin schweigt. „Träne auf Träne dann stürzet hernieder" – endloser Schmerz wie eine Wüste – wird er je enden? – sie sang und weinte gleichzeitig. Ich sah sie an, sie weinte nicht, aber es klang so. „So kommt der Tag heran, oh ging er wieder." Sie legte ihre ganze Trostlosigkeit in diesen kurzen Satz, ohne Pathos; es war die vollkommene Verlassenheit.

Auch die übrigen Studenten waren ergriffen; sie trommelten und stampfen los, kaum dass der Begleiter die letzten Takte – Akkorde wie zu Beginn – schwebend zwischen Dur und Moll in Wolfs häufig benütztem Intervall, der Quinte, gespielt hatte.

Sie sang dann noch *Bei einer Trauung*, wobei ihr der Schalk aus den Augenwinkeln sprang. Bei diesem Lied musste ich mal wieder daran denken, dass Mörike Pfarrer gewesen war und dass das, was er in diesem kurzen Gedicht beschreibt, face to face erlebt, mit angesehen haben muss. Ein Quäntchen Entsetzen fehlte mir in ihrer Interpretation – sie betonte mehr das Komische an der Situation. Bei diesen zwei kurzen Liedern deutete sich ihr Können bereits an.

Danach leerte sich der Saal, und sie stand plötzlich neben mir. Sie war für eine Frau recht hochgewachsen, trotzdem überragte ich sie um Kopfeslänge. Eine eigenartige Unruhe erfasste mich in ihrer Nähe, ein ungekanntes leichtes Zittern, und ich hatte diesen Duft in der Nase (Vanille? Limonen? Veilchen?). Sie wollte wissen, ob sie in meine Sprechstunde kommen könne, sie fragte nach einem geeigneten Termin. „Die Sprechzeiten stehen an der Tür, kommen kann jeder", sagte ich, klemmte meine Tasche unter den Arm, nickte ihr zu und verließ den Vorlesungsraum. Ihren Blick spürte ich in meinem Rücken. Distanz rettet, schafft Abstand, und ich war sehr zufrieden mit mir.

Ich schloss die Tür zu meinem Zimmer auf und trat ans Fenster. Die Zimmer der Lehrkräfte unter dem Dach haben den Vorteil, dass man einen Blick ins Grüne, in irgendwelche Baumkronen hat. Heute war ein windiger Herbsttag, und die Blätter hatten eine bestimmte Färbung angenommen. Ich sah ihnen nach, wie sie vom Wind weggetragen wurden. Jetzt wusste ich ihren Namen, den Namen der rothaarigen Schönheit mit dem Madonnenprofil und der hellen Haut: Elsa Rivinius. Elsa passte zu ihr, es war ein altmodischer Name; so wirkte sie auch: Als sei sie einem antiquierten Gemälde entstiegen. Seltsame Gedanken gingen mir durch den Kopf, den ich über mich selbst schüttelte. Sie sah nicht aus wie eine moderne junge Frau mit diesem roten Kupferhaar und der sehr hellen Haut. Ihre Bewegungen waren so, als trüge sie ein mittelalterliches Gewand, mit Würde und entsprechendem Tempo. Sie bewegte sich auch so, als sei sie außerhalb der Zeit, die nicht die ihre war: schnell, hektisch, laut. „Es gibt Wichtigeres im Leben, als beständig dessen Geschwindigkeit zu erhöhen", fiel mir ein, aber nicht, wer es gesagt hatte. Das schien sie verinnerlicht zu haben.

Mittwoch war heute, ich konnte also die Hochschule verlassen. Nachdem ich zwei Stunden durch den Wald gelaufen war, stellte sich die erwartete Hochstimmung ein, eine Art Euphorie. Meist bekam ich damit die Musik aus dem Kopf, nur die Bewegung, der Wald und ich. Aber ich gehöre zu der seltenen Spezies, die ohne Kopfhörer laufen. Immer mehr Läufer begegnen mir mit Stöpseln im Ohr. Ich mag es, wenn die Blätter sich im Wind bewegen, Geraschel auf dem Waldboden, das Hämmern der Spechte, die streitenden Amseln, über Warnrufe, die meine Gegenwart ansagen: die schnarrenden Eichelhäher. Dann fühle ich mich beobachtet von schief gelegten gefiederten Köpfen. An jenem Tag – war es an dem Tag, als ich Elsa zum ersten Mal singen hörte? Es könnte an jenem Mittwoch gewesen sein. Ich lief an jenem Tag Richtung Autobahnbrücke und blieb stehen. Unter mir eine sechsspurige Fahrbahn, angefüllt mit Fahrzeugen aller Art, die von hier oben aussahen wie Spielzeugautos. Was für ein Irrsinn, dachte ich. Die Fahrzeuge rasten in halsbrecherischem Tempo unter meiner Brücke hindurch. In einem davon hätte ich sitzen können. Aber jetzt stand ich, ans Geländer gelehnt, und sah dem Wahnsinn zu.

Sicher ist, dass ich anschließend zu Johannes gefahren bin. Er war wie meist in seinem Atelier, einem riesigen Raum, der sich nach oben öffnet und das Dach miteinbeziehet. Im Erdgeschoss waren Büroräume, sodass er im optimalen Fall zu bestimmten Zeiten allein im Haus war. Er hatte oft Besuch von irgendwelchen Kunden, Frauen, die sich malen lassen oder ihn aus seiner Einsamkeit erretten wollten. Heute hatte ich Glück: Er war allein. Johannes war ein gesuchter Portraitmaler – damit hielt er sich finanziell über Wasser –, seine eigentliche Leidenschaft aber – und wohl auch seine besondere Fähigkeit – waren diese Farbkonstruktionen, von denen eine wie erwähnt in meinem Besitz war. Ich warf mich in einen Sessel und zündete mir eine Zigarette an. „Tee oder Kaffee, oder was anderes?" Ich entschied mich für Tee – vernünftigerweise; mein Magen machte mir heute Probleme, wie seit langem nicht mehr. Tee wäre jetzt genau das Richtige. Ich hörte Johannes in der Küche hantieren. Der Begriff Küche war etwas übertrieben in dem Zusammenhang: In den großen Raum hineinragend hatte man eine halbe

Wand eingezogen, es gab nur einen Durchgang, keine Tür, und dahinter war die sogenannte Küche. Sein Schlafraum bestand aus einem Bett, einem Schrank und einer Kommode – fertig. Das Ganze war in einem Mezzanin untergebracht, erreichbar nur durch eine Leiter. Die ganze Wohnung wirkte provisorisch und spiegelte seinen Lebensstil wider. An den Wänden die Bilder, die er nicht verkaufen wollte, vor allem das an der Wand neben der sogenannten Küche hätte ich nur zu gerne zu meinem Besitz gezählt: Das Folgebild zu meiner Improvisation. Mit schwarzen Federstrichen und Aquarellfarben in bräunlich rötlichen Farben. Wenn man das Bild aus einer gewissen Entfernung betrachtet, strahlt es eine unglaubliche Ruhe aus. Wenn man aber die Distanz immer mehr verkürzt, zerfällt es in Einzelteile wie Punkte, Bögen, Tropfen, Kreise. Angedeutete Augen könnte man darin entdecken. Die Formen, mit schwarzer Feder gezeichnet, lassen alle Fantasien zu, jeder kann selbst für sich entdecken, was er sehen will. Er habe sich im Tachismus versucht, sagte Johannes, als wir über das Gemälde sprachen. „Diese Flecken nennt man Taches", erklärte er mir, „und diese Art zu malen, beziehungsweise ein Bild aufzubauen, hat mich sofort fasziniert." In der rechten oberen Bildhälfte ist eine Art Kopf, an den sich ein Eidechsenkörper anschließt. Das ist meine Lieblingsstelle, und ich komme oder gehe nicht, ohne einen Blick darauf zu werfen.

Das Besondere an der Wohnung ist die kleine Terrasse, die zur Hälfte unter dem Blätterdach einer Weide versteckt liegt und sich neugierigen Blicken entzieht. Ich könnte nicht leben in einem offenen Raum, aber ich fühlte mich wohl hier. Das lag natürlich an seiner Person, er konnte gut zuhören, stellte keine Fragen und hatte keinerlei Ansprüche an mich. Ich habe ihn nie beleidigt oder nachtragend erlebt. Was hatte er sich schon alles aus meinem Leben anhören müssen! Sein Kontingent an Aufmerksamkeit schien unerschöpflich; vielleicht lag das daran, dass er mit vielen Geschwistern aufgewachsen war; bei mir war die Grenze der Duldsamkeit recht schnell erreicht, und bevor ich von äußeren Reizen überflutet werde, flüchte ich.

Eigentlich hatte ich von dem überraschenden Auftritt der Renaissancefrau berichten wollen, über ihre Stimme, aber plötzlich war mir nicht mehr danach. Das *Verlassene Mägdelein* wirkte in mir nach, dieses einfache Lied über die weibliche Psyche. Mir schien erst heute so richtig klargeworden zu sein, dass Mörike es geschafft hatte, innerhalb weniger Zeilen einen bestimmten Gefühlsraum darzustellen. Das Gedicht war zuerst da, also war es eigentlich Mörikes Schöpfung. Ich würde zuhause nachsehen, welche Komponisten sich ebenfalls an dem Text versucht hatten (mir war nur die Schumann-Version bekannt).

Johannes kam mit dem Tee und den Tassen. Der Tee war sehr heiß und beruhigte meine Magennerven.

Elsa. Elsa von Brabant, die ihr Verlassen werden selbst verschuldet, indem sie verbotene Fragen stellt (die sich das Fragen nicht verbieten lässt, hatte irgendeine Schriftstellerin geschrieben). Frauen fällt es schwer zu schweigen; das ist meine Erfahrung. Sie müssen ständig kommunizieren, das ist ihre Natur. Just in dem Moment erzählte Johannes, dass ihn eine Frau den ganzen Morgen genervt hatte. Sie hatte ihm Vorschläge gemacht, wie er seinen Stil ändern könnte, um Erfolg zu haben. „Als Inhaberin einer Galerie glaubt sie, ein Recht dazu zu haben!" Sie wollte sogar das Format seiner Bilder ändern. „Damit sie in ihren popeligen Laden passen!" Johannes erregte sich zusehends. Er war vor allem über sich selbst aufgebracht, dass er es nicht geschafft hatte, die Dame an die frische Luft zu setzen. „Sie freundlich, aber bestimmt zur Tür zu bringen und diese hinter ihr zu schließen – ich habe es nicht geschafft!" In diesem Fall hätte er vermutlich sogar handgreiflich werden müssen. Ich schüttelte den Kopf. Johannes hatte manchmal einen Hang zur Selbstzerfleischung. Es wäre doch die Sache der Frau gewesen, den unwürdigen Auftritt zu beenden.

In der nächsten Sprechstunde tauchte Elsa auf – wie angekündigt. Grün schien ihre Lieblingsfarbe zu sein, heute trug sie zu einer hellen Hose ein grünes Oberteil. Zufrieden stellte ich fest, dass ihr die Luft wegblieb, als sie mir vis à vis gegenübersaß und ich sie mit meinem Blick fixierte.

Ich fragte sie nach ihren bisherigen Studien, und sie berichtete, dass sie an diese Hochschule gekommen sei, um bei der Professorin Milena P. ihr Konzertexamen zu machen. Ich sah sie an. Ihre Augen hatten eine unglaubliche Farbe. Auf Südseefotos hat das Meer an manchen Stellen dieselbe Farbe, die Farbe des niedrigen Wasserstandes: ein helles, aber intensives Türkis, mit blauen Sonnenreflexen. Statt ihr zuzuhören, vertiefte ich mich in die Farbe ihrer Augen. „Daran sind, Herrin, deine Augen schuld." Ein Melodiefetzen ging mir durch den Kopf.

Erst als ich wieder allein war, konnte ich die Musik einem der Michelangeloliedern zuordnen, das natürlich falsch übersetzt wurde, weil es eigentlich um die Liebe unter Männern ging.

Mit anderen Worten: Im prüden 19. Jahrhundert wurde das Mäntelchen über den schwulen Michelangelo gehalten. Dabei hatte er besonders schöne Gedichte für Männer geschrieben.

Wolf schrieb die Musik und wusste vermutlich nicht, wie die Tatsachen lagen. Er vertonte die deutsche Übersetzung, nicht ahnend, dass der italienische Originaltext für einen Liebhaber geschrieben wurde.

Wieso war sie mir bisher noch nicht aufgefallen? Das klärte sich im Laufe des Gesprächs: Erst seit diesem Semester war sie hier immatrikuliert. Die Frage nach den Prüfungsthemen lag auf der Hand. Wolf-Lieder nach Texten von Eduard Mörike. Sie war ganz glücklich über das Thema meiner Vorlesungsreihe. „Besser hätte ich es nicht treffen können!" Davon war ich überzeugt.

Beim Verlassen des Raumes fiel ihr Blick auf meinen Tizian. Ich hatte ihn bewusst gegenüber dem Fenster gehängt, damit die Farben besser zur Geltung kamen. Es zeigt die *Salomè con la testa di San Giovanni*. Manche Experten meinen allerdings, es sei nicht Salome, sondern Judith mit dem Kopf des Holofernes, dem Assyrer. Dafür spricht die dritte Gestalt, die die Magd Abra sein könnte, denn Salome war mit ihrem Jochanaan allein. Schön waren sie beide, Salome möglicherweise jünger als Judith, die zur Tatzeit schon Witwe war. Salome oder Judith neigt den Kopf zu jener Magd hin, ihre Haltung ist stolz und unabhängig.

Sie hat ihr Werk vollbracht, ihren Willen durchgesetzt (wessen Kopf es auch immer war) und ist zufrieden mit sich.

Das Rot ihres Mantels ist der farbliche Mittelpunkt des Bildes. Wegen dieses roten Mantels hing es an dieser Stelle des Zimmers. Dieser rote Mantel betont auch die weiße Haut der schönen Salome/Judith. Seit ich Elsa gesehen hatte, dachte ich, dass nicht sommerliche Bräune, sondern eine makellose weiße Haut eine Frau wirklich schön macht. „Kennen Sie das Original?" Unbemerkt war ich neben sie getreten. Ich atmete ihren Duft ein, und mein Herz fing wild an zu klopfen. Es schien das einzige Geräusch im Raum zu sein. Mein Mund war auf der Höhe ihrer Stirn. Ich hätte ihn nur darauflegen müssen. Sie schüttelte den Kopf. „Es hängt in Rom, in der Galleria Doria Pamphilj. Ein einziges Mal habe ich es dort gesehen. Es hängt inmitten Tausend anderer Gemälde und sticht doch sofort ins Auge." Zusammen standen wir vor dem Kunstdruck, den ich mir damals gekauft hatte, überglücklich, dass ich ihn erworbrn hatte. Für mich war es ein sehr intimer Moment, sie bewegte sich nicht.

Ich fragte: „Wen hat Tizian wohl gemalt, was glauben Sie? Salome oder Judith? Die Experten sind sich nicht einig." Elsa sah fragend zu mir hoch. „Wer ist Judith?" Ich erzählte ihr die Geschichte vom Hauptmann Holofernes, der den Auftrag von König Nebukadnezar bekam, das Volk von Chaldäa, das sich das auserwählte Volk nannte, zu unterwerfen, und wie ihn Judith mit Schönheit und List bezirzt hatte und dann umbrachte. Im Schlaf enthauptet! Sie rettete damit ihr Volk und dessen Glauben und wurde zur Heldin. „Ich denke, es ist Judith", sagte Elsa nachdenklich und zögerte. „Ich stelle mir Salome anders vor, nicht so" – sie suchte nach einem entsprechenden Wort – „keusch. Salome hat aus rein persönlichen Rachegefühlen gehandelt, Judit nicht, so wie Sie es erzählt haben. Ich kenne Salome nur aus der Oper. Stammt das Bild, das wir von Salome haben, von Strauss beziehungsweise von Wilde, auf dessen Text er sich bezieht? Wie war sie wirklich? Sie hat sich selbst beraubt, als sie den Kopf des Jochanaan wollte."

Ich sah auf sie hinab. Tja, wie war sie, die schöne Salome? Sicher nicht mit rötlicher Haarflut auf weißer Haut, dachte ich.

Eine Verführerin, aufreizend und erotisch, und hat wohl immer bekommen, was sie wollte. Sie hat die Männer verhext. „Ich würde mich eher mit Judit identifizieren, Salome war mir immer unheimlich", sagte Elsa und verabschiedete sich.

Sie kam nun regelmäßig, und ich konnte mich des Eindrucks nicht erwehren – sie kam, um mich zu sehen. Dass wir immer wieder übers Singen geredet haben, liegt auf der Hand. Sie hatte sich wohl im Laufe ihrer Studienzeiten ausgiebig damit beschäftigt, wie Singen auf den Körper wirkt, welche Hormone ausgeschüttet – verstärkt ausgeschüttet werden. Singen ist Doping für Körper und Geist, sagte sie. „Musik im Allgemeinen ist Doping für den Körper." Ich dachte dabei an mein Live-Erlebnis, an die *Symphonie fantastique*, und konnte nur zustimmen. Ich hatte es ja vor kurzem am eigenen Leib erfahren: Bekanntermaßen wurden wissenschaftliche Untersuchungen durchgeführt, die beweisen, dass Singen Krankheitserreger bekämpft. Anhand von Mozarts Requiem wurde der Beweis erbracht: Die Anzahl sogenannter Immunoglobuline, die in den Schleimhäuten sitzen, wird gesteigert. „Wenn ich als Kind Angst hatte – bei Gewitter oder so –, habe ich immer gesungen. Das hat mich beruhigt. Das hat immer funktioniert." Ich erinnerte mich, gelesen zu haben, dass sich die verschütteten Bergleute in Chile 2010 mit Liedern von ihrer lebensbedrohenden Lage abzulenken versuchten.

Über was wir sonst geredet haben, weiß ich heute nicht mehr, scheint mir auch unwichtig zu sein. Sie kam, um mich zu sehen. Auch ich freute mich auf ihr Erscheinen. Die Luft zwischen uns knisterte – für erotische Schwingungen hatte ich schon immer eine Antenne. Sie wirkte meist sehr ernst, fast abweisend, wenn sie zur Tür hereinkam, wurde aber von Minute zu Minute zutraulicher. Manchmal sahen wir nur an, und es entstand eine Nähe und Vertrautheit, die ich nicht für möglich gehalten hätte – trotz räumlicher Distanz; ich saß hinter dem Schreibtisch, sie davor. Es schien nur eine Frage der Zeit, bis sich diese Distanz in einen körperlichen Akt auflöste, denn nichts anderes wollte ich, und mein Unterleib brannte vor Erregung. Gleichzeitig hielt mich etwas zurück, und ich hätte dieses Etwas nicht benennen können. Unantastbar – vielleicht beschreibt dieses Wort am ehesten, wie sie in manchen Augenblicken auf mich wirkte.

Wenn sie mal nicht kam, stellte ich eine leichte Enttäuschung fest, eine Art Leere, die mich erstaunte. Und dann diese Stimme! Jedes Mal, wenn sich die Tür hinter ihr schloss, klang ihre Stimme in mir nach. Sie passte zu den meerblauen Augen. Sie passte zu ihrem roten Haar, sie passte zu der hellen makellosen Haut. Diese Stimme passte zu Elsa – Elsa war diese Stimme. Himmel, ich fing an, sentimental zu werden. Das war ein Alarmzeichen. Ich war zu diesem Zeitpunkt schon nicht mehr in der Lage, sie realistisch zu sehen: Ich war verliebt! Ich war fasziniert von ihren Augen, und ich war verliebt in ihre Stimme. Nein, das ist zu wenig: Ich war süchtig nach ihrer Stimme! Und wurde es von Mal zu Mal mehr.

Meine Reaktion auf die menschliche Stimme war schon immer stärker als bei meinen Mitmenschen. Das war so, seit ich denken kann. Sympathie und Abneigung hängen eng mit dem Klang einer Stimme zusammen. Ich würde mich zu der Behauptung durchringen, dass der Klang einer Stimme einen Mord verursachen kann. Die Dolchstoßstimme meiner ehemaligen Nachbarin hätte mich durchaus zu einem Mord animieren können. Ich würde meine Hand dafür nicht ins Feuer legen. Die Stimme wirkt wie jedes Geräusch direkt auf uns ein, ohne dass wir uns dagegen wehren können. Das Ohr hat einen direkten Zugang zum Gehirn, zu unserem Ich, zu unserer Persönlichkeit. Wie reagieren wir, wenn uns ein Geräusch – das Geräusch einer Stimme beispielsweise – ständig nervt, Unwohlsein schafft – das kann bis zur körperlichen Disposition gehen, würde ich behaupten, und kann zu extremen Handlungen führen. Man stelle sich vor, das Geräusch ließe sich nicht abstellen. Ich behaupte: Es gibt Menschen, die mit jemandem zusammenleben, dessen Stimme sie nicht ertragen. Wenn sie es merken, ist es zu spät. Möglicherweise wissen sie nicht einmal, dass es die Stimme des Partners ist, die sie krankmacht, wütend oder aggressiv werden lässt. Das geht am frühen Morgen los und endet im ehelichen Schlafzimmer, tagaus, tagein, 365 Tage im Jahr und kein Entkommen. Der

Horror schlechthin! Immer wieder liest man in der Zeitung von Morden aus unbekannten Gründen. Ich behaupte, die Stimme hat den Ausschlag gegeben, die Stimme hat das Fass zum Überlaufen gebracht. Ich behaupte, das ist nicht so abwegig, wie es sich vielleicht anhört. Nun wird natürlich der Klang einer Stimme sehr subjektiv beurteilt. Wenn es in meinen Ohren schrill, aufgesetzt und unreif klingt und ich schon davonlaufen möchte, könnte ein anderer Beschützerinstinkte entwickeln. Und ein Fachmann wird den Klang, den Sitz, die Handhabung einer Stimme wieder anders beurteilen. Aber die Wirkung findet statt, ob wir es wahrhaben wollen oder nicht.

Vor einiger Zeit in der S-Bahn hatte ich eine Stimme im Rücken, die durchdringend klang und eindeutig weiblich war. Ich stellte mir eine Frau dazu vor, Mitte 40, kurze blonde Haare, fescher Schnitt, auffallende Ohrringe, Karrierefrau möglicherweise. In der Spiegelung des Abteilfensters suchte ich nach der passenden Frau zu dieser Stimme, konnte aber kein Bild zu der Stimme ausmachen. Beim Verlassen des Zuges stellte ich mit Entsetzen fest, dass die Stimme zu einem Mann gehörte, einem Mann Mitte 40, mit Halbglatze und biederer Brille. Ich starrte ihn völlig entgeistert an. Und er starrte zurück!

Warum sind mir Männer mit hoher Stimme unsympathisch? Oder anders ausgedrückt: Warum liebe ich tiefe Stimmen, bei Frauen wie bei Männern? Es gibt Ausnahmen: Milenas Stimme ist hoch und quirlig, zu ihr würde keine tiefe Stimme passen. Und Elsas Stimme ist wie ein wahr gewordener Traum. Man hat sein ganzes Leben eine vage Vorstellung von einer Stimme, und dann begegnet sie einem, singend sprechend, mit meerblauen Augen. Die Stimme ist immer Ausdruck der Persönlichkeit. Es gibt gebrochene Stimmen, gequetschte, dünne, schwingungslose, kreischende, durchdringende, aufdringliche, röchelnde, rauchige, näselnde, quiekende, bellende, gehauchte. Ein physischer Defekt äußert sich in der Stimme.

Die tiefe, volltönende, schwingende Stimme Elsas löste bei mir tiefe Behaglichkeit aus, mehr noch, erotische Schauer, wie ich es selten erlebt habe. Sie hüllte mich ein wie ein Seidenstoff, der den ganzen Körper überzog. Zu diesem Zeitpunkt wusste ich noch nicht, was für ein Erlebnis mir mit ihrer Stimme noch bevor stand, ein Erlebnis, das ich nicht für möglich gehalten hätte. Es kommt vor, dass mich eine Singstimme fasziniert, nicht aber die Sprechstimme selbiger Person. Und ich war tatsächlich erleichtert, dass ich bei Elsa weder beim Singen noch beim Sprechen Abstriche machen musste. Man hatte bei ihr das Gefühl, dass der ganze Körper mitschwingt. Er ist die Klangsäule. Wie wohl meine Stimme auf sie wirkte? Das habe ich nie erfahren.

Als ihr Hochschulabend angekündigt wurde – das Programm hing am schwarzen Brett: Wolf- und Strauss-Lieder –, beschloss ich, mir das anzuhören. Auch wenn solche Konzertabende keinen Einfluss auf die Abschlussprüfung hatten, wurden sie dennoch genauestens registriert. Einen Liederabend zu geben, ist eine Sache, an der Hochschule öffentlich vor fachkundigem Publikum aufzutreten, war etwas ganz anderes.

Johannes schloss sich gerne an, er liebte diese Abende, die Nervosität der Auftretenden, die Erfahrung und Routine sammeln mussten. Er war immer voller Sympathie für die Studierenden in ihren unterschiedlichen Phasen und Entwicklungen. Diesmal hatte ich ein besonderes Ereignis angekündigt, er freute sich wie ein Kind auf das Konzert, und ich spürte ein leichtes Flattern im Magen. Wie würde sie bestehen, meine Elsa, ich nannte sie bereits zu diesem Zeitpunkt „meine Elsa"– kein anderer sollte sie bekommen, sie war „meine Elsa" – war Elsa dieser Situation gewachsen? Ich hatte während meines Studiums immer extrem unter Lampenfieber zu leiden gehabt, ein Bühnentier war ich nie gewesen. Ich hasste die Bühne, ich hasste es, mich zu produzieren und andere dabei zusehen zu lassen. Ich hatte dabei immer das Gefühl, am Pranger zu stehen. Das war der eigentliche Grund für den wissenschaftlichen Weg gewesen. Reden vor Publikum war nie ein Problem. Singen in der Öffentlichkeit fand ich immer schon sehr schwierig.

Mit dem intimsten, persönlichsten Instrument, das der Mensch hat, das Publikum anzusingen, darauf zu vertrauen, dass die

Stimme nicht wegbricht, sondern funktioniert, trägt und ankommt – dazu braucht es ein gehöriges Maß an Selbstvertrauen, eine vorzügliche Technik und das Wissen um die Wirkung. Von Jahr zu Jahr häufiger ersparte ich mir solche Gesangsauftritte an der Hochschule. Zu oft waren unausgebildete, halbfertige Stimmen zu hören, vollkommen überfordert mit völlig überzogenen schwierigen Programmen. Da standen sie dann, vorne auf der Bühne neben dem schwarzen Steinway, an dem sie sich krampfhaft festhielten und versuchten, mit nicht vorhandenem Volumen über die Rampe zu kommen. Und ich saß unter den Studenten und litt Höllenqualen – für mich und mit ihnen. Von Kunst keine Spur – Genuss? Fehlanzeige!

Wie also würde „meine" Elsa ihr Programm bewältigen; ein anspruchsvolles Programm, das auch einer professionellen Sängerin zur Ehre gereicht hätte. Eine Hälfte nur Wolf-Lieder, ausschließlich nach Mörike-Texten.

Sie begann mit den beiden Liedern, die sie am Ende der Vorlesung bereits gesungen hatte. Als nächstes Lied *Begegnung*. Ein sehr pikanter Text, eine knifflige Begleitung. Ich habe mit Johannes eine halbe Nacht darüber diskutiert, was sich zwischen den beiden abspielt. Der nun schon mehrfach gesehene hühnerhalsige Jüngling am Klavier machte seine Sache gut; die Übereinstimmung zwischen den beiden war frappierend. Die *ungewohnten Schelme* – hatte ich einen Blick übersehen zwischen meiner Elsa und ihm? Wie viel Intimität bestand zwischen den beiden? Die Stelle, wenn der Sturm die Zöpfe in Unordnung gebracht hat (oh Herr Mörike!), meisterten sie gekonnt. Sie hatte ausreichend Höhe, aber insgesamt ein dunkles Timbre – ideal für meine Ohren, ich wiederhole mich da gerne. Ich konnte die Augen schließen und mich regelrecht in ihre Stimme fallen lassen. Das hatte ich bereits festgestellt: Die Stimme passte zu ihr wie eine zweite Haut. „Denk es, oh Seele – sie werden schrittweis gehen mit deiner Leiche. Vielleicht noch eh an ihren Hufen das Eisen loswird, das ich blitzen sehe." Ich konnte kaum atmen. Immer wenn ich dieses Lied hörte, spürte ich Tränen in den Augen. Welche Saite wurde da in mir zum Klingen gebracht? Ein

Stück Literatur in genialer Kompression, Verschiebung zeitlicher Ebenen, und das alles innerhalb eines Gedichtes. Wolf hat einige rhythmische Raffinessen eingebaut. Dieses Lied gehörte zu meinen absoluten Favoriten, und ich war Elsa sehr dankbar, dass sie es sang, für mich sang und nur für mich. Es war ein intimer Augenblick zwischen ihr und mir, nicht zwischen ihr und dem Begleiter (Roland Ebert – nun wusste ich das auch). Sie hatte eine ganze Bandbreite von Ausdrucksmöglichkeiten parat.

Er ist's, ein Gedicht, das jeder kennt, zumal die Frühlingszeit in unseren Breitengraden meist ungeduldig erwartet wird. Hugo Wolf macht daraus einen Jubel – der Winter ist endlich vorbei. „Horch von fern ein leiser Harfenton" – das Klavier klingt nach silbernen Glöckchen, Arpeggien stehen für die Harfe, das sollte die leiseste Stelle sein, man muss genau hinhören, sonst entgehen einem die ersten Frühlingsboten. Ihre Stimme, Elsas Stimme, reduzierte sich auf die Kopfstimme, das Vibrato war auf ein Minimum zurückgeschraubt. Das Klavier muss aber noch leiser sein, auch wenn die Stimme in der hohen Lage keine Probleme haben dürfte, durchzudringen. Sie schafften es, die beiden, ein Glockenton im Klavier, oktaviert mit der Linken, übergreifend, ein Glockenton in der Stimme – eine zauberhafte Stelle! Sie bereitet den ausbrechenden Jubel vor und wird durch die Dynamik besser zur Geltung gebracht. Der Jubel in der Singstimme wird vom Klavier aufgenommen und im Nachspiel virtuos zum Ende gebracht. Eigentlich müsste jetzt unmittelbar der gleiche Text in der Vertonung von Schumann kommen, dachte ich. Das wäre das entsprechende Gegenstück zur Wolf'schen Vertonung: introvertiert, voller Sehnsucht und Verlangen, zart. So kann man den Frühling auch begrüßen.

Danach die unsägliche *Verborgenheit*, die wohl kaum in einem Liederabend unter diesem Motto fehlen durfte, sang sie feierlich. (Das sogenannte „Lassolied" unter Insidern, denn wenn man nicht ausreichend genug artikulierte – nämlich „Lass' oh Welt oh lass mich sein" –, entstand das neue „Wort" Lasso) und zum Abschluss des ersten Teils den berühmt-gefürchteten Feuerreiter.Das ist Dramatik pur und man kann die ganze Palette an sprachlichen und musikalisch stimmlichen Fähigkeiten par excellence demonstrieren. Sie begann fast flüsternd: „Sehet ihr am Fensterlein dort, die rote Mütze wieder?" Den Refrain: „Hinterm Berg, hinterm Berg brennt es in der Mühle" gestaltete sie jedes Mal anders. „Weh dir grinst vom Dachgestühle dort der Feind im Höllenschein, Gnade Gott der Seele dein." Da explodierte das Klavier, kaum zu schaffen, ohne einen falschen Ton. Das reinste Klavierkonzert. Selbst auf CD-Aufnahmen sind manchmal falsche Töne zu hören. Aber vielleicht hat Wolf die ja eingeplant. Es ist jedenfalls ein Höllenspektakel und der Höhepunkt der gesamten Ballade. „Volk und Wagen im Gewühle kehren heim von all dem Graus, auch das Glöcklein klinget aus". Und zum letzten Mal: „hinterm Berg, hinterm Berg brennt's." Und wieder hat das Klavier eine gewichtige Solostelle als Übergang zum letzten Kapitel sozusagen. Vermeintlich einfach – zumindest klingt es nicht spektakulär. Aber manchmal hört man sie spannungslos und die Töne leuchten nicht: Der Diskant muss klingen wie das Feuerglöcklein und bei all dem hat Wolf einen interessanten Rhythmus unterlegt, verifiziert durch Pausen, die natürlich genau eingehalten werden müssen. Mit Spannung erwartete Entspannung: „auch das Glöcklein klinget aus.","Nach der Zeit ein Müller fand ein Gerippe samt der Mützen aufrecht an der Kellerwand auf der beinern Mähre sitzen." Ein Abgesang in dichten Legato-Akkorden, der Sänger berichtet das Resümee. „Husch, da fällt's in Asche ab." Beide Protagonisten haben zur gleichen Zeit den gleichen punktierten Rhythmus – heute Abend war das als absolute Übereinstimmung zu hören. Das hatte ich inzwischen auch nicht anders erwartet. Und die Coda „Ruhe wohl, ruhe wohl drunten in der Mühle" – die letzten Pianissimo-Akkorde im Klavier und Schluss.

Ein Getöse brach los. Dass die Zuhörer es aber auch nicht erwarten können! Es wurde getrampelt, gejohlt, gepfiffen. Ich musste erst mal tief Luft holen. Wie war das möglich? Beim letzten Hugo-Wolf-Wettbewerb hatte ich Gelegenheit den Feuerreiter sieben oder achtmal zu hören (der spätere Sieger sang ihn nicht!), aber keiner hatte mich so beeindruckt wie dieser, an jenem

Abend an der Hochschule. Auch dem Begleiter (vor allem ihm?) musste man ein hohes Maß an Anerkennung zollen. Ich sah Johannes an, er hatte Tränen in den Augen. Das verblüffte mich. Eine derartige Reaktion hätte ich nicht erwartet. Pause nach dem Feuerreiter – genau richtig. Beim Wettbewerb gab es Kandidaten, die den Feuerreiter bereits in der ersten Runde und zu Beginn ihrer Liedergruppe präsentierten. Damit waren sie nicht gut beraten. Respekt vor einem solchen Kunstwerk, und die richtige Platzierung gehört eben auch zum Verständnis, das ein Sänger mitbringen sollte. „Es ist, als wäre in meiner Brust eine Stimmgabel angeschlagen worden", sagte Johannes. „Ist auch aus einem Buch, nicht von mir." Ich lachte. „Was liest du denn für Bücher!" „Ich finde, das trifft es genau." Ich zündete mir eine Zigarette an. „Sie ist unglaublich, unglaublich gut", schwärmte er. Ganz offensichtlich hat die Sängerin heute Abend einen Fan hinzugewonnen, dachte ich. Erstaunlich war das nicht. War es mir nicht ebenso ergangen, als ich sie das erste Mal singen hörte am Ende meiner Vorlesung?

Johannes schüttelte den Kopf, als könne er immer noch nicht glauben, was ihm da widerfahren war. „Und was für eine Ausstrahlung! Ich fühle mich förmlich hypnotisiert, entrückt, eingewickelt!"

Er schien sich nicht beruhigen zu können. „Ich meine nicht nur ihr Aussehen – sie ist schön auf eine altertümliche Weise, ich weiß nicht, wie ich sagen soll, sie sieht aus wie aus einem anderen Jahrhundert –, das ist es aber nicht allein: ihre Präsenz auf der Bühne, die Wirkung auf das Publikum und ihre Stimme, mit all ihren Schattierungen! Ich bin ja kein Fachmann, aber ich glaube, dass es nicht viele gibt, die sich mit ihr messen können, oder?" Ich konnte ihm nur recht geben. Heute Abend hatte sie ein schlichtes, hochgeschlossenes dunkles Kleid getragen, das ihre Augen und ihr Haar besonders zur Geltung brachte. Ja, sie haute einen um. Ein Weib, bei dem Johannes derart die Fassung verlor, was ich gar nicht an ihm kannte, machte sie noch begehrenswerter. Sie musste mir gehören, das war mir heute, in diesem Moment, klargeworden. Ich stellte mir vor, sie in die Oper

auszuführen – Carmen oder Othello oder Don Giovanni, ach, mir würde schon etwas Erotisches einfallen, sie in diesem rückenfreien grünen Kleid vom Berlioz-Abend, mit dem sie nicht nur mir sofort auffiel und anschließend … „Wie lange ist sie schon an der Hochschule? Kennst du sie näher, ist sie deine Studentin?"
Ich sah ihn an. Sein Interesse war ungewöhnlich, passte nicht zu ihm, oder täuschte ich mich? In kurzen dürren Worten berichtete ich von unserem ersten Zusammentreffen und dass sie seither in die Sprechstunde gekommen war. „Sie saß übrigens bei der *Symphonie fantastique* vor uns. Da hast du sie offenbar nicht bemerkt."
Ich zündete mir noch eine Zigarette an und stellte fest, dass meine Hände leicht zitterten. Johannes blieb der Mund offenstehen. „Die Plätze vor uns waren frei", womit er recht hatte. Ich musste Elsa in der nächsten Sprechstunde fragen, wo sie bei der *Symphonie fantastique* abgeblieben war. Seltsam, dass sie an jenem Abend plötzlich verschwunden war.

Die Pause war zu Ende; beim Zurückgehen klärte ich ihn auf, dass die beiden die erste Hälfte lang vor uns gesessen hatten.

Die zweite Hälfte begann mit den Mädchenblumen-Liedern und endeten mit der Ophelia-Gruppe. Ich muss aber gestehen, dass ich nur noch mit halbem Ohr zugehörte. Strauss ist – für meinen Geschmack – qualitativ überhaupt nicht mit Mörike-Wolf vergleichbar. Ich gehöre zu der Gruppe von Strauss-Gegnern, nein Gegner ist zu viel gesagt, aber ich bin kein Anhänger seiner Musik. Wer hat gesagt, Strauss wäre mehr Handwerker als Künstler? Adorno? Toscanini? Ich weiß es nicht mehr. Zuzutrauen wäre es beiden. Ich mag den Eulenspiegel. Der allerdings treibt mir jedes Mal kalte Schauer den Rücken hinauf. Wie sie ihn aufhängen, nachdem er das biedere Volk aufgemischt hat und er – als Melodie – auch nach seinem Tod weiterlebt – das ist genial. Ich dachte an jenen Film von Kubrick, der ja ein Faible für klassische Musik hatte und sie sehr gekonnt in seine Filme einbaute. Zu Beginn von *2001* den Zarathustra – das ist gekonnt. Bild und Musik ideal kombiniert. Oder *Eyes Wide Shut* mit Musik von Ligeti und nicht nur Ligeti; aber ich vermute mal, viele Kinogänger und

Filmfreaks haben weder vorher noch hinterher von diesem italienischen Komponisten gehört. Manchmal in einem besonders verrückten Moment hätte ich Lust auf eine Umfrage. Als Student hatte ich eine solche gestartet: Warum gehen Sie heute Abend ins Konzert? Ist Ihnen der Komponist Berlioz bekannt? Die Antworten, die ich bekam, waren zwischen skurril und ernüchternd.

Ich hing also meinen Träumen nach, hörte mehr Elsa als Strauss, dachte, sie wäre wie für mich gemacht, sie in meiner Wohnung, in meinem Bett, und ich hätte alle Zeit sie langsam, Stück für Stück auszuziehen, ihren Körper zu küssen, jeden Zentimeter ...

Die Fantasie eilte der Wirklichkeit mal wieder weit voraus. Ich glaube, ich hatte auch nicht den Hauch eines Zweifels in mir, damals in dieser Phase. Ich bildete mir ein der große Frauenkenner zu sein, fühlte mich Johannes hoch überlegen, wenn es um das weibliche Geschlecht ging.

Ich würde Elsa auf jeden Fall in der nächsten Sprechstunde empfehlen, die beiden Hälften zu tauschen und die Lieder mit dem höchsten künstlerischen Anspruch an den Schluss zu setzen.

Die „Mädchenblumen" waren hübsch, nicht mehr und nicht weniger. (Kornblumen, Mohnblumen, Efeu, Wasserrose immerhin von Felix Dahn – „sie erschließt sich nur dem Mondenscheine", das war die Wasserrose, das war bei mir hängen geblieben. Elsa war wie eine Wasserrose.)

In der nächsten Sprechstunde – so nahm ich mir vor – würde ich sie fragen, ob sie etwas gegen die Musik von Berlioz habe. Mir war klar, dass ich mit dieser Frage viel preisgab: Dass ich sie an jenem Abend wahrgenommen hatte und es mich interessierte, wieso sie das Konzert verlassen hatte. Sie sah mich erstaunt an, und ich genoss amüsiert ihr Mienenspiel. Es ging so allerlei durch ihren hübschen Kopf; das konnte ich in ihrem Gesicht lesen. „Ich habe nichts gegen Berlioz. Im Gegenteil. Wie kommen Sie darauf?"

Tja, nun hieß es Farbe bekennen. „Sie und Ihr Begleiter hatten die Plätze vor mir und meinem Freund, und als nach der Pause der Höhepunkt des Abends anstand, waren Sie verschwunden, Sie und Ihr Begleiter – Ihr sprichwörtlicher Begleiter."

Ihr Lächeln erstarb. „Das hatte persönliche Gründe."

Ich wartete. Sie schwieg. Sie schwieg und ich sah ihr dabei zu. Ich wollte es plötzlich nicht mehr wissen, da sagte sie: „Mein Vater ist ins Krankenhaus eingeliefert worden." Dann schwieg sie wieder. „Ein Unfall?" Sie schüttelte den Kopf. „Krebs." Ich wartete. „Das tut mir leid." Ich wartete, aber sie saß mit gesenktem Kopf da, vor sich hinstarrend, und schwieg. „Auf jeden Fall haben Sie den Höhepunkt des Abends verpasst", sagte ich und geriet wieder ins Schwärmen. Sie kannte die *Symphonie fantastique* nicht, nur seine *Les nuits d'été* und das Requiem, hatte aber die Kritik in der Zeitung gelesen. „Es war so außergewöhnlich, dass man sich fragt, wie oft sind solche Musikereignisse abrufbereit. Was wäre zum Beispiel, wenn heute der gleiche Dirigent mit dem selben Orchester, oder der Dirigent mit einem anderen Orchester dieses Werk aufführen würde? Ich stelle mir vor – der Funke springt über im Moment der Aufführung oder nicht. Da sind Winzigkeiten entscheidend – beispielsweise wie zwischen Gold- und Silbermedaille, wie zwischen Lust und Ekstase. Wie reagiert das Publikum – auch das kann von Bedeutung sein. Sekunden können entscheiden zwischen einer guten professionellen Aufführung und einem Highlight. Das ist auch bei den weltbesten Orchestern mit ihren Stardirigenten der Fall und um das nochmals zu betonen: Zu den besten Orchestern gehört unser hiesiges auf keinen Fall. Ob sie wohl gemerkt haben, wie gut sie waren? Na, jedenfalls hat sich das Orchester an diesem Abend selbst übertroffen."

Elsa sah mich an, sah durch mich hindurch, und ich stellte fest, sie war mit ihren Gedanken nicht hier gewesen, hatte mir möglicherweise überhaupt nicht zugehört. Dann stand sie auf, gab mir wortlos die Hand und verließ den Raum.

Eine Zeitlang bekam ich sie nicht zu Gesicht. Sie erschien auch nicht zu den Vorlesungen, und ich fragte mich bereits, ob sie krank war oder sich der Zustand ihres Vaters verschlechtert hatte. Aber sie ging mir nicht aus dem Kopf und das war verwunderlich. Dass eine kleine Studentin, und sei sie noch so schön und begabt, in meinem Kopf herumspukte, fand ich in manchen

Momenten abwegig. Ich sah mich schon durch die Hochschule irren, um wie ein Narr Ausschau zu halten nach der schönen Elsa. Mein Gott, ich wurde ärgerlicher von Tag zu Tag, über sie, über mich, über die Situation. Jemand schien an unsichtbaren Fäden zu ziehen und ich konnte nur reagieren. Das war ein vollkommen neuer Zustand für mich, mit dem ich nicht umzugehen wusste. Elsa – ich begehrte sie. Ich fühlte mich wie elektrisiert in ihrer Nähe, ich wollte sie ansehen, ich wollte ihre Stimme hören, wollte sie singen hören, wollte mit ihr sprechen, wollte sie in mein Leben lassen – und sie? Sie machte sich rar. Sie war einfach nicht da, wie vom Erdboden verschluckt. Ich glaube – aus heutiger Sicht und mit der notwendigen Distanz, die ich damals nicht hatte, war ich bereits Wachs in ihren Händen, sie hatte Macht über mich, ohne es zu wissen, und das behagte mir nicht. Das war ich nicht gewohnt, den Gefühlen ausgeliefert zu sein, war ein unerträglicher Zustand.

Die Geschichte mit Elsa stellte meine Erfahrungen mit Frauen auf den Kopf – sie war mit keiner anderen vergleichbar (weder die Geschichte noch die Frau). War es mein Fehler, dem nicht Rechnung getragen zu haben? Vielleicht. Tatsache war: Ich hatte keine Ahnung, wie ich mit ihr umgehen sollte. Ich war unzufrieden mit mir, ich war unzufrieden über meine Gemütslage, die ich nicht im Griff hatte, Gefühle, die kein Ventil bekamen, Wünsche, die wie Ping-Pong-Bälle in meinem Kopf herumschwirrten, Gedanken, die sich nicht manifestieren ließen und mich unausgeglichen und reizbar machten.

Da bekam ich Post von ihr, einen ganz altmodischen weißen Briefumschlag fand ich im Briefkasten vor. Ich drehte den Umschlag, ein schlichtes weißes Viereck, hin und her – es war keine Marke darauf. Mit anderen Worten: Sie musste ihn persönlich eingeworfen haben. Merkwürdig, welche Gedanken einem dann durch den Kopf gehen. Sie war hier gewesen, hier in meiner Nähe, und ich hatte nichts gemerkt. Schlimmer – sie hatte sich unbemerkt davongeschlichen und mir dieses weiße Ding dagelassen. Mein Herz klopfte im Hals, eine Art Bangigkeit überwog alles andere. So weit war es also schon gekommen, dass ein Brief von ihr – ein ungeöffneter Brief – solche Auswirkungen auf mich hatte! Ich ließ das Kuvert wie ein ekliges Insekt auf den Tisch fallen und vergrub mich fürs Erste in der Tageszeitung. Schließlich wollte ich Herr der Lage sein, aber ich war es nicht. Es war mein eigenes Zuhause und trotzdem gab es hier einen störenden Fremdkörper. Was ich auch tat, ich konnte mich nicht konzentrieren. Ich sah mir dabei zu, wie ich immer tiefer in diesen Strudel hineingezogen wurde. Warum schrieb sie, was könnte sie schreiben, wie konnte ich mich schützen vor dem, was da stand? Und wie der Situation entkommen? So muss sich ein Wildtier fühlen, das man in einer Falle gefangen hielt. Um es zu töten? In den Zoo zu bringen? Oder in den Zirkus? Lauter Alternativen, die ich ablehnte, ich Dr. Ingo Brunner, Dozent für Musikgeschichte an der hiesigen Hochschule für Musik und Darstellende Kunst. Wo war meine Souveränität geblieben? Der Körper lügt nicht; das war mir klar und meiner machte sich jetzt selbstständig: Schweißausbrüche, Schwächegefühle, Krämpfe in der Magengegend, ich kämpfte einen einsamen Kampf und sah mir dabei zu. Lächerlich! Ich benahm mich lächerlich, ließ mich von einer Studentin ins Bockshorn jagen. Zwischendurch war ich froh, dass keiner außer mir diesen Wahnsinn mit ansehen musste. Was hatte ich getan, dass es so weit kommen konnte? Was hatte ich ihr getan? Wie war es dazu gekommen, dass eine Frau solche Macht über mich hatte, ohne anwesend zu sein? Mit solchen Fragen quälte ich mich herum, ohne hinterher sagen zu können, wie lange der Zustand gedauert hatte. Und wieso ich plötzlich den Mut aufbrachte und mit zitternden Fingern den Briefumschlag aufriss? Es war eine Einladung zu einem Fest, ganz harmlos und recht kurzfristig am Ende der Woche. Sie freue sich auf mein Kommen. Sie rechnete also fest damit. Eine Absage kam wohl überhaupt nicht in Frage. Woher nahm sie diese Sicherheit? Sie wusste nichts über mich, rechnete aber ganz sicher mit meinem Kommen.

Der Anfall von Schwäche war vorüber und ich fühlte meine Stärke zurückkommen. Mein erster Impuls war abzusagen, nur um zu sehen, wie sie reagierte. Ich musste ihr klarmachen, dass man nicht einfach so über mich verfügen konnte. In Zukunft würde ich auch zu verhindern wissen, mich solchen Zuständen, wie eben erlebt, auszusetzen. Ich würde mich schützen. Ich durfte nie wieder in eine solche Verfassung geraten. Und deshalb würde ich absagen. Wenn ich aus heutiger Sicht auf diese Phase zurückblicke, kann ich mich nur wundern. Ich fühlte mich wie in einem Spinnennetz gefangen – umgeben von klebrigen Fäden. Ich hatte die Situation nicht unter Kontrolle, wie es meiner Erfahrung entsprach. Ich war nicht Herr der Lage, meiner Lage. Das machte mich unwillig. Ich wollte um mich schlagen, mich befreien und verstrickte mich immer mehr.

Dass ich dann doch zu ihrem Fest ging, ist eigentlich nicht verwunderlich: die Neugier, die Neu-Gier, siegte oder so ähnlich. Ich schwankte zwar gedanklich die nächsten Tage hin und her, aber das war nur ein Manöver, ein Manöver mit mir selbst.

Zu meinen Prinzipien gehörte es, niemals mit leeren Händen zu einer Frau zu gehen: Sie müssen sich dann erst mal mit den mitgebrachten Blumen abgeben, bevor sie Erwartungen hegen oder mich mit langgehegten Vorwürfen überfallen. Im Blumengeschäft stellte ich fest, dass ich keine Ahnung hatte, was ihr gefallen könnte. Rote Rosen schieden von vornherein aus, da sie mit gewissen Assoziationen verbunden werden. Ein bunt zusammengestellter Strauß könnte zu ihr passen. Ich entschied mich dann doch für drei gelbe Gerbera mit zwei Flamingoblüten in orange. Ich muss wohl kaum erwähnen, dass Elsa genau diese Gewächse nicht mochte, sie, die Blumen über alles liebte, alle Blumen bis auf jene, die ich ihr an dem Abend brachte. Ihr höfliches Lächeln und den artigen Dank, als sie das Gebinde in Empfang nahm, habe ich heute noch vor Augen.

Elsa wohnte in einem Haus, das mindestens 100 Jahre alt war. So kam es mir vor. Der Geruch im Treppenhaus erinnerte mich an meine Kindheit. Bis zu diesem Moment war mir entfallen, dass wir früher ebenfalls in so einem alten Haus gewohnt hatten. Ich blieb mitten auf der Treppe stehen, schloss die Augen und schnupperte. Es roch nach Alter, Staub, Bohnerwachs und irgendetwas, was ich auch an jenem Abend nicht identifizieren konnte. Gerüche haben ein langes Gedächtnis.

Die Erinnerungen an früher überwältigten mich. Am liebsten hätte ich das Haus wieder verlassen, zurück in die eigenen vier Wände, wo ich mich sicher fühlte. Ich könnte auch die Blumen abgeben und wieder verschwinden, dachte ich.

Vor ihrer Tür war es laut: Stimmen, Gelächter, Gläserklirren, keine einladenden Geräusche in meinen Ohren. Eine Ansammlung von vielen Menschen war mir immer ein Gräuel. Solange ich denken kann, war ich lieber mit den Frauen allein. Bei dieser Frau war nichts, wie es hätte sein sollen. An der Tür standen zwei Namen: Elsa Rivinius und Roland Ebert. Das war der hühnerhalsige Jüngling am Klavier. Bis zu diesem Moment wäre mir nie in den Sinn gekommen, dass die beiden zusammenlebten. Auf mein Läuten öffnete einer der Gäste, vermutlich hatte er neben der Tür gestanden. Er hatte eine Flasche Bier in der Hand und rief nach Elsa, als er meiner ansichtig wurde. Da stand ich nun mit den Blumen in der Hand („Halten Sie die Köpfe nach unten, dann bleiben sie länger frisch", hatte die Verkäuferin gesagt), die Garderobe war überfüllt mit Kleidungsstücken, von der Diele gingen einige Türen ab, hinter denen das Fest vor sich ging.

In der Diele hing eine Photographie in beachtlicher Größe: *American Girl in Italy* von Ruth Orkin 1951. Eine Schwarz-Weiß-Aufnahme, sie zeigte eine hübsche junge Frau, die sich ihren Weg durch italienische Männer bahnen muss, die ihr ganz offensichtlich hinterher pfeifen oder anzügliche Bemerkungen machen. Der Ausdruck im Gesicht der jungen Amerikanerin sprach Bände! Ich suchte nach einer Möglichkeit, das Gebinde loszuwerden, um sofort wieder zu verschwinden, da stand sie plötzlich vor mir, reichte mir die Hand und lächelte mich an. Nein, sie strahlte und dieses Strahlen hielt mich. Sie konnte mit ihrem Lächeln einen ganzen Raum erwärmen. Sie nahm mir die Blumen und den Mantel ab und ging voraus in das Zimmer gegenüber. Es war ein überraschend großzügiges Zimmer, das in ein anderes überging und beide waren voller Menschen. Kerzen vor den Fenstern warfen koboldartiges Licht auf die Scheiben, auf die zahlreichen Grünpflanzen und an die hohen Wände. „Ein Glas Wein? Zu essen steht in der Küche." Keiner nahm Notiz von mir, und im Moment war mir das auch ganz recht. Schließlich war ich nur wegen einer Person hier, und eigentlich wollte ich sofort wieder gehen. Elsa hatte mir ein volles Glas in die Hand gedrückt und war wieder verschwunden. Ich nippte am Wein und mischte mich unter die Leute, die mich nicht interessierten. Da fiel mein Blick auf ein Bild, mit dem ich nun wirklich nicht gerechnet hatte: ein Feuerbach.

Es hätte auch ein Döblin sein können. Ich muss gestehen, ich habe eine Schwäche für diesen klassizistischen Stil, immer schon gehabt, vielleicht, weil er so idealisierend und weit weg von der Realität war wie nur möglich. Ich trat näher hin, um es besser sehen zu können: Ja, es war Francesca von Rimini mit ihrem Geliebten Paolo, ein schon vergilbter und kein sehr guter Druck, aber in einem hübschen Silberrahmen. Innige Zweisamkeit, sie im Vordergrund, im Licht sozusagen, im weißen Batistkleid, im Profil mit wallendem Haar, auffallenden Ohrringen, wobei die Farben kaum noch zu erkennen waren. Francesca hat ein Buch zwischen den Fingern, während er mit roter Samtmütze und grünem Gewand den Arm um sie legt und die Augen niederschlägt.

Es ist anzunehmen, dass sie gerade die Geschichte von Lancelot und Guinevere lesen.

Sie sitzen in einer Gartenlaube, wortlos, schweigend, und sehen nicht aus, als ahnten sie etwas von ihrem gemeinsamen Tod. Hat Malatesta, Francescas versprochener Ehemann, den Mord schon geplant? Hässlichkeit führt zu Untreue und Untreue wird mit dem Tod bestraft. Das ist die Rache des Betrogenen, des Hässlichen, seine einzige Möglichkeit zur Rache.

Aufgrund eines politischen Agreements – wie so oft – bekommt er, der Hässliche, eine Ehefrau, die ihn nicht liebt. Francesca liebt ihn nicht, weil er hässlich ist oder weil es von ihr erwartet wird, weil sie gezwungen wird? Francesca liebt den schönen Paolo, seinen Bruder. Um wenigstens das Gesicht der Macht zu wahren, lässt der Hässliche beide umbringen. Wenn man Boccaccio glauben darf, gibt es noch einen dritten Bruder, der den Stein ins Rollen bringt: Er denunziert Paolo und beschwört so den Mord herauf. Neid? Eifersucht? Ist Elsa so schön wie Francesca, war Francesca so attraktiv wie Elsa? Von all dieser Dramatik zeigt dieses Bild nichts, es könnte jedes beliebige Liebespaar sein. „Mögen Sie Feuerbach?" Unbemerkt war Elsa neben mich getreten. Ich spürte ihre Nähe mit jeder Faser meines Körpers, ihr Duft war in meiner Nase; ich wich einen Schritt zurück. „Ein Geschenk meines Großvaters", sagte sie, „er meinte, ich sähe ihr ähnlich."

Ich betrachtete sie – sie war mindestens 20 Zentimeter kleiner als ich, ihr Profil war nahezu vollkommen, das hatte ich schon mehrfach festgestellt, die Proportionen zwischen Nase und Kinn, die Stirn hoch und gewölbt, der Haaransatz führte diese Linie fort, das rote schwere Haar wurde heute mit einer altmodischen silbernen Spange zusammengehalten. Für einen Ästheten wie mich war es das perfekte Profil. Und dann diese Augen. Aber es war wohl nicht die ungewöhnliche Farbe, die bei dieser spärlichen Beleuchtung dunkler war als sonst, sondern der Blick, der mich heute Abend fesselte: Sie sah mich an und ihre Pupillen trafen mich direkt. Ich sah ihr auf den Mund, stellte mir vor, ihn zu berühren, weich, feucht, warm. Das Verlangen brachte mich fast um den Verstand.

Und da war das untrügliche Gefühl, dass sie genau wusste, was in mir vorging. Sie sah mich an, unsichtbare Fäden waberten zwischen uns. Ja, dachte ich, sie hat eine gewisse Ähnlichkeit mit Francesca, aber wer ist dann Paolo? Gibt es ihn? Elsa kannte die unglückliche Geschichte aus dem Stück eines amerikanischen Dramatikers, der die gesamte Handlung aus der Sicht des hässlichen getäuschten Malatesta schrieb, ein Unglücklicher, der ein Urteil vollstreckt, das ihm moralische Konventionen vorgeben. Und das, obwohl er seinen Bruder liebt. („I loved him more than honour, more than life", zitierte Elsa) Für sie spielt die Missgestalt des Ehemanns nicht die entscheidende Rolle, sondern dass Francesca sich in Paolo verliebt. Das Gefühl für ihn, für den Bruder, verleitete sie zur Untreue. „Sie wurde zu einer Ehe gezwungen, die sie selbst nie eingegangen wäre", sagte Elsa.

Eine typisch weibliche Sicht der Dinge, dachte ich.

Sie ging mir voran ins Nebenzimmer und blieb vor einem Plakat stehen: die Ankündigung einer Ausstellung in Amsterdam vor etlichen Jahren. Ein Rossetti – 1867. Dante Gabriel Rossetti malte immer wieder seine jung verstorbene Ehefrau. *Lady Lilith* betitelte er dieses Gemälde und mit ihr hatte Elsa enorme Ähnlichkeit! Jugendstil hat für meine Begriffe viel kitschige Elemente, aber etwas von Elsas Schönheit spiegelte sich wider.

Daneben hatte jemand geschrieben: Nimm dich in acht vor ihren schönen Haaren. Wenn sie damit den jungen Mann erlangt, so lässt sie ihn so bald nicht wieder fahren. Mephisto an Faust.

Ein schwellendes Weib – in jeder Beziehung schwellend –, den Körper aber verhüllt in einem weißen Spitzengewand. Blüten ringsum, offene Blüten symbolisieren üppige Erotik. Die offene Blüte hat ihren Zenit überschritten und ist bald verblüht.

Einen kurzen unendlichen Augenblick lang standen wir als Paar vor Lilith, ich stellte mir vor, wie ich meine Hand auf ihren weißen Nacken lege, die Silberspange löse und in ihr Haar greife – wie es sich wohl anfühlt? –, da wurde sie weggerufen. Wer hatte das Faust-Zitat wohl an den Rand geschrieben? Warnung? Bittere Erfahrung?

Elsa kam nicht wieder, ich trank mein Glas leer und schlenderte zurück zu Feuerbach, auf der Suche nach Elsa.

Ich fand sie neben irgendeinem Jüngling, ihre Hand auf seinem Knie und lauschte ihm, und nur ihm. Da war kein Platz für irgendetwas anderes. Sie war ihm so nah, wie vorher mir. Ich stellte mein Glas irgendwohin, schnappte meinen Mantel und verließ die Wohnung.

Wozu hatte sie mich eingeladen? Wie ein Ausstellungsstück war ich mir vorgekommen zwischen all den unfertigen ahnungslosen Knaben, auswechselbar und deplatziert. Mit einem lauten Knall ließ ich die Haustür ins Schloss fallen. Nein, Liliths Haare würden mich nicht einfangen, dafür würde ich schon sorgen. Die Fäden mussten durchgeschnitten werden, bevor sie mich zu sehr eingewickelt hatten. Aber genau das war der springende Punkt: Es war bereits zu spät, ich wollte es nur nicht wahrhaben. Lilith und der Jüngling an ihrer Seite. Sie hatte so, so abgewandt gewirkt, als wäre ich nicht vorhanden. Und doch war da der kurze intime Moment, als unsere Augen sich trafen, was mein Verlangen schürte. Die starke Wirkung ihrer Körperlichkeit. Lilith – Elsa mit dem Zauberhaar. Ich hatte das Gefühl sie nie für mich gewinnen zu können, und diese Vorstellung raubte mir alle Gelassenheit. Ich musste nach Hause, musste nach diesem misslungenen Abend das Gefühl von Sicherheit bekommen.

Ich fuhr durch die nächtliche Stadt und versuchte mich auf den Verkehr zu konzentrieren. Es regnete Bindfäden, natürlich regnete es. Es regnet immer in so einer Situation, wenn man den Filmemachern glauben darf. Zuhause gönnte ich mir noch ein Glas Wein und griff nach der Kreutzer-Sonate. Das war jetzt genau das Richtige: leidenschaftlich, rebellisch, energisch.

Auf dem Cover meine Lieblingspianistin, Martha Argerich, auch mit wallendem Haar. Aber sonst hatte sie wenig Ähnlichkeit mit Lilith. Hellwach und intelligent schaut sie in die Kamera, leicht lächelnd mit ihren zupackenden Händen. Sie hatte nichts von der träumerischen Weltvergessenheit einer Rossetti-Figur. Daneben Gidon Kremer. Ich trank meinen Wein und lauschte den beiden Musikern. Wie lange hatte ich nach dieser Aufnahme gesucht! (Inzwischen habe ich ein Lieblingspaar aus der jungen Generation, die dem Duo Argerich/Kremer auch mit anderen Beethoven-Sonaten in nichts nachstehen: Frau Faust und Herr Melnikov sind ebenso leidenschaftlich und technisch versiert).

Ich schloss die Augen und führte mir den einzig lohnenden Augenblick dieses Abends vor Augen, ihr Duft, den ich immer noch in der Nase hatte, ihre körperliche Ausstrahlung. Es zog mich förmlich in ihre Nähe und ich konnte nichts dagegen tun. Magnetismus nennt dies ein japanischer Schriftsteller in einem Roman, der mir Monate später diese Szene blitzartig wieder vor Augen führen sollte. Ich hätte mit beiden Händen ihr Gesicht festhalten und meine Lippen auf ihre legen sollen. Hatte ihr Blick das nicht gefordert? Ob es mir jemals gelingen würde, die Distanz zu überwinden? Aber die Kränkung blieb. Sie hatte mich einfach gegen einen unreifen, unerotischen Knaben ausgetauscht. Vermutlich spielte sie mit allen Männern dasselbe Spiel: Sie warf ihr Rossetti-Haar in die Welt und zog damit die Männer an Land.

Ein tiefer Zwiespalt tat sich auf, ich glaube, das wurde mir an jenem Abend bewusst. Das war neu für mich, ich wollte nicht mit anderen „Männern" verglichen werden, in Wettstreit zu treten, um eine Frau. Das war nicht mein Stil. Sie sollte mir gehören und nur mir. Sie war wie für mich geschaffen und passte perfekt in mein Leben und in das Bild, was ich von mir und was ich von ihr hatte. So dachte, so fühlte ich damals.

Ich muss gestehen, dass es mir schwer fällt aus heutiger Sicht den damaligen Standpunkt einzunehmen. Um der Geschichte gerecht zu werden, muss ich jene Phase des inneren und äußeren Zwiespalts vertreten. Mehr und mehr wurde mir bewusst, in welchem Dilemma ich steckte.

Ich mied ihre Nähe, sagte meine Sprechzeiten ab, verbrachte mehr Zeit außerhalb der Hochschule. Ich stellte mir vor, wie sie vor meiner Tür stand, nachdenklich, vergeblich wartend.

Aber unweigerlich kam der Tag, kam sie, stand an der offenen Saaltür nach einer Vorlesung, und schien auf mich zu warten. Ich packte mein Skript zusammen, atmete schwer. Mein Herz klopfte, klopfte laut hörbar, kalter Schweiß bedeckte meinen Nacken.

Und sie stand da wie Charon am Eingang zur Unterwelt – ich musste an ihr vorbei, wollte ich entkommen. Wie konnte sie mich so in die Enge treiben!

Ich sah sie nicht an, nahm lediglich ihre Gestalt wahr. Ich tat so, als wäre ich noch ganz in Gedanken, versuchte gelassen zu wirken. Mit der Tasche unter dem Arm stieg ich die Stufen zum Saal hinunter und schritt Richtung Tür, mich umsehend im Raum – es war niemand mehr da, außer uns beiden. Die wenigen Meter zur Tür schienen eine Ewigkeit zu dauern; gleichzeitig war ich zu keinem klaren Gedanken fähig. Schließlich waren wir auf gleicher Höhe. Ich lächelte auf sie herab. „Nun, gibt es noch irgendetwas?" Als wir so nebeneinanderstanden, stellte ich fest, wie viel kleiner sie war. Ich konnte mich hinter meiner Größe verschanzen, fühlte mich überlegen.

Sie schien geschrumpft, aber wahrscheinlich kam mir das nur so vor. In ihren Augen war ein Ausdruck, den ich nicht zu deuten wusste und auch nicht wissen wollte. Sie rang nach Worten. „Schade, dass Sie an jenem Abend so schnell verschwunden sind." An ihrem Hals klopfte eine Ader. Ich hob die Hand, ich hätte sie gern an ihren weißen Hals gelegt, ließ sie aber wieder sinken. „An welchem Abend?", fragte ich. „Ach, Sie meinen bei Ihrer Party? Tja, tut mir leid, ich hatte noch was vor." Und dann: „Wie geht es Ihrem Vater?" Aus welcher Windung meines Gehirns kam diese Frage? Das hatte ich nicht fragen wollen. Es interessierte mich auch nur am Rande. „Dickdarmkarzinom", flüsterte sie. „Das tut mir leid", sagte ich, „wir sollten mal einen Kaffee zusammen trinken, aber jetzt muss ich weg." Ich nickte ihr zu und ließ sie stehen. Mit energischen Schritten ging ich in mein Zimmer und schloss hinter mir die Tür. Aufatmend sank ich auf den Stuhl. Ich war entkommen, war in Sicherheit.

In der nächsten Zeit schien sie mir und ich ihr aus dem Weg zu gehen. Das war mir recht, ich bildete mir ein, meiner Psyche ginge es besser so, ich war weniger reizbar, kam besser mit mir zurecht.

Unser nächstes Zusammentreffen kam für mich reichlich unerwartet und war überhaupt nicht beabsichtigt. Johannes war in Paris, um Monets letzte Bilder zu studieren. („Sie zeigen den Tod", rief er erregt, „überall sieht man den Tod in jeder Blüte, in jeder Wasserwelle, in jeder Weide.") Er wollte aber zu einem Kammermusikkonzert wieder im Lande sein.

Seit dem Berlioz-Konzert waren acht Wochen vergangen. Johannes liebte Kammermusik fast vorbehaltlos, aber vor allem liebte er Schubert, vorbehaltlos. An jenem Abend trat ein junges Streichquartett auf, eines der besten im Lande, mit Verdis einzigem Quartett und Schubert im Weißen Saal des Neuen Schlosses. Und es war nicht irgendein Streichquartett von Schubert, sondern *Der Tod und das Mädchen*. Das war eines der Werke, die ich in meiner schmalen Streichquartettsammlung hatte. Kurioserweise lag das an einem Film (mal wieder): *La femme en bleu*. Der unvergleichliche Michel Piccoli als Musikliebhaber findet seine

Traumfrau, aber natürlich verliert er sie wieder aus den Augen, denn es ist ein französischer Film.

Er handelt von seiner Suche des Mannes – chercher la femme – und von seiner Sehnsucht, von der Sehnsucht, die wir alle angeblich haben, die Sehnsucht nach der Vollkommenheit, nach unserer zweiten Hälfte, nach unserer Ergänzung. Dieser Mann geht durch reife Weizenfelder, durch die der Wind streift – reifer Weizen hat eine unverwechselbare, eine van Gogh'sche Farbe – und immer dann erklingt die erste Variation aus Schuberts Streichquartett. Es bleibt offen, ob die Traum-Frau, la femme en bleue, nur in seiner Fantasie bestanden hat und er einem Trugbild erlegen ist, und es bleibt offen, ob er anschließend den Tod sucht. Diese Musik – gekoppelt mit diesen Bildern, mit der Sehnsucht nach Liebe – trifft mitten ins Herz.

Schubert trifft immer ins Herz, sagt Johannes, deshalb liebe ich seine Musik. Mit geschlossenen Augen saß er da, ganz der Musik hingegeben, mit leicht geöffnetem Mund, seine Hände lagen wie Gefäße auf seinen Knien, vollkommen unbeweglich. Fast beneidete ich ihn um diesen Zustand.

Zu gern hätte ich das Rauscherlebnis der Berlioz-Symphonie wiederholt, aber Schubert versetzt mich nun mal nicht in Ekstase. Es war eine grandiose Wiedergabe und nicht nur im berühmten Variationssatz. Dieser Dialog zwischen dem Tod und dem Mädchen wird vom Komponisten mit ein paar Akkorden unterlegt, unnachahmlich in ihrer harmonischen Reihenfolge, in düsterem d-Moll, was sich in Dur auflöst, gemäß den Worten „Sei gutes Muts, ich bin nicht wild, sollst sanft in meinen Armen schlafen". Die Hoffnung des Christenmenschen, der Tod sei nichts anderes als ein Schlaf, ein Freund und kein Strafender. Ich höre Schubert mit dem analytischen Verstand, nicht wie Johannes mit dem Gefühl. Bei der Dur-Variation wird mir mal wieder bewusst, dass kein anderer Komponist so gekonnt zwischen Dur und Moll hin und her lavieren kann wie Franz Schubert. Das Thema wirkt in Dur genauso schlüssig wie in Moll, beides ist möglich, beides ist stimmig. Und in diesem Quartett erweist er sich als Meister der Form, ohne dass es zu jenen Brüchen kommt wie in manchen seiner Klaviersonaten beispielsweise, keine abrupten Pausen, hier ist ihm eine große Form genial gelungen, er, der die kleine Form bevorzugte, denn die große Form ist besetzt mit einem Namen, in dessen Schatten Schubert sein ganzes Leben lang gestanden hat und den er nur um ein Jahr überlebt hat: Beethoven. Nach dem Variationssatz ein düsteres Presto, das durchaus etwas aufbegehrendes hatte, etwas, das mir bei Schubert oft fehlte – überwältigend gespielt. Überwältigend war auch der Applaus, und er gab meinem Freund Zeit, wieder zurückzufinden.

Als wir das Schloss in Richtung Siegessäule verließen – Johannes immer noch sprachlos, in sich gekehrt, dünnhäutig, mit anderen Worten: leicht verletzbar – hatte es zu regnen begonnen. Es wehte ein kalter Wind und es war äußerst ungemütlich. Rechter Hand gab es unter den Arkaden eine Studentenkneipe, die ich vor allem gerne im Sommer aufsuchte: Tische und Bänke draußen waren aus schlichtem Holz, man hatte einen ungetrübten Blick über den ganzen Platz und man war sicher vor dem Autoverkehr. Ich nahm Johannes beim Arm und schob ihn in diese Richtung.

Jetzt im Winter war es im Innern mollig warm, schummriges Licht kam durch wenige Leuchten und den Kerzen auf den Tischen. Ich ging voraus und suchte einen Tisch an der Wand – ich habe gerne eine Wand im Rücken, dann fühle ich mich sicherer. Und ich hatte gerne die Leute in meinem Blickfeld. Das Lokal war gut gefüllt, schließlich war Samstagabend, und Phil Collins brachte uns ins alltägliche Leben zurück. „Nach einem Konzert fühlt man sich oft wie von einem anderen Stern", sagte Johannes und stöhnte. Binnen kurzem würde aber auch er sich damit abfinden. Die Bedienung, dem Alter nach vermutlich eine Studentin, nahm unsere Bestellung auf: „Für mich einen Orvieto und für ihn einen Merlot." Ich zündete mir eine Zigarette an und sah in den Raum. Johannes nahm sich auch eine, was mich verblüffte, denn er rauchte sonst nie. Der Wein kam, und wir stießen an auf das eben gehörte Konzert.

In diesem Augenblick passierte etwas sehr Eigenartiges: Ich hatte von einer Sekunde zur anderen das Gefühl, das alles schon mal erlebt zu haben: Ich war in einer früheren zeitlichen Dimension und wusste deshalb, was als Nächstes geschehen würde. Mir war nicht klar, woher ich dieses Wissen hatte – ich wusste es einfach und sah die kommende Szene wie in einem Film:

Die Tür ging auf, und herein kam eine Gestalt in einem schwarzen Kapuzenmantel. Die Gestalt war mir unbekannt, und doch wusste ich mit blinder Gewissheit: Es ist Elsa.

Ich fühlte mich wie benommen und starrte völlig gebannt auf die Gestalt im schwarzen Kapuzenmantel. Woher kam diese Gewissheit? Ich verfolgte die schwarze Gestalt mit den Augen und erkannte: Nichts wünsche ich mir sehnlicher als das, was gerade passiert: Sie wird jetzt die Kapuze abstreifen, das Gesicht weiß und spitz vor Kälte, sie wird mich entdecken, stutzen, zögern und dann auf unseren Tisch zukommen. Und genau das geschah: Ich hatte auch nichts anderes erwartet. Sie war – wie immer – nicht allein, ein neuer Fremdling hatte sich an ihre Fersen geheftet. Sie hatte heute ihr Haar in Zöpfen um den Kopf gelegt, was ihr überraschender Weise stand. Normalerweise fand ich solche Frisuren einerseits altmodisch und zudem bei erwachsenen Frauen lächerlich, denn sie machten aus gestandenen Weibern kindliche hilfsbedürftige Wesen.

Sie kam durch den ganzen Raum zu unserem Tisch, sagte, das sei ja eine Überraschung und ob sie sich zu uns setzen dürften. Johannes war aufgesprungen und küsste Elsa die Hand:„Johannes Magnus, Maler". Woraufhin der Fremdling sagte: „Jochen Stieber, Cellist."

Wir lachten und setzten uns: Elsa neben Johannes, also mir gegenüber, und der Cellist setzte sich neben mich auf die Bank. Ich sah an Elsa vorbei, meine Magennerven spielten verrückt, etwas krampfte sich in mir zusammen. Die Filmszene war zu Ende, ich hatte keine Ahnung, wie es weitergehen würde. Ich sah zu Johannes hinüber, nickte ihm zu, und er begann vom Konzert zu erzählen. Ich war ihm dankbar dafür, denn vermutlich hätte meine Stimme versagt.

Der Fremdling wusste sofort, um welches Quartett es sich handelte, er hatte von dem Auftritt gehört oder gelesen, war natürlich Feuer und Flamme und stellte einige gezielte Fragen, die ich dann bereitwillig und ausführlich beantwortete, immer darauf bedacht, Elsas Augen, ihrem Blick auszuweichen. Es entstand ein Disput über verschiedene Interpretationen einiger Streichquartette, wobei nicht zu übersehen war, dass der Fremdling sich sehr gut auskannte, besser als ich auf jeden Fall – Streichquartette sind nicht mein Spezialgebiet; von da aus war es nur noch ein Sprung zum berühmten C-Dur-Quintett, das der Fremdling als zweiter Cellist irgendwo mitgespielt hatte.

Er schwärmte von diesem Ensemble, er schwärmte von den ersten beiden Sätzen – natürlich! – er schwärmte von Schubert – „dieser Anfang in C-Dur! Himmlisch!" „Mögen Sie Schubert?" Elsas Stimme klang warm und war so eindeutig an Johannes gerichtet, als säßen die beiden allein am Tisch. „Die Frage lautet: Lieben Sie Brahms?" Ich lachte über meine Assoziation, der Cellist lachte mit, aber Johannes ging nicht darauf ein. „Seine Musik bedeutet mir alles. Ich liebe seine Gespaltenheit, die Selbstzweifel, seine immer wieder auftauchende Kraftlosigkeit, aber auch die andere Seite: das Tänzerische, die Lebensfreude, das Wienerische eben. Wissen Sie, ich höre Musik ausschließlich emotional, ich verstehe nichts von Strukturen, von Harmonik, vom Aufbau einer Komposition, aber Schubert trifft mich ganz direkt." Ich horchte erstaunt auf. So hatte er sich mir gegenüber noch nie geäußert. „Über all seinen Werken liegt ein Trauerflor, eine Schwermut, die oft düster und dunkel wirkt, wie aus einer anderen Welt, eine Schattenwelt vielleicht, ein Totenreich. Wie gesagt, auf mich wirkt es so." Elsas Gesicht war weich, in ihren Augen spiegelte sich das Licht der Kerze wider, die auf dem Tisch stand. Der Fremdling neben mir nickte bestätigend. Obwohl mir diese Meinung nicht unbekannt war und auch einiges dafürsprach, wollte ich die Diskussion ein wenig in Gang bringen: „Die Schwermut in Schuberts Musik liegt weniger in seinem Wesen begründet.

Es ist viel mehr die beginnende Romantik, die so schwärmerische Wellen schlägt. Es war „Trend", so würde man heute sagen, „melancholisch zu sein.Ich sah sie nicht an, ich sah in den

Raum, als hätte ich ein Publikum vor mir. „Die Sehnsucht an sich – da wo du nicht bist, ist das Glück – hat Schubert vertont, die Sehnsucht nach der Natur, nach der Einsamkeit, nach der idealen Liebe war Mode, war en vogue – egal wie Sie es nennen wollen. Das war die Romantik. Seiner musikgeschichtlichen Position nach war Schubert ein Vertreter der Klassik, Thronfolger Beethovens, ganz in dessen Tradition und fokussiert auf dessen Genie. Ihm fehlte Beethovens Kraft – dessen Leidenschaftlichkeit. Sie waren ja quasi Zeitgenossen, der Franz und der Ludwig. Die Zeit hätte einen Romantiker gebraucht. Das war sein Zwiespalt." „Meiner Meinung nach war er Romantiker", widersprach Elsa. „Was er mit seinen Liedern geschaffen hat, wie er die Klavierbegleitung verändert hat! Er hat ein ganz neues Genre kreiert.

Er hat die Romantik eingeläutet. Ohne ihn kein Schumann, kein Brahms und vor allem kein Wolf." Elsas Stimme klang entschieden, als ließe sie keinen Zweifel zu. „Jemand hat mal gesagt, wenn Schubert länger gelebt hätte, wäre auch er ein Meister der großen Form geworden." Das kam vom Cellisten. Er sah mich fragend an, ich konnte und wollte ihm nicht zustimmen. „Schubert stand so sehr unter dem Einfluss Beethovens, und er war sich seiner Unzulänglichkeiten durchaus bewusst."„Unzulänglichkeiten!" Elsa war empört, ganz Emotion natürlich – als Frau, als Sängerin, als Schubert-Interpretin. „Wie können Sie bei Schubert von Unzulänglichkeit sprechen!"

Sie sah mich direkt an, zum ersten Mal an diesem Abend, und ich hatte das Gefühl, sie meinte etwas ganz anderes. Ich lehnte mich zurück und betrachtete sie distanziert, nahm gleichzeitig wahr, wie Liliths unsichtbare Haarfäden nach mir griffen und wie mich nur die Breite einer Tischplatte schützte. Ihre Augen sprühten, sie war so schön in ihrer Empörung, so begehrenswert, so weit von mir entfernt – nur eine Tischlänge – und doch Planeten weit entfernt. „Man sagt, Beethoven war ein Titan, er war ein Rebell, ein Widerstandskämpfer. Ihm lagen die großen Formen. Schuberts Meisterschaft liegt in seinem Melodienreichtum. Er war sicher ein unglücklicher Mensch, glücklos vor allem bei den Frauen", schob sie leise hinterher. „Jemand, der die

Winterreise komponieren kann, ist auch ein Titan." „Der Wind spielt drinnen mit den Herzen wie auf dem Dach, nur nicht so laut." Johannes versuchte zu singen, was ihm nicht ganz gelang, aber jeder wusste, was gemeint war. Elsas Mimik entspannte sich augenblicklich. „Er hatte mit seinem Ave Maria nicht einmal Angst vor Kitsch. Ich finde, das spricht für ihn." Der Satz blieb unkommentiert im Raum stehen. „Apropos Schubert: Wir waren im Kino. ‚Vier Minuten'. Ein toller Film mit Monica Bleibtreu und der jungen Herzsprung, die eine Pianistin im Gefängnis spielt und Monica ist die alternde Klavierlehrerin."„Und was hat das Ganze mit Schubert zu tun?", wollte Johannes wissen. „Es wird viel Schubert gespielt, aber auch Beethoven. Der Film lohnt sich." „Ich möchte einmal die Winterreise mit Ihnen hören", sagte Johannes zu ihr. „Glauben Sie, das wäre machbar? Ihr Konzert an der Hochschule war übrigens sensationell, Sie waren sensationell!" Er streckte ihr die Hand hin. „Johannes." „Elsa." Sie lächelte ihn an, ihr ganzes Gesicht leuchtete, der Unmut, die Empörung – verschwunden. So hatte sie mich noch nie angelächelt, nicht einmal an jenem Abend bei ihr zuhause, bei jenem Fest. „Und ja, es ist machbar. Ich hätte auch einen vorzüglichen Begleiter, ich gehöre allerdings nicht zu den Sängerinnen, die einen Männerzyklus öffentlich singen; in einem privaten Rahmen: sehr gerne." Sie leerte ihr Glas und stand auf. „Sänger müssen früh ins Bett. Ich habe morgen einen Auftritt und muss ausgeschlafen sein." Und zu mir: „Wann trinken wir den Kaffee zusammen?"

So coram publico wollte ich das nicht besprechen. Also sagte ich: „Jederzeit. Ich bin zu allen Schandtaten bereit", und grinste breit. Elsa bedachte mich mit einem unergründlichen Blick, sagte adieu und ging. Der Fremdling trank sein Glas aus und heftete sich gehorsam an ihre Fersen.

Ich bestellte für uns noch einen Wein, da meinte Johannes: „Ich hatte den Eindruck, du wärst an ihr interessiert. Ich könnte das gut verstehen. Ist dem nicht so?" Ich zuckte mit den Achseln. „Ich finde sie sehr amüsant und auch begabt, aber als Frau? Die Frisur war sehr unvorteilhaft, um es milde auszudrücken. Sie passt einfach nicht zu ihrem Typ." „Ich finde sie fantastisch!", schwärmte mein Freund, und ich konnte mir aussuchen, was er damit meinte: Frau oder Frisur. Aber er bohrte nicht weiter nach, und ihr Name wurde den ganzen Abend nicht mehr erwähnt.

Der nächste Tag war ein Sonntag, gleichzeitig erster Advent und Beginn der zahlreichen Advents- und Weihnachtskonzerte. Den ganzen Tag wälzte ich Elsas Auftritt in mir, von rechts nach links. Wollte ich mir das anhören? Die Wetterprognosen waren alles andere als günstig für den Straßenverkehr, es war kälter geworden, der Regen sollte in Schnee übergehen – ein Wetter, an dem man am besten nicht vor die Tür geht. Einfach so zum Spaß – redete ich mir ein – könnte ich mal im Internet nachsehen, ob Elsas Name bei irgendeiner Veranstaltung auftaucht.

In der Vorweihnachtszeit war für Sänger am meisten zu tun. Diese Überlegung brachte mich auf die richtige Spur: Sie sang das Sopransolo in einer Zelenka-Messe in der Stadtkirche von B.

Mit einem ortsansässigen Ensemble. Das Niveau eines Provinzorchesters konnte ich mir lebhaft vorstellen, und ich hatte eigentlich nicht vor, mir das anzutun. Andererseits war ich schon lange in keiner Kirche mehr gewesen, und es reizte mich, ihre Stimme unter anderen akustischen Bedingungen zu hören.

Den ganzen Tag war ich unentschlossen und das nervte mich. Nach der Beschreibung zu urteilen, lag die Stadtkirche von B. in der Fußgängerzone, für nicht Mitwirkende also nur zu Fuß zu erreichen. Letztendlich gab das den Ausschlag: Die Vorstellung, zu Fuß auf eine Kirche zuzugehen, hatte etwas Romantisches. Eine Stunde für den Anfahrtsweg dürften reichen, dachte ich und fuhr um sechs los.

Aber wie jedes Jahr in diesem Lande ging nichts mehr auf den Straßen, wenn es schneite und vor allem nicht, wenn es der erste Schnee war! Jedes Jahr spielen sich dieselben Szenen ab: Ein Teil der Autofahrer hatte sich noch nicht auf Winterreifen eingestellt und wurde wie immer total überrascht. Der andere Teil schien just an diesem Tag den Wagen aus der Garage zu holen, um zu Tante Elfriede und Onkel Otto zum Tee zu kommen. Auf den Straßen merkten sie dann, dass es rutschig werden könnte, und vor lauter Angst fuhren sie im Schneckentempo und hielten den ganzen Verkehr auf, statt das Auto an so einem Tag stehen zu lassen.

Als ich losfuhr erinnerte ich mich an eine Fahrt – das war mindestens 20 Jahre her – als ich von den Schneemassen wirklich überrascht worden war und alle Hände voll zu tun hatte, ruhig zu bleiben. Ich war zu einer Hochzeit eingeladen, als Trauzeuge (Die Ehe hielt nicht lange, was auch nicht anders zu erwarten war mit mir als Trauzeugen. So dachte ich damals, so denke ich heute noch.), und ich fuhr einen Tag vor Silvester in Richtung Norden auf der Autobahn, als ein Schneesturm uns alle völlig überraschte. Im Nu war die Sicht so schlecht, dass man tatsächlich nur noch schleichen konnte. Die Straßenschilder waren zugeschneit, weil der Wind von allen Seiten kam.

Ich musste nach Rothenburg, dem romantischen Rothenburg, im Sommer eine Attraktion für alle Amerikaner/Japaner, aber es gab nur eine kleine Landstraße, die völlig zugeschneit und verlassen vor mir lag. Dreißig Kilometer Landstraße vor mir, weiße Schneewüste um mich herum, sonst nichts.

In der Erinnerung verändern sich solche Erlebnisse, aber ich sah mich damals im Straßengraben liegen, blau gefroren, weil mich niemand gefunden hätte. Mein Leben hätte zu Ende sein können. Aber alles ging gut. In Rothenburg anzukommen, die schönen alten Häuser rechts und links der Straße mit Christbäumen geschmückt, Lichterketten allüberall, Licht hinter den Fenstern und alles spiegelte sich im frisch gefallenen Schnee wider – das entschädigte für diese Höllenfahrt.

Das war Romantik pur, wie auf alten Weihnachtspostkarten, die es heute wie jedes Jahr erneut zu kaufen gibt, weil wir nichts anderes suchen zu Weihnachten als Postkartenidylle.

Von jenem Rothenburger Schneesturm waren wir aber an diesem ersten Advent weit entfernt.

Das schien aber dem Großteil der Autofahrer entgangen zu sein. Fast wäre ich zu spät gekommen, ich fluchte und schimpfte die ganze Fahrt vor mich hin. Irgendwann war auch dies überstanden – an die Rückfahrt mochte ich jetzt nicht denken –, ich konnte den Wagen auf einem Parkplatz abstellen und zu Fuß zur Kirche gehen, genau wie ich es mir ausgemalt hatte.

Die Kirche war hell erleuchtet und davor standen – rauchend und bibbernd – noch einige Mitglieder der Veranstaltung. Ich kaufte mir eine Eintrittskarte für eine der hinteren Sitzreihen. Ich wollte auf keinen Fall, dass Elsa mich entdeckte. Ich hielt es ernsthaft für möglich, dass ihr die Stimme versagen könnte bei meinem Anblick.

Das kleine Instrumentalensemble betrat kurz nach mir die Kirche, gruppierte sich um den Altartisch herum und begann zu stimmen. Dahinter der Chor. Er war nicht, wie in der Provinz üblich mit deutlichem Frauenüberschuss: Vermutlich hatte man zusätzlich männliche Sänger engagiert.

Zuletzt kamen die Solisten mit dem Dirigenten. Elsa trug, wie bei ihrem Auftritt an der Hochschule, ein hochgeschlossenes schwarzes Kleid, die Haare hatte sie irgendwie hochgesteckt, silbern schimmerte es an ihren Ohren. Sie wirkte sehr ätherisch. Ernst und gesammelt ging sie zu ihrem Stuhl, der direkt neben dem Dirigenten platziert war.

Ich spürte, dass ich erregt war, körperlich erregt, wie vor einem Rendezvous. Verstohlen sah ich nach rechts und links, aber niemand schien von mir Notiz zu nehmen. Die einen flüsterten mit dem Nachbarn, die andere Hälfte raschelte mit dem Programmheft, zupfte an Mäntel und Schals, rutschten auf den engen unbequemen Kirchenbänken herum.

Heute Abend sang sie nur für mich, und das, ohne es zu ahnen. Ich würde sie singen hören, ohne dass sie je davon erfuhr. Ein erregender Gedanke.

Nach dem einleitenden Corelli mit der allseits bekannten und beliebten Weihnachtsmusik begann der Zelenka, Jan Dismas Zelenka, 1679–1745, im Programmheft als bedeutendster tschechischer Barockkomponist angekündigt, sechs Jahre älter als Bach und überraschend modern. Überraschend, denn seine Messe enthielt etliche klassische Stilelemente, die nicht zu erwarten waren. Zelenka hatte einige Messen und Oratorien verfasst, auch ein Requiem in D-Dur. Während ich noch darüber nachsann, wie ein Requiem in Dur klingen könnte, begann der Chor mit dem Kyrie. Schon das zweite Stück war für die Sopranistin. Was im Laufe der Musik an diesem Abend geschah, hätte ich mir in meinen kühnsten Träumen nicht vorstellen können: Als Elsa aufstand, als sie an der Reihe war und die Noten aufschlug, in die sie sowieso nicht schaute, als sie anhob zu singen, füllte sich der Raum mit ihrer Stimme bis unters Dach. Sie streichelte meinen Körper wie eine zärtliche Hand, sie drang durch mich hindurch und versetzte mich in einen nie gekannten Zustand. Ich schloss die Augen und gab mich ihr ganz hin, kam erst wieder zu mir, als der Chor einsetzte. Doch zum Glück, zum Glück für mich, hatte der Sopran ungleich mehr Soli zu singen, als die übrigen Solisten. Und so bekam ich Elsas Stimme im wahrsten Sinne des Wortes körperlich zu spüren. Ich fühlte sie überall an meinem Leib, wissend, weich, dunkel, ich vergaß zu atmen. Noch nie hatte eine Stimme, eine menschliche Stimme, eine weibliche Stimme solche Reaktionen bei mir hervorgerufen. Ich fühlte mich zart und verletzlich und gleichzeitig stark. Sie brachte mein Blut in Wallung, wie ich es nie für möglich gehalten hätte. Es geschah ohne mich, es geschah mit mir, ich konnte nichts dagegen tun, ich konnte es nicht steuern. Das machte mir Angst, dieses Ausgeliefertsein, die Willenlosigkeit, dass jemand allein mit seiner Stimme eine solche Macht über mich haben konnte. Und gleichzeitig genoss ich es, ich genoss es in vollen Zügen; endlich nahm mir jemand die Entscheidung ab, so und nicht anders zu sein. Ich war. Ich lebte. Nur für diesen Augenblick, in dieser Kirche irgendwo in der Provinz unter diesen biederen Leuten in ihren grauen Mänteln, die aus was weiß ich was für Gründen zu dem Konzert gekommen waren. Keiner hatte auch nur andeutungsweise ähnliche Empfindungen wie ich. Da war ich mir sicher. Keiner hatte auch nur die geringste Ahnung, was hier passierte, wenn die Stimme anschwoll, wenn die Schallwellen auf unser Trommelfell trafen, wenn sie steil in die Höhe ging, schmeichelte, flüsterte, liebkoste. Waren es die Schwingungen aus dieser Kehle, weil es ihre Stimme war – Elsas Stimme, war es das Timbre oder einfach nur physikalisch betrachtet die Schallwellen, die mir unter die Haut gingen – wörtlich gesprochen? Da saßen sie, die Bürger von B., erlebten einen Höhepunkt der besonderen Art und merkten nichts davon. Sie jubilierte, sie klagte, sie schluchzte, bis sich unter meinen geschlossenen Lidern Tränen bildeten. Der Chor war wieder an der Reihe, mit vielen Wiederholungen und Sequenzen, was die Musik eingänglich und bekömmlich machte. Lediglich die Solopartien wechselten nach Moll und brachten Farbe und Abwechslung in den Ablauf. Mit dem letzten chorischen Durakkord „Miserere nobis" im Ohr verließ ich fluchtartig die Kirche. Wie es mir gelang? Ich hätte es nicht sagen können. Zum Glück ist gehen ein Automatismus, der auch nach einem Orgasmus funktioniert.

Ich bewegte mich einfach Richtung Tür, verließ die Kirche völlig verwandelt. So kam es mir vor. Ich bewegte mich Richtung Parkplatz, setzte mich ins Auto und fuhr nach Hause wie ein Schlafwandler. Auch heute noch, nach all den Jahren, kann ich mich lebhaft an dieses Erlebnis erinnern, die Erregung, die mich so unvermittelt gepackt hatte.

In der Nacht träumte ich von einer Gestalt, einer nackten weiblichen Gestalt mit langen Haaren, ähnlich der Botticelli-Venus, dachte ich am nächsten Morgen. Sie stand nicht auf einer Muschel, sondern auf einer Insel und winkte mir, und ich folgte ihr ins Wasser von unwiderstehlichem Verlangen getrieben. Im wachen Zustand würde ich tiefes Gewässer meiden, das Unberechenbare, die Uferlosigkeit, unbekannte Tiefen machten mir Angst. In dem Moment, als ich ihr folgte, war mir klar: Ich würde untergehen. Ich würde den Boden unter den Füßen verlieren; ich müsste schwimmen durch undurchsichtiges schwarzes Wasser. Furcht vor Ungeheuern, vor dem Ertrinken, vor dem Tod schnürten mir die Luft ab und schweißgebadet wachte ich auf. Danach war an Schlaf nicht mehr zu denken. Liegend mit geschlossenen Augen dachte ich an den gestrigen Abend, und vermischt mit dem Traum der letzten Nacht fühlte ich mich unwirklich, hinter einem Schleier, auf einer anderen Ebene – körperlos. Ja, das traf meine Stimmung an diesem Morgen genau. Ich stand auf, duschte, holte die Zeitung und blätterte im Feuilleton herum.

Natürlich fand ich nichts, keine Notiz, keine Kritik. Abgesehen davon, dass es zu früh dafür war, war ein provinzielles Kirchenkonzert wohl kaum eine Erwähnung wert, auch wenn die Sopranistin herausragend gesungen hatte.

Ich musste sie sehen, so bald als möglich. Keinen Tag länger wollte ich warten.

Ich musste ihr berichten, von dem Erlebnis in der Kirche, von der Wirkung ihrer Stimme – speziell auf mich. Ich wollte sie sehen, sprechen, ich wollte sie besitzen – mit meinem ganzen Körper.

Sie sollte mich spüren, sie sollte von meinen Gefühlen wissen, sie sollte mich lieben, begehren – nur mich.

Das Telefon! Ich musste sie anrufen – sofort! Sonst wäre dieser Augenblick unwiederbringlich verloren.

Das war leichter gesagt als getan. Ich hatte immer schon Schwierigkeiten mit dieser Art der Kommunikation – der visuelle Aspekt fehlte mir, ich kann meinem Gegenüber nicht ins Gesicht sehen und habe das Gefühl, meine Wirkung verschwindet in der Leitung. Ich kann nicht abschätzen, wie der am anderen Ende meint, was er sagt. Und er kann mich nicht sehen. Oder sie. In diesem Falle Elsa. Also lief ich ums Telefon herum wie ein Raubtier um seine Beute.

Dieses Telefongespräch entwickelte sich im Lauf des Tages zu einer irrealen Aktion: Ich hielt es gar nicht mehr für möglich, mit Elsa zu sprechen, alles fand lediglich in meinem Kopf statt.

Je länger dieser Zustand dauerte, je länger ich wartete, desto unwahrscheinlicher wurde ein Gespräch. Als ich mich dann doch durchrang, war ich selbst überrascht von mir und von der Tatsache, dass es nun doch stattfand. Der Jüngling meldete sich, der hühnerhalsige Klavierspieler, ihr Begleiter, Partner, Freund, was auch immer. Elsa sei nicht da, er würde aber ausrichten, dass ich angerufen hätte. „Vielleicht könnte sie zurückrufen", sagte ich und legte auf.

Zuerst war ich dankbar für den Aufschub, aber nun begann das Spiel von neuem: Das Gespräch hatte nicht stattgefunden und ich glaubte nicht mehr daran, dass es je stattfinden würde. Nur:

Jetzt war sie an der Reihe, ich hatte zu warten, bis es ihr passte, mich anzurufen. Wann würde das sein? Vielleicht waren die beiden ein Paar oder er würde ihr nie von meinem Anruf berichten. Das hielt ich für möglich. Es würde nicht einfach werden, das war mir inzwischen klar, Elsa hatte viele Verehrer, sie hatte diese Begabung, also vielleicht eine Karriere vor sich, und ich wollte sie ganz für mich haben und nur für mich. Sie sollte singen, nur für mich. Gleichzeitig war mir klar, dass dieser Wunsch unwirklich war. Aber ich war besessen von ihrer Stimme, konnte und wollte nicht klar denken oder vernünftig sein, nicht nach dem Erlebnis in der Kirche. Sie sollte für mich da sein, zu mir gehörend, für jeden erkennbar zu mir gehörend, ohne Wenn und Aber, ohne irgendwelche Jünglinge. Ich brauchte sie; das musste ich ihr so bald als möglich offenbaren. Nach dem Erlebnis in der Kirche war das zur fixen Idee geworden. Als ich mich bei diesem Gedanken ertappte, musste ich grinsen: Berlioz lässt grüßen. Er hätte mich verstanden. Möglicherweise hatte auch Harriets Stimme – als Schauspielerin – eine nicht unwichtige Rolle gespielt. Ich machte mir keine Gedanken, wie ich ihr das unterbreiten würde – ich vertraute auf meine Wirkung bei Frauen, die mich noch nie im Stich gelassen hatte. Bisher hatte ich immer bekommen, was ich wollte.

Es gab keinen Grund daran zu zweifeln.

Sie rief nicht zurück. Nicht an diesem Tag. Das bescherte mir eine unruhige Nacht und allerhand Träume, die ich aber zum Glück sofort wieder vergaß. Am nächsten Morgen dann – ich war fast schon durch die Tür – klingelte das Telefon. Ihre Stimme klang fremd und brüchig, ich konnte sie nicht sehen, sie konnte mich nicht sehen. Gehörte sie zu den Menschen, die den Hörer zwischen Schulter und Kinn klemmen, den Abwasch nebenher machen oder Männchen malen?

Wie gesagt: Das Telefon ist ein Unding, ein Monstrum und doch unvermeidlich. Alles das ging mir durch den Kopf, als ich ihre Stimme hörte. War es ihre Stimme? Nahm sie mich wahr aufgrund meiner Stimme? Wie wirkte ich auf sie durchs Telefon? Sie schien meine Ungeduld zu spüren und wir verabredeten uns am Mittwochnachmittag in dem Lokal, wo wir uns Samstagabend zufällig getroffen hatten. Aufatmend legte ich den Hörer zurück und konnte endlich das Haus verlassen.

Heute präsentierte ein junger Bariton „Ich bin meiner Mutter einzig Kind". Er sang das mit Humor, gekonnt und mit einer tragfähigen Stimme, was auch bei den Kommilitonen gut ankam. Aber ich war nicht bei der Sache. Auch „Fußreise" ging an mir vorüber. „Am frischgeschnitt'nen Wanderstab, wenn ich in der Frühe so durch Wälder ziehe, Hügel auf und ab." Den Anfang summte ich noch mit, und dann verlor ich das Lied irgendwo, meine Gedanken schweiften ab an diesem – wie ich fand – schicksalsträchtigen Tag. Ich sah verstohlen auf die Uhr: Noch drei Stunden bis zu unserem Treffen. Meine Zahnwurzeln vibrierten vor Nervosität – ich hasste solche Zustände! Fast war ich versucht zu sagen: Ich hasste die Frau, die mich in einen solchen Zustand brachte! Ich hatte nicht wie sonst die Kontrolle und begann bereits, das Treffen zu verfluchen, auf das ich mich eingelassen, das ich vorgeschlagen hatte. Die ganze Situation war irreal, ein Schwebezustand, meine Nerven flatterten, meine Gefühle flatterten. Mein Magen rebellierte. Mir war übel und ich fühlte eine aufsteigende Migräne. Ich beschimpfte mich selbst, nannte mich Narr und altes Waschweib, aber mein Körper hatte sich selbständig gemacht, er unterlag nicht meinem Willen. Das hatte ich bereits mehrfach leidvoll zu spüren bekommen.

Ich zog Sportklamotten an, fuhr zum Stadtpark und rannte um mein Leben.

Die meisten Bäume standen nur noch als Skelett da, nur noch wenige Bäume hatten einen Teil des Laubs behalten. „Hügel auf und ab", ging mir durch den Kopf, dazu die flotte Klavierbegleitung; eigentlich mochte ich dieses Lied, aber heute lockte mich nicht einmal die Fußreise.

Dann nach Hause, duschen, umziehen.

Kurz vor drei betrat ich das Lokal am Schlossplatz. Elsa war noch nicht da, was mir nur recht war: Das gab mir Gelegenheit, mich zu sammeln. Sie kam kurz danach in ihrem schwarzen Kapuzenmantel, der sie sozusagen ganz verhüllte. Ich half ihr sich daraus zu befreien, nahm ihren Duft auf und sah, wie die Wärme Farbe in ihr Gesicht zauberte. Sie hatte um Hals und Nacken einen Schal in Meeresbodengrün geschlungen, und ich ging sicher recht in der Annahme, dass sie den ganz bewusst ausgewählt hatte. Sie lächelte vorsichtig, schien die Ruhe selbst – oder täuschte ich mich?

Und wir bestellten eine große Kanne Pfefferminztee. Elsa suchte sich einen Toast dazu aus, während ich meinem Magen noch nichts weiter zumuten wollte. Um nicht gleich mit der Tür ins Haus zu fallen, fragte ich sie zuerst nach ihrem Vater. Jeder Anflug eines Lächelns verschwand aus ihrem Gesicht. „Ich glaube, es geht ihm sehr schlecht. Meine Mutter will zwar seinen Zustand nicht wahrhaben, was ich verstehen kann, aber ich fürchte, er hat nicht mehr lange zu leben."

Der Tee kam, ich goss ihr ein, sie nahm von dem Kandiszucker, der auf dem Tisch stand und rührte. Ich füllte meine Tasse, schlürfte den heißen Tee, das Einzige, was mir bei meinen Magenschmerzen half und sah zu ihr hinüber. Sie rührte immer noch. Sie rührte in ihrer Teetasse und rührte sich nicht. Sie war völlig abwesend. Das ging etliche Minuten so: Sie starrte vor sich hin, ich sah ihr beim Rühren zu und wagte nicht, das Schweigen zu unterbrechen. „Mein Vater ist ein" – sie suchte nach einer bestimmten Umschreibung – „er ist ein Patriarch, wie es sie früher – denke ich – häufiger gab, eine Art Boss, der meint, er hätte alles und jeden im Griff. Nichts konnte ihm etwas anhaben, keine Ängste, keine Krankheiten, keine Schwäche. Er hatte ständig andere Frauen, ohne das groß zu vertuschen, und meine Mutter hat darunter gelitten. Sie hat sich ihr Leben lang untergeordnet und von uns hat er das auch erwartet." Sie nahm die Tasse hoch, setzte sie aber wieder ab, ohne zu trinken – mit ihren Gedanken abwesend. Ich war überhaupt nicht vorhanden für sie, jeder beliebige Mensch könnte hier an meiner Stelle sitzen. Seltsamerweise störte mich das in diesem Augenblick nicht. Das war ungewöhnlich für mich, aber ich stellte fest, dass meine Magennerven sich entspannten. „Uns?", fragte ich nach. „Meine Schwester und ich. Meine Schwester ist einige Jahre jünger als ich, fast könnte man sagen, eine andere Generation, und sie hat sich auch nichts sagen lassen. Sie hat denselben Dickschädel wie er, bei ihr biss er auf Granit. Es kam zum großen Streit" – man konnte sehen, dass es sie heute noch schüttelte – „und meine Schwester ist ausgezogen. Vielleicht hat es damals mit seiner Krankheit angefangen. Er war auch physisch sehr stark und jetzt? Jetzt ist er hilflos wie ein Kind. Das ist schwer zu ertragen. Er konnte unglaublich gut Klavier spielen, obwohl er keine Noten lesen kann." Ein Lächeln stahl sich über ihr Gesicht. „Vor allem Jazz. Das passt gar nicht, oder?"

Die Frage war nicht an mich gerichtet. „Ich habe meine musikalische Begabung von ihm.

Und er konnte Reden halten!" Sie lachte leise vor sich hin. „Ich habe selbst erlebt, wie er einen ganzen Saal voller Menschen spontan, schlagfertig zum Lachen brachte." Mit vorsichtigen Schlucken trank sie ihren Tee. „Ein widersprüchlicher Mensch, nicht?" Diesmal schien sie mich anzusprechen. Ich sah sie an und nickte stumm. „Ich glaube, es hat ihn sehr verletzt, dass meine Schwester ausgezogen ist. Er hat getobt und gewütet, aber nichts erreicht. Er hat doch den Kürzeren gezogen und das hat er bis heute nicht verwunden." Der Toast stand unberührt neben der Kanne, war inzwischen sicher schon kalt geworden. „Er war auch dagegen, dass ich Gesang studiere. Brotlose Kunst sozusagen. Ich hätte in seiner Firma einsteigen sollen, aber ich habe mich durchgesetzt."

Ich dachte an den Feuereiter, an das verlassene Mägdelein, an die Begegnung ... „Jetzt ist er zum dritten Mal operiert worden. Jedes Mal hat er sich berappelt und sich mit eiserner Disziplin das Leben zurückerobert. Aber jetzt ist er abgemagert bis auf die Knochen, ohne Kraft, und ich fürchte, auch ohne Lebensmut." Die Tränen liefen ihr übers Gesicht und ich sah staunend zu, wie sie sich ihnen überließ. Das hatte was von einer Pietà, wie sie mir mit nassem Gesicht und laufender Nase gegenüber saß. Ich suchte ein Taschentuch und schob es zu ihr hin.

Sie lächelte gequält und schnäuzte sich. „Meine Mutter ist mit seinem Zustand völlig überfordert, ich glaube, sie ist gar nicht in der Lage die Situation richtig einzuschätzen. Und wie soll sie ohne ihn leben?" „Noch ist es nicht so weit", beeilte ich mich zu sagen. „In welchem Krankenhaus liegt er denn?" „Marienhospital", nuschelte Elsa ins Taschentuch und dass sie ihn jetzt besuchen werde. Sie fürchte sich davor, wie er von Mal zu Mal weniger werde. „Tut mir leid, dass ich nicht mehr Zeit habe, Sie wollten ja was besprechen.",,Das hat Zeit", sagte ich hastig. „Das muss nicht heute sein. Wie verschieben das, kein Problem." Elsa nickte, sie war mit ihren Gedanken vermutlich schon im Krankenhaus.

Ich half ihr in den Mantel und kurz darauf war sie weg.

Ich starrte auf den unberührten Toast, auf die halbvolle Tasse und den zurückgeschobenen Stuhl, den sie verlassen hatte. Ich fühlte eine Leere in mir, die mich förmlich nach unten zog.

Nichts hatte ich mit Elsa besprochen, das Erlebnis in der Kirche hatte wahrscheinlich nie stattgefunden, und ich fühlte mich sehr müde und gleichzeitig erleichtert.

Gerade noch entkommen. Ich nahm mir wieder einmal vor, mich zu befreien. Noch war nichts passiert, noch konnte ich zurück. Ich würde ihr aus dem Weg gehen, ich würde alles vergessen, was gewesen war, ich würde keine Gespräche mehr führen. Sie hatte ohnehin nur den Zustand des Vaters im Kopf, dachte ich.

Tags darauf lief sie mir über den Weg, ob zufällig oder absichtlich ließ sich nicht feststellen.

Ob ich am Samstagabend Zeit hätte, sie würde kochen und wir könnten das Gespräch fortsetzen. Warum sagte ich zu? Zwar war ich überrumpelt worden – zumindest fühlte ich mich so, aber ich hätte auch nein sagen können. Warum also sagte ich zu? Ein Abendessen zu zweit?

Oder waren wieder etliche Jünglinge zugegen? Kam sie mal ohne ihren Fanclub aus?

Lauter Fragen, die ich nicht stellte. Sie lächelte mich mit ihrem Madonnengesicht an freute sich möglicherweise über meine spontane Zusage und sagte: „Bis Samstag dann – 19 Uhr?"

Ich nickte und sah ihr nach wie sie die Treppe hinunterging. Über was sollten wir reden? Der Zeitpunkt, um über meine Gefühle zu sprechen, war passé. Auf Knopfdruck wollte ich nicht, konnte ich nicht. Zelenka-Messe und Venus-Traum waren so sehr in den Hintergrund gedrängt, als hätten sie nie stattgefunden. Ich hatte noch viel zu tun bis Samstag. Dieses Mal wollte ich auf der Hut sein, ich würde mich weder überrumpeln, einfangen noch unter Druck setzen lassen. All die unbeantworteten Fragen wurden sozusagen auf Eis gelegt. Zu gegebener Zeit kaufte ich eine Flasche italienischen Rotwein – ich liebe diesen erdigen herben Geschmack – und machte mich auf den Weg, recht entspannt und meiner sicher. Es war eine gute Phase.

In ihrer Küche, als sie die Spagetti ins kochende Wasser warf, erklärte sie, dass ihr Vater kurz vor Weihnachten entlassen würde und sie ihrer Mutter zur Hand gehen müsse. Sie trug eine dunkelblaue Tunika (so nennt man wohl diese Kleidungsstücke, die bis zum Knie reichen), die die Farbe ihrer Augen zum Leuchten brachte, gleichzeitig wirkte sie unberührbarer denn je, wie ein ferner Stern, der sich vom Sonnenlicht streifen lässt. Der Reiz, der von ihr ausging, ihre körperliche Anziehung, war außerordentlich; das musste ich wider Willen feststellen. Was hätte ich dafür gegeben, immun zu sein gegen diese lockende Weiblichkeit. Doch daran war nicht zu denken. Ich öffnete den Barolo, den ich mitgebracht hatte, und schenkte ein. Ich stürzte ein Glas hinunter, Elsa nippte nur. Sie schien den von ihr ausgehenden Zauber völlig ahnungslos zu handhaben, aufreizend ahnungslos. Sie bewegte sich um mich herum, summend, fast übermütig, an mir vorbei tänzelnd, ihr Duft lockte. So hatte ich sie noch nie erlebt. Welches Spiel wurde hier gespielt? Und hatte ich überhaupt eine Rolle darin? Im Moment kam ich mir – mal wieder – wie ein Statist vor, eine unbedeutende Nebenfigur in diesem Spiel, während sie den Tisch deckte.

Ob ich was gegen Tafelmusik hätte? „Kommt darauf an", sagte ich. „Wenn es Tafelmusik im ursprünglichen Sinne ist, dann gerne." Telemann war genau richtig. Das zweite Glas schmeckte hervorragend, die Spagetti waren al dente, die Soße gelungen.

Nach und nach begann ich den Abend zu genießen. Keine Knaben weit und breit, der hühnerhalsige Mitbewohner schien auch ausgeflogen. „Roland und ich sind kein Paar", sagte sie plötzlich. „Wir kennen uns schon sehr lange und arbeiten zusammen. Es ist einfacher und billiger, eine Wohnung zu zweit zu mieten." Sie sah mich direkt an, und ihr Blick war so intensiv, dass ich ihn bis in meine Eingeweide spürte. Nach außen unbeeindruckt aß ich meinen Teller leer. „Und von wem stammt das Goethe-Zitat auf dem Jugendstilplakat?", wollte ich wissen. „Das ist eine alte Geschichte. Wollen Sie sie wirklich hören?"

Ich nickte. „Unbedingt!"

Elsa sah auf ihren leeren Teller, ich konnte ihr nicht in die Augen sehen. Sie zögerte, ich wartete. „Meine erste Beziehung war sehr kompliziert. Er war Dirigent und um einiges älter als ich.

Er war schon ein Star und ich begann gerade mit dem Studium.","Wie haben Sie ihn kennengelernt?" fragte ich nach. „Auf einem Kurs." Sie fuhr mit der Gabel am Tellerrand entlang und war ganz offensichtlich sehr weit weg. „Da gab es einen Gesangskurs und zu gleicher Zeit wurde das Requiem von Mozart erarbeitet, mit Chor und Solisten. Er war der künstlerische Leiter. Ich sang zuerst im Chor mit und später die Sopranpartie. Diese Woche war unglaublich intensiv und das Mozart-Requiem wird für immer einen ganz besonderen Stellenwert in meinem Leben haben."

Sie schaute zum Küchenfenster, wo es nichts zu sehen gab außer Dunkelheit und die Spiegelung ihrer Küche mit dem kleinen Holztisch, auf dem unsere Teller, Weingläser und ein paar Kerzen standen. „Ich kann mich erinnern, dass er beispielsweise lange an einem Akkord geprobt hat, ein einziger Akkord zwischen Confutatis und Lacrimosa." Sie sah mich an, fragend, abwartend, aber ich hatte im Moment keine Idee, keinerlei Erinnerung an einen Akkord und schüttelte den Kopf. „Bis zu diesem Zeitpunkt hätte ich diesem Takt auch kaum Beachtung geschenkt", sagte sie. „Zwischen diesen beiden Teilen hat Mozart einen einzigen Akkord gesetzt, einen schlichten Septakkord, der sowohl als Abschluss als auch als Anfang gesehen werden kann, eine Art Verbindung zwischen Confutatis und dem darauffolgenden Lacrimosa, ein Bindeglied innerhalb einer Kette. So hat er es erklärt und er wollte vom Orchester eine ganz bestimmte Farbe, wollte, dass die Musiker den Akkord zumindest bewusst wahrnehmen und ihn mit einer kleinen Fermate versehen. Solche Feinheiten sind mir im Gedächtnis geblieben."

Ich versuchte mir das vorzustellen. Das Ganze musste ungefähr 10 Jahre her sein. Sie hatte sicher nichts von ihrem Zauber eingebüßt. Der Dirigent hatte sie vermutlich entdeckt, ihre Stimme bemerkt, ihre Schönheit, ihre Ausstrahlung. Ich goss ihr Wein nach und wartete, obwohl ich mir nicht mehr sicher war, ob ich den Fortlauf der Geschichte hören wollte. „Er hat sich in mich verliebt." Elsa zuckte mit den Achseln, als verstünde sie es nicht. „Er wurde von allen angehimmelt, er sah blendend aus, war weit über die Grenzen hinaus bekannt und hatte sich in mich verliebt." Sie trank einen Schluck. „Ich war sehr jung damals, unerfahren. Ich hatte keine Ahnung von Männern und er himmelte mich an, zog mich allen anderen vor. Ich war geschmeichelt, fasziniert – und ahnungslos." Sie schüttelte den Kopf. „Nein, ich war arglos, denn natürlich war er verheiratet, hatte eine Frau und zwei Kinder. Die klassische Variante." Sie lächelte bitter. „Ich kam gar nicht auf die Idee, auf eine Entscheidung zu drängen. Ich dachte, er braucht mich und ich müsse für ihn da sein."

Ich sah sie an. Das waren ganz neue Töne, und ich konnte mir gut vorstellen, dass das Verhältnis vor allem eine sexuelle Komponente hatte. Zuhause die Ehefrau und hier die hübsche, unerfahrene junge Studentin, die jederzeit bereit war. Ein junger, frischer Körper, den es zu liebkosen galt, eine verliebte ahnungslose Studentin, der man auch auf erotischem Gebiet einiges beibringen konnte. Wie im Bilderbuch. Das hätte ich nicht gedacht. „In meiner Erinnerung habe ich den Eindruck, als hätte ich mich ständig bereithalten müssen, weil seine Zeit so kostbar und unsere gemeinsame so begrenzt war. Einige Zeit habe ich es wirklich gern gemacht. Er war eine faszinierende Persönlichkeit, hatte natürlich viel Erfahrung – in jeder Hinsicht, aber bald stellte ich fest, dass ich kein eigenes Leben mehr hatte. Ich war nicht mehr ich selbst. Ich verlor den Bezug zu mir, ich wurde mir fremd. Eigentlich wollte ich endlich auf eigenen Füßen stehen, mein eigenes Leben führen und war wieder in eine Abhängigkeit geraten."

Sie starrte vor sich hin, bewegungslos, stumm. Und dann: „Mein Studium kam zu kurz. Ich fühlte mich immer wie auf Abruf. Es konnte sein, dass er plötzlich beschloss, mich auf eine Konzertreise mitzunehmen, und dann sollte ich alles stehen und liegen lassen, weil er mich jetzt brauchte."

Sie schüttelte den Kopf. „Ich stand oft völlig neben mir, hatte Schwierigkeiten mich zu konzentrieren, beim Singen, beim Üben, bei allem, und obwohl mir das einerseits klar war, wäre ich nie und nimmer in der Lage gewesen, mich von ihm zu trennen."

Ich sah sie an, überrascht, so hatte ich sie nicht eingeschätzt. Auf mich wirkte sie, als würde sie das, was sie für richtig hielt, auch durchziehen. Wie ging die Sache aus? Die Frage stand im Raum. „Die Ehefrau machte unserer Beziehung ein Ende. Ich war damals sehr verletzt, fühlte mich behandelt wie eine dumme Göre, die lediglich ihren Mann verführen wollte. Aber letztendlich war's gut so, denn, wie gesagt, ich wäre dazu nicht in der Lage gewesen.","Und das Zitat?", hakte ich nach. „Eines seiner Konzerte war in Amsterdam. Zu gleicher Zeit war diese Ausstellung, die haben wir uns angesehen. Bei dem Rossetti ist er stehen geblieben, war wie elektrisiert und sprach von enormer Ähnlichkeit."

Sie sah mich direkt an. „Finden Sie das auch?","Ja und nein", sagte ich. „Ich finde, die Zeit stimmt nicht."

Sie sah mich fragend an. „Ich finde, Sie passen nicht in den Jugendstil beziehungsweise zu den Präraffaeliten. Ihre Zeit ist früher." Sollte ich das Wort „Renaissance-Madonna" in den Mund nehmen?

Laut sagte ich: „Ich finde, Sie passen eher in die Renaissance."

Elsa lächelte. „Ich glaube, die Zeit würde mir auch besser gefallen."

Wenn sie lächelte, so zutraulich und selbstvergessen, als würde alles Unheil besiegt, traf es mich unmittelbar ins Herz. Das wusste sie nicht und so sollte es auch bleiben. „Im Übrigen sieht jeder etwas anderes in einem Bild. Jeder sieht das, was er sehen will, sehen kann. Also stammt das Zitat von ihm?"

Sie nickte. „Er hat mir das Plakat geschenkt und er hat den Text an den Rand geschrieben."

Ich trank mein Glas leer und stand auf, um auf dem Küchenbalkon eine Zigarette zu rauchen.

Die Temperatur war eindeutig winterlich. Morgen war der zweite Advent, und bald begannen die Weihnachtsferien und mein lang ersehnter Urlaub. Daran wollte ich jetzt denken.

Als ich zurück in die Küche kam, hatte sie andere Musik aufgelegt.

Habt Erbarmen, Furien, Larven, missgünstige Schatten. Und das geschleuderte „Non!" des Chores. Armer Orpheus: Einer, der seiner Liebe wegen zu den Toten hinabsteigen muss." Misero giovane! Che vuoi, che mediti? Altro non abita. Che lutto e gemito. In queste orribili. Soglie funeste."

Elsa war ganz der Musik hingegeben. Ihre Finger hielten das Weinglas wie einen Schatz, ihre Entrücktheit schloss mich völlig aus. Sie verbannte mich aus ihrer Nähe, wieder einmal.

Dachte sie an ihn, den Dirigenten? Ich war nicht vorhanden für sie. Das war ganz offensichtlich. Wie auf ihrer Party. Ich kam mir überflüssig vor. Elsa war nicht wie die Frauen, die ich kannte; es kümmerte sie nicht, wie ich mich fühlte, was ich fühlte. Diese Distanz zwischen uns war lähmend. Ich hätte sie zurückholen können, aber sie saß da. Wie hätte ich sie berühren können? Ich legte meine Hand neben die ihre auf den Tisch, und betrachtete die beiden Hände, wie sie nebeneinander lagen, meine kräftige immer leicht gebräunte Männerhand mit den großen Handtellern und ihre zartgliedrige hellhäutige, die wie ein kleines weißes Tier aussah. Ich drehte meine um und schaute auf die geöffnete Handfläche, da zog sie ihre zurück, stand auf und verließ die Küche.

Eine Zeitlang blieb ich sitzen und starrte auf die Tischfläche, als könne ich ihre Hand zurückholen, bis die Musik mich wieder erreichte.

Ich folgte ihr.

Quale incognito affetto flebile dolce a sospendere vien l'implacabile nostro furore! Der Furientanz, ein *dies irae* oder vielmehr die Hölle des Barock, hier und heute, sehr leidenschaftlich und in rasendem Tempo musiziert. Das mochte auch Boccherini gedacht haben, der das Thema, den Anfang des Furientanzes, als letzten Satz seiner *Sinfonie La Casa del diavolo* aufnahm, dachte ich.

Das war Usus, damals, zu Zeiten von Gluck und dem fast 30 Jahre jüngeren Boccherini.

Und der vierte Satz zeigt auch die Qualitätsunterschiede zwischen den beiden Kompositionskollegen: Gluck macht wirklich ein Höllenspektakel daraus, während der Jüngere den teuflischen Duktus nicht konsequent zu Ende führt.

Das alles ging mir durch den Kopf, während wir der Gluck'schen Höllenmusik lauschten.

Immer mochte ich diesen Tanz mehr als den anschließenden Reigen, den Reigen der seligen Geister. Was nicht verwunderlich war.

Ich sah zu ihr hinüber; Elsa kauerte auf einem Kissen, an die Wand gelehnt und hatte den Kopf auf die Arme gelegt, es schien sie zu schütteln, sie zitterte. Oder weinte sie?

Ich füllte erneut mein Glas und kam mir hilflos vor.

Als die Furien den seligen Geistern ihren Reigen überließen, ging Elsa aus dem Zimmer. Wieder flüchtete sie, wieder schaffte sie Distanz, räumliche Distanz; sie schien meine Nähe nicht ertragen zu können.

Warum war ich hier?

Violinen mit Dämpfer – eine völlig andere Atmosphäre. Und Eurydike sang tutta gioia tutta calma, l'alma sede del piacer.

Allein im Raum achtete ich mehr auf die Musik. Wann hatte ich diese Oper zuletzt gehört?

Es kam mir so vor, als hörte ich sie heute zum ersten Mal. Er verstehe vom Kontrapunkt so viel wie sein Koch, soll Händel über

Gluck gesagt haben. Vielleicht war er hungrig, als er über seinen Kollegen lästerte. Und Hunger war kein Zustand, den Händel lange ertrug, dachte ich und musste grinsen. Heute Abend erschien mir dieses Urteil ungerechtfertigt.

Elsa kam zurück, ihre Augen waren gerötet, aber sie schien gefasst und ich war erleichtert.

Sie erzählte von einer Aufführung in der Opéra Garnier: Alle drei Sänger – Orpheus, Eurydike und Amor – wurden, während sie sangen, von drei Tänzern der Pina-Bausch-Tanzgruppe dargestellt und ergänzt. Das habe den Ausdruck, die Aussage, ungeheuer verstärkt, sagte Elsa, und habe sie sehr berührt und beeindruckt.

Ich schüttelte den Kopf. Ich hielt nichts von solchen Experimenten: entweder Oper oder Ballett. Vielleicht bin ich Purist, dachte ich, aber schließlich war das auch vom Komponisten so nicht vorgesehen.

Es wäre ihr Traum, mal den Orpheus zu singen, meinte sie, und sie hätte auch nichts dagegen, einen tanzenden Orpheus neben sich zu haben. Bei seiner berühmten Arie „Che farò" hätte der Tänzer die Möglichkeit, den Schmerz über den erneuten Verlust Eurydikes zu steigern. „Wissen Sie", fragte ich nach, „dass Gluck für diese Arie dieselbe Tonart wählte wie Schumann für sein ‚Ich grolle nicht' aus der Dichterliebe, für mich das Lied mit dem abgründig tiefsten Schmerz, nämlich C-Dur?"

Elsa sah überrascht aus. „Ewig verlorenes Lieb in C-Dur und Orpheus erneuter Verlust in C-Dur. C-Dur die Tonart des Verlustes?" „Sieht so aus", nickte ich. „Glauben Sie, dass Schumann die Gluck-Oper kannte?"

Ich zuckte mit den Achseln. „Möglicherweise. Die Deckung der Tonart liegt vielleicht eher in einer Affinität der Charaktere beider Komponisten begründet. Wäre ein interessantes Thema für eine Examensarbeit. Gluck hat man die Wahl seiner Tonart übelgenommen."

Mich hat an dieser Oper immer nur der Schluss gestört. Da das Werk als Auftragsarbeit für eine Krönung geschrieben wurde, musste sie natürlich in Harmonie enden. Die beiden Figuren aus der Mythologie sind aber für ihre Trennung durch den Tod berühmt geworden. Und die ist endgültig. Nichts bringt sie wieder zusammen, auch nicht Orpheus' Sangeskunst", sagte ich und machte eine kleine Verbeugung als Tribut an die ihre. „Aber er versucht es wenigstens", rief Elsa leidenschaftlich aus. „Alles wirft er in die Waagschale, um seine Liebe zu retten: sein ganzes Können, seine Hoffnungen und Sehnsüchte, seine Träume, seine Ängste vor den Schatten, den Toten ...", „Um zu scheitern", unterbrach ich sie. „Er hätte wissen müssen, dass sein Unterfangen aussichtslos ist und hätte es besser gelassen."

Elsa war natürlich nicht meiner Meinung, natürlich nicht, denn sie war ein weibliches Wesen und wenn sie den Orpheus singen oder einem Orpheus begegnen wollte, musste sie sich mit der Rolle identifizieren. Vermutlich wäre ihr daran gelegen, einen Mann an ihrer Seite zu haben, der für sie ins Totenreich hinabsteigt?„Fast wäre es ihm geglückt. Aus Mitleid und aus Liebe zu ihr dreht er sich um."

Ich dachte daran, was ich gestern Abend gelesen hatte, dass die Geschichte von Orpheus und Eurydike eigentlich von der Einsamkeit des Todes handelt. Eurydike ist in der Hölle – Tod gleich Hölle? – Hölle gleich Tod? – und sie glaubt, dass Orpheus sie genug liebt, um sie zu retten.

Doch dessen Liebe ist nicht stark genug: Er lässt Eurydike im Totenreich und kehrt ins eigene Leben zurück.

Ich hatte mich gewundert über Coetzees Ansicht in seinem „Diary of a bad year".

Ich teilte seine Ansicht nicht. Ich hatte eine andere Theorie. „Glauben Sie wirklich, die Geister und Götter der Unterwelt hätten nicht von Anfang gewusst,

wie die Sache läuft? Glauben Sie wirklich, die hätten ihr Opfer freiwillig wieder herausgegeben? Niemals – non! Das war doch eine Frage von Macht und Ohnmacht. Der Handel war ein abgekartetes Spiel. Die Götter ließen sich Orpheus' Ständchen gefallen – gute Unterhaltung, da unten bei den Toten, kommt ja nicht so oft vor – aber dann schickten sie ihn zurück zu den Lebenden, dahin, wo er hergekommen war. Ich denke, die Götter wissen ganz genau, wie die Menschen funktionieren, dass sie schwach sind, dass Orpheus schwach wird, als sie einen Beweis seiner Liebe verlangen. Eurydike bringt den Plan zum Scheitern. So sehe ich das."

Elsa schüttelte den Kopf. „Die beiden hatten eine reelle Chance. Es geht um Liebe, um eine Liebe, die alle Grenzen überschreitet, die den Tod überdauert, die den Tod sogar rückgängig macht. Es geht um die Sehnsucht der Menschen nach einer solchen Liebe. Und wenn die Chance noch so klein ist, muss man sie nutzen. Orpheus war sich dessen bewusst – um Eurydikes Willen."

Später, als ich zuhause über den Abend nachdachte, über Elsas romantische oder besser idealistische Vorstellung von Liebe, fiel mir auf, dass wir bei unserem kleinen Disput den Amor aus den Augen verloren hatten: Der spielt in der Oper noch eine wichtige Rolle. Er bringt – laut Gluck – Orpheus dazu, diesen Handel mit den Göttern des Totenreiches einzugehen. Und er ermöglicht es, den Tod Eurydikes rückgängig zu machen. Den Tod seiner Traumfrau.

Elsa war eine Traumfrau, aber war sie meine Traumfrau? Wenn ich bisher keine Vorstellung davon hatte – nun schien sie Konturen anzunehmen. Chercher la femme – und wenn man sie gefunden hat? Dann sind die Träume zu Ende – möglicherweise.

Es war mir auch da unmöglich, sie zu berühren, als wir in der offenen Haustür bei nächtlicher Kälte standen, unter der sie ganz offensichtlich litt.

Ich sah den Schimmer in ihren Augen, wie sie mir ihr Gesicht zuwandte.

Ich konnte sie nicht berühren, zum wiederholten Mal. Wie oft schon und wie oft noch? Was hielt mich zurück?

Das eigene Begehren, das mir Angst machte? Es war, als hätte ich dann mein Traumbild berührt und damit zerstört, wie man ein Spiegelbild auf der Wasseroberfläche berührt und zerstört.

Ich sagte Danke und adieu und ging.

Spürte ich später Bedauern? Ja vielleicht, aber ich redete mir gut zu, dass wir uns nicht zum letzten Mal gesehen hatten und dass sich noch viele solcher Gelegenheiten bieten würden.

Zweiter Teil. In den Bergen bin ich ein anderer Mensch. Das ist auch heute noch so.

Sicher lag es auch daran, dass sich viele Erinnerungen an früher damit verbanden, als wir noch eine Familie waren. Wir alle waren begeisterte Skifahrer.

Bis meine Schwester starb. Sie war damals Anfang zwanzig. Danach starb auch unser Familienleben. Das war vor ziemlich genau zwanzig Jahren.

Meine Eltern trennten sich irgendwann.

Ich führte gewissermassen die Familientradition fort, indem ich jedes Jahr in die Berge fuhr. Ich sah es als meine Pflicht an, die Tradition fortzuführen, eine Pflicht, der ich sehr gerne nachgekommen war. Ich war jedes Jahr im selben Hotel, immer im selben Zimmer, ein Eckzimmer am Ende des Ganges, damit ich nicht von beiden Seiten Nachbarn hatte.

Das kleine Hotel, eigentlich eine Pension, lag auf 1200 Metern und man hatte das Gefühl, allein auf der Welt zu sein.

Hier konnte ich endlich durchatmen, morgens den Blick schweifen lassen, keine Menschen, keine Häuser, keine Mauern, keine Häuserschluchten, nur Schnee, Weite, Abhänge, Bergspitzen, saubere Luft. Es war wie eine innere Reinigung.

Bei dieser Gelegenheit dachte ich daran, dass die Eskimos unzählige Worte für Schnee in ihrer Sprache haben. Für sie ist Schnee Alltag, tagaus, tagein, das ganze Jahr über. Ihr Leben wird von Schnee und Eis geprägt, bestimmt, dominiert.

Wie sagte Vivica Genaux, eine Mezzosopranistin aus Alaska, mit einem Eskimo als Vater und einer mexikanischen Mutter, stimmlich einer Cecilia Bartoli durchaus ebenbürtig, neulich in einem Interview: Es kann von entscheidender Bedeutung sein, bei minus 30 Grad den Reifen zu wechseln.

(Solche Probleme hat Cecilia nicht!) Für sie, für Vivica, hatte diese praktische Tätigkeit mehr Bedeutung, als sich zu schminken und Konzertkleidung zu tragen.

Das eine konnte sie, das andere musste sie erst lernen.

Schnee, frisch gefallener Schnee hat etwas Jungfräuliches. Eben angekommen versickert er nicht wie Regen, sondern verändert die Landschaft. Die Geräusche werden leiser, die Luft reiner und ich fühlte mich wie ein anderer Mensch.

Die Faszination von Schnee hat bis zum heutigen Tag nichts eingebüßt. Als ich zum ersten „La Bohème" sah, staunte ich nicht schlecht, wie Puccini das Flockentreiben, die klirrende Kälte, die lautlose Stille dieses Niederschlags in Töne umsetzt. Viele Spuren hat der Schnee nicht hinterlassen in der Musik: Debussy hat den Schnee tanzen lassen auf seinem Instrument, dem Klavier, oder Schritte im Schnee komponiert, schwere Schritte, langsam, stapfend, Kräfte raubend.

Gewitter, Stürme, Wasser, in allen Bewegungen, Hitze, Mond und Sonnenlicht – das alles kommt in der Musik vor. Aber Schnee? Liegt es daran, dass in Italien und Frankreich der Schnee selten eine Rolle spielt?

Welches Geräusch macht der Schnee, fragt der gehörlose Vater seine Tochter in jenem Film.

Wenn ich auf Skiern stand, war ich wie im Rausch. Dann gab es nur Geschwindigkeit, halsbrecherisches Tempo. Ich überließ mich dem Rausch, der mich in Todesnähe brachte.

Ich suchte den Grat zwischen Lust und Tod. Ich betrachte diese Sätze und mir fällt ein Artikel über Extremsurfer ein. Ich erinnerte mich nur daran, weil die Überschrift lautete: „Erst Adrenalin und Angst, dann pures Glück". Rachen, Schlund, Haifischmaul nennen sie diese Wellen in Hawaii.

Zwanzig bis dreißig Meter hohe Wellen. Das Foto von dieser Wasserwand, die auf den kleinen Surfer-Mensch herabstürzt, hat sich tief in mein visuelles Gedächtnis eingegraben. In manchen Nächten träumte ich von solchen Riesenwellen.

Danach war natürlich an Schlaf nicht mehr zu denken. Ich hielt es offenbar im Traum für möglich, mich solchen Wassertürmen auszusetzen.

Als Fabio Luisi den Berlioz dirigierte – das wurde mir klar, als ich den Artikel über diese Haifischmaulwellen in die Hände bekam – wirkte die Aufführung, diese Musik, jener Augenblick wie eine Riesenwelle auf mich: Sie verschlang mich, dass mir Hören und Sehen verging, sie stellte mich, mein Leben, mein Selbst auf den Kopf, ich verlor mich, meinen Körper, meine Seele, zerfiel in Einzelteile. Ich konnte mich diesem Prozess ganz hingeben, der Musik vollständig überlassen, auch wenn ich mich später nicht wiedergefunden hätte.

So und nur so wollte ich Berlioz hören.

Spricht der Surfer nicht von Glücksgefühlen, wenn er dem Höllenschlund entkommen ist? Vielleicht ist es aber nicht das Entkommen. Vielleicht ist es der Moment, ja vielleicht der des Todes, auf jeden Fall der Moment der Auflösung, wenn das Ich sich aus der physischen Umklammerung löst – das ist pures Glück. Ekstase, heißt es, sei Reinigung für die Seele.

Ähnliche musikalische Haifischmäuler, die gab es, in Ansätzen, teilweise, punktuell, aber nicht in der Intensität wie damals bei Fabio – Berlioz – live.

Nach der landläufigen Meinung der Psychologen weiß der Mensch immer erst hinterher:

Da war ich glücklich! Das liegt vielleicht daran, dass die Gefühle im Vordergrund stehen.Wir haben den Kopf ausgeschaltet, der uns anschließend sagt: Mein Lieber, da warst du glücklich. „Wie ein Abfahrtsrennen auf Skiern mit Vollgas über eine Buckelpiste aus Wasser. Es gibt kein Gefühl, das so intensiv ist." Ich zitiere die Sätze jenes Zeitungsartikels, die von mir stammen könnten.

Wenn der Surfer in einer Welle stürzt, krümmt er sich in Embryohaltung zusammen, damit die Wucht des Wassers nicht seine Gelenke auskugelt und denkt sich fort, an einen happy place ‚eine schöne Berglandschaft oder etwas Beruhigendes' – eine Art Selbsthypnose, um das Inferno unter Wasser zu überleben.

Aber der junge Mann, der Surfer, ist im Gegensatz zu mir ein Hochleistungssportler. Er trainiert das ganze Jahr nach einem speziellen Plan, um im Ernstfall fit zu sein. Ich trainierte nicht, ich jagte den Berg hinunter, um mir zu entkommen. So sehe ich das heute.

Und die Surfer bezeichnen sich nicht als Selbstmörder, sondern versuchen, das Risiko so weit als möglich zu minimieren. Das war der Unterschied zu mir. Ich ging das Risiko ein, aber ich fand meinen Sport keinesfalls annähernd so gefährlich. Ein einziges Mal hatte ich eine Frau mitgenommen. Nur ein einziges Mal. Ich musste mir Dinge wie „halsbrecherisch", „Wahnsinn" und „suizidal" anhören. Damit war das Thema erledigt und seitdem genoss ich meinen Urlaub allein.

Ich stellte fest: Skifahren hatte eine ähnliche Sogwirkung auf mich wie Musik von Berlioz.

Es machte mich lebendig, es war wie eine Sucht. Wenn ich Berlioz hörte, jagte ich in Gedanken eine Piste hinunter, könnte man sagen. Ich scheute kein Risiko, und es war mir gleichgültig, wie es endete. So bekam ich Abstand zu mir selbst, ich ließ den leidlich bekannten Dozenten Dr. Ingo Brunner oben auf dem Berg stehen. Ich befreite mich von ihm. Meinetwegen konnte er dort oben stehen bleiben. In den Bergen brauchte ich ihn nicht.

Es war natürlich ein Trugschluss zu denken, ich könnte ihm entkommen, aber ein Trugschluss, dem ich mich zwei Wochen lang mit Wollust hingab. Am Ende holte er mich ein, mein Doppelgänger, mein Schatten, mein zweites Ich. Vielleicht war es aber auch ganz anders:

Wer war der echte Dr. Brunner? Gab es ihn überhaupt?

Heine kannte den Zwiespalt. Heinrich Heine, der Dichter. Er schrieb ein Gedicht über den Doppelgänger. Den gibt es sogar als Lied. Dieses Lied beispielsweise ist wie eine Riesenwelle: Es verschlingt dich, der Text samt diesen typischen Schubert-Akkorden; typisch deshalb, weil sich der Komponist auf das allernötigste beschränkt und mit winzig kleinen Rückungen arbeitet. Genial. Dadurch erreicht er diesen Sog und eine unglaublich düstere Stimmung.

„Es hätte durchaus in die Winterreise gepasst", denke ich heute. Mein Doppelgänger, der so vorbildlich funktionierte und mich häufig langweilte.

Diese Auszeit vom Doppelgänger hat noch einen anderen pikanten Aspekt:

In dieser Zeit, in dieser Umgebung fielen mir die amourösen Abenteuer praktisch in den Schoß.

Es gab genügend Frauen, die ein Abenteuer suchten. Ich nahm, was sich mir bot, stellte keine Fragen, keine Forderungen, weder vorher noch nachher. Es interessierte mich nicht, was diese Frauen machten, was sie suchten, in welcher Situation sie sich befanden. Manche wollten reden – ich brachte sie mit meiner Körperlichkeit zum Schweigen. Es hat mich nicht überrascht, in dem spanischen Film „En la cama" meine Überzeugung bestätigt zu sehen. Er beginnt mit reinem Sex und endet im Gespräch, d. h. in Verzweiflung. Plötzlich will man Dinge vom anderen wissen, die einen nichts angehen und die lediglich belasten. Man fragt nach dem Namen des Bettgenossen – die sind austauschbar. Man stöbert in den Geldbörsen des Sexpartners, um die Anonymität zu lüften. Wozu? Um sich Wissen anzueignen: Er hat Fotos von Kindern (seinen?) in seinem Portemonnaie, sie hat ein ganzes Bündel Hochzeitsanzeigen in ihrer Handtasche. Es stellt sich heraus, dass sie einen Mann heiraten will, der sie schlägt. Die Möglichkeit einer Fortsetzung der Bettgeschichte wird in den Konjunktiv gesetzt, das ist klar. Aber eigentlich bedeutet dies: Ende der Sexgeschichte, Ende des Films. Jeder hat sein Leben, aus dem er nicht ausbrechen kann und will, das er weiterführen muss, mit solchen Informationen wollte ich meine Bettgeschichten nicht belasten. Reiner purer Sex – das war es. Meine ästhetischen Ansprüche schwiegen ebenfalls.

Es ging nur um Lust, animalische sexuelle Lust, um Schenkel, Brüste, Haare, Vulva.

Wenn ich diese dann vor mir sah, hatte ich immer ein Bild vor Augen: Ein Mann mit erigiertem Penis stürzt sich kopfüber in eine riesige Vagina. Todessprung nennt Kubin sein Gemälde.

Ich kann mich noch sehr genau erinnern, als ich das Bild zum ersten Mal in einer Ausstellung sah. Es traf mich an einem Punkt, von dem ich zu der Zeit noch gar nichts ahnte, den ich nie preisgegeben hätte und auch vor mir geheim, vor anderen geschützt, hielt.

Damals hatte ich noch mit keiner Frau geschlafen, aber davon geträumt und in meiner Fantasie ausgemalt.

Ich stand vor dem Bild und stellte mir vor, wie es sich wohl anfühlt, ins Innere einer Frau einzutauchen. Wie fühlt es sich an, was erwartet mich außer Dunkelheit, Wärme, Feuchtigkeit.

Und wieder ein spanischer Film (sind die Spanier besonders lebensklug oder sexerfahren oder einfach nur weise, dass sie immer den Nagel auf den Kopf treffen?):

Ein Mann betritt eine Tür, einen Raum, der Eingang in einen weiblichen Unterleib:

Er tritt ein, er stürzt nicht, er stürzt sich nicht, er stürzt sich nicht zu Tode wie (bei) Kubin.

In meinem visuellen Gedächtnis war dieser Todessprung haften geblieben.

Wobei es nicht mein vordringlichster Wunsch war, für immer in einer Frau zu verschwinden. Natürlich nicht. In sie einzudringen hatte auch immer etwas Aggressives für mich. Zärtlichkeiten im Vorspiel dienten ausschließlich der Stimulation und weil es von den Frauen erwartet wurde.

Von meiner Seite war weder Interesse noch Bedürfnis vorhanden.

Ich bin eigentlich immer auf meine Kosten gekommen und so war es auch in diesem Jahr.

Am hinteren Ecktisch saß eine Blondine und verfolgte mich mit Blicken, als ich mich an die Bar setzte, um einen Caipirinha zu trinken.

Es lief stets nach demselben Muster ab: Meist setzte ich mich mit meinem Glas zu ihr, dieses Mal kam sie auf mich zu und nahm neben mir auf einem Barhocker Platz. Ganz schön ungeduldig, grinste ich in mich hinein. Wir redeten dies und das, aber der Smalltalk diente nur dazu, die Lage zu sondieren. Dieses blonde

Geschöpf war amüsant, redete viel – natürlich –, war schon einige Tage da und vermutlich ausgehungert. Wir aßen zusammen und gingen danach in mein Zimmer. Auch das war von mir so geplant: Ich brauchte meine gewohnte Umgebung für derlei Aktivitäten. Dort fiel sie förmlich über mich her, was bei meiner Körpergröße durchaus akrobatische Züge hatte, sie riss sich die Kleider vom Leib und konnte es kaum erwarten, bis ich im selben Status war und dann hatte ich ein richtiges Klammeräffchen auf mir sitzen. Sie war schlank, hatte eine sportliche Figur, flacher Bauch, schmale Hüften, hatte selbstbewusst, fast abgeklärt gewirkt und entpuppte sich als Klammeräffchen. Hinterher – nach meinem Todessprung – vergoss sie ein paar Tränen.

Ich war etwas irritiert, bezog es aber nicht auf mich. Vielleicht nährte sie irgendwelche unliebsamen Erinnerungen, mit denen ich nichts zu tun hatte und auch nicht zu tun haben wollte. Ich hatte meinen Spaß und schlief danach – wie immer – tief und fest.

Am anderen Morgen war sie verschwunden. Ich war dankbar dafür und hatte sie alsbald vergessen. Einige Tage vor Silvester tauchte die nächste Kandidatin auf. Ich kam zufällig die Treppe herunter, als sie gerade mit dem Gepäck an der Rezeption stand, um einzuchecken. Sie sah hoch zu mir, als hätte ich sie dazu aufgefordert und sah mich an. Dass ihre Pupillen weiter und dunkler wurden, konnte ich erahnen, weil ich es erwartete. Die immer gleiche Erfahrung. Ich genoss es unendlich, von einer Frau mit Blicken erfasst zu werden. Da begann das Spiel, das mich bereits erregte, und ich spürte meine drängende Aggressivität. Ihr Mund öffnete sich leicht und mit einer leicht fahrigen Bewegung strich sie ihr Haar zurück. Eine Übersprungshandlung, konstatierte ich.

Später dachte ich: wie konnte ich das übersehen? Diese Geste hätte alle Alarmglocken in Bewegung setzen müssen.

In diesem Moment aber bedachte ich sie mit einem Blick nicht zu lange und länger als üblich, stellte mich neben sie und legte ganz unabsichtlich meinen Schlüssel vor ihr auf die Theke.

Mein Körper sandte bereits Signale aus, darauf konnte ich mich verlassen, und sie wurden wahrgenommen. Darauf konnte ich mich ebenfalls verlassen. Aus den Augenwinkeln konnte ich erkennen, wie sie mich anstarrte, wie sie mein kleines Lächeln hypnotisch entgegennahm und mir dann nachsah, wie ich den Vorraum verließ. Der einzelne Wolf, der die Einsamkeit sucht und braucht. So hatte mich einst eine Frau beschrieben, und ich liebte dieses Bild. Es entsprach nicht dem Bild, was ich von mir hatte, aber ich sah mich sehr gerne in dieser Rolle, in den Augen dieser Frauen.

Heute war ein Tag, wie es ihn nur in den Bergen gibt: In der Nacht davor hatte es geschneit, jetzt schien die Sonne vom blanken Himmel, alles war sauber und frisch, die alten Spuren begraben, der Schmutz aufpoliert, die Luft klar und schneidend kalt. Ein Neuanfang schien möglich. Postkartenlandschaft – der Kitsch schien perfekt, war aber echt. Dieser Kitsch blieb hinter der realen Romantik zurück. Sollte es ein Paradies geben, könnte ich darauf hoffen, dass es so aussah, wie dieses Fleckchen Berglandschaft. „So stelle ich mir den Himmel vor. Es ist November. Es ist windstill, es fällt milder Nieselregen, es ist später Nachmittag, es wird allmählich dunkel und ich eile zur Grote Kerk in Maassluis. Kalt ist es nicht, etwa 12 Grad, und in der Kirche ist es mit 16 Grad noch etwas wärmer, genau die richtige Temperatur zum Orgelspielen …" Der Sinn des Paradieses ist es, dass jeder sein eigenes Paradies hat. Ich muss also nicht in einer holländischen Kirche sitzen bei 16 Grad und Bach auf der Orgel spielen. Ich kann mich hier in die Sonne legen, die vom Schnee tausendfach reflektiert wird, und kann mir vorstellen, wie ich die Frau, die ich eben an der Rezeption getroffen habe, verführe. Bach wird es mir verzeihen. Ich wusste, dass Johannes weder meine Vorstellung vom Paradies teilte noch die in der holländischen Kirche. Für ihn war ein Gemälde von Giotto der Himmel auf Erden. „Ich würde am liebsten darin verschwinden", sagte er einmal. Das Paradies ist so variabel, wie die Menschen, die davon träumen. Wie sah wohl Elsas Paradies aus? Ich schreckte hoch. Weshalb dachte ich jetzt an sie? Ich machte eine Bewegung mit der Hand, um die Gedanken zu vertreiben. Ich bin kein intuitiver Mensch, aber die Vermutung, schien mir, lag nahe, dass Elsa sich eher im Gotikgemäldehimmel wohlfühlen würde als auf der Piste. Aber vielleicht würde sie ja in der Kirche in Maassluis … Ich dachte an sie, wie unser letztes Zusammentreffen gelaufen war und dass es mir vorkam, als sei es in einem anderen Leben gewesen. Sie hatte vorgehabt, an Silvester eine Party zu geben, und hatte mich eingeladen. Aber mein Bedarf an Partys bei Elsa Rivinius war gedeckt. Gedanklich war ich bereits hier, die Vorfreude schien mir größer als sonst, ich brauchte dringend Abstand und Luftveränderung. Mehr als sonst. Den Besuch bei meiner Mutter im Seniorenheim brachte ich am vierundzwanzigsten hinter mich, danach war ich frei. Frei! Und so fühlte ich mich auch. Den obligatorischen Besuch ertrug ich stoisch, weil ich wusste: Danach kannst du in die Berge. Meine Mutter hatte nur noch mich. Das bekam ich jedes Jahr mehr zu spüren. Und wie jedes Jahr versuchte sie auch diesmal mit körperlichen Symptomen meinen Aufenthalt bei ihr zu verlängern. Wie jedes Jahr flüchtete ich vor unliebsamen Empfindungen und ihrer weinerlichen, anklagenden Stimme, fuhr ihnen davon, versuchte zu entkommen. Je älter sie wurde, desto schlimmer wurden die Beschwerden, die verbalen und die körperlichen. Von Jahr zu Jahr setzte sie mir mehr zu, sie sei vom Leben im Stich gelassen worden und von mir auch. Ihre ganze Familie hätte man ihr genommen. Man? Dabei war sie in diesem Heim sehr gut untergebracht.

Nein, ich wollte, dass keinerlei Schatten auf mein Paradies fiel, weder von Elsa noch von meiner Mutter. Diese Gedanken gehören nicht hierher, dachte ich mit geschlossenen Augen im Liegestuhl liegend, der Bergsonne ganz hingegeben. „Hallo!" Ein Schatten fiel über mich. Ich blinzelte gegen die Sonne. Ach, die neu angekommene – in einem grellgelben Dress, das ihre Figur hervorhob. Ich taxierte sie vom offenen Reißverschluss, der den Ansatz einer üppigen Brust zeigte, gebräunt und glatt, bis zu den schlanken Schenkeln. „Darf ich?" Sie holte sich eine Liege und schon saß sie neben mir. Eigentlich hatte ich vorgehabt, mein Paradies noch eine Weile allein zu genießen. Sie nahm meinen

Blick als Zustimmung und streckte sich seufzend vor Wohlbehagen neben mir aus. Und fing sofort an zu reden, wie herrlich es hier wäre und durch welchen Zufall sie hier gelandet sei und dass sie eigentlich in Graubünden ... usw. usw. Ich hörte gar nicht mehr hin. Ich dachte an den Holländer, der in seiner Kirche Bach spielte. Keine Frau der Welt käme wohl auf die Idee, sich zu ihm auf die Orgelbank zu setzen, um zu quatschen. „Ja", unterbrach ich sie. „Es ist herrlich hier und so still!" Daraufhin äußerte sie sich über die Stille im Allgemeinen, in den Bergen, und wie nötig sie das hätte in ihrem Beruf, dass sie sehr unter Lärm und Stress zu leiden hätte – sie stoppte plötzlich ihren Redefluss; wahrscheinlich wollte sie mir Gelegenheit geben, nachzufragen, was sie beruflich mache. Und dass sie viel zu viel rede, wenn sie nervös sei. Auch das hatte ich schon gehört. Und wieso nervös? Und dann machte sie wieder diese Handbewegung: Sie strich ihr Haar zurück mit seltsam gespreizten Fingern, was irgendwie maniert und sehr anrührend aussah.

Erst viel später, nachdem all das passiert war, wonach wir aus waren und sie nackt auf meinem Bett lag, fiel es mir wie Schuppen von den Augen: die Ähnlichkeit mit Elsa! Und diese Geste! Wie konnte ich das übersehen! Mit zwei Fingern nahm sie das Haar und wickelte es um die Ohrmuschel, den Kopf leicht geneigt, streichelte sie ihr Ohr und die Stelle, wo der Hals ins Kinn übergeht. Sie hielt den Kopf genau wie Elsa. Wie konnte das sein? Es traf mich wie ein Schock und das ließ sich auch kaum verbergen. Etwas in meinem Gesicht musste zusammengefallen sein – sie sah es mir an und bezog es auf den eben vollzogenen Akt. Sie begann mit Erklärungen, suchte die Schuld bei sich. „Lass mich allein!" Das kam grob und direkt, heftiger als ich es vorhatte, aber ich hatte mich nicht mehr unter Kontrolle. Im Handumdrehen hatte sie sich ihre Kleider übergeworfen und verließ wortlos mein Zimmer mit einem Blick, verletzt und nackt. Auch das kam mir bekannt vor.

Ich schloss die Tür ab. Das Chaos in mir war kaum zu beschreiben, es überflutete mich und erstickte jeden vernünftigen Gedanken. Ich musste raus hier, sonst würde ich verrückt werden.

Oder war es schon so weit? Wo war die Grenze? Ich zog mich an und verließ das Hotel.

Nach dem herrlichen Sonnentag war es eine eisige sternenklare Nacht ohne Wind, der Mond als schmale Sichel, zunehmend. Der Schnee reflektierte jede Andeutung von Licht, es war also nicht stockdunkel. In meinen Beinen, in meinem Unterleib spürte ich die Anstrengung. Der sexuelle Akt war sehr intensiv gewesen, eruptiv, fast zerstörerisch. Ich hatte es genossen, mir kam diese Art der körperlichen Begegnung – oder sollte ich besser sagen Auseinandersetzung – sehr entgegen.

Je brutaler desto besser. Und sie hatte mitgespielt. Ich hatte selten eine Frau so hemmungslos erlebt.

Ich blieb stehen und legte den Kopf in den Nacken. Worin bestand die Ähnlichkeit zwischen den beiden? Bildete ich mir das ein? Ich konnte mir Elsas Gesicht im Moment nicht vorstellen, es zerfloss vor meinem geistigen Auge. Was hatte mich so erschreckt? Eine Bewegung mit der Hand? Ich sah Elsa vor mir sitzen, Elsa im Lokal, Elsa weinend. In ihrer Erzählung war eine Schwester aufgetaucht. Konnte es sein, dass meine leidenschaftliche Bettgenossin diese Schwester war?

Das Ganze war absolut irreal. Real war nur mein Erschrecken. Real war mein Verdacht.

Ich könnte sie fragen. Gleich morgen. Aber wollte ich es wissen? Hatte ich diese Ahnung nicht schon heute Morgen gehabt und war aufgrund dessen gewaltsamer gewesen als sonst?

Wie wäre es mit Elsa zu schlafen, ihren Körper zu erforschen, jede Biegung, jedes Fältchen ihres weißen Leibes, ihren Duft, ihre Haare, sie stöhnen zu hören, sollte ich ihr jemals näherkommen, wenn uns nichts mehr trennt, wenn sie ganz mir gehört. Mir war, als hätte ich das eben verspielt.

Ich ging zurück. Jetzt war Zeit für Berlioz. Ich reise nie ohne seine Musik.

Mir war nach Harold in Italien, Bernstein mit den Londonern, mir war nach Melancholie, nach Träumen, auf dem Bett liegend in seine Musik verschwinden.

Zuerst wollte ich die Orgie hören, die Orgie der Räuber, die mit einem Paukenschlag beginnt und immer wieder überrascht, auch wenn man die Symphonie kennt.

Die einsame klagende Viola, die vom Tutti des Orchesters an die Wand gespielt wird, sie wird gewaltsam unterbrochen und schluchzt vor sich hin. Ich schluchzte vor mich hin. Die penetranten Streicher und das dunkle Blech, das sich förmlich gegen die Bratsche auflehnt, peitschend.

Ein sich überschlagendes stringendo am Schluss, nachdem sich die Solobratsche wieder vergeblich zu Wort gemeldet hat.

Ich hörte mir den vierten Satz so oft an, bis ich in der Lage war, den zweiten mit allen Sinnen aufzunehmen.

Eine Prozession von Pilgern, die ihr Abendgebet singen. Arpeggien in der Bratsche, die tiefen Streichinstrumente symbolisieren die Schritte des Pilgerzuges, Pizzicati und Harfe, die hohen Bläser wie Lichtpunkte, Sternengefunkel, Glöckchen und dazu diese herrliche Choralmelodie, die direkt in den Himmel führt. Heute Abend, matt auf dem Bett liegend bei fast vollständiger Dunkelheit, hörte ich den harmoniefremden Ton besonders intensiv, den Berlioz permanent, fast möchte ich sagen penetrant einsetzt und damit die Idylle menschlicher, zerbrechlicher macht.

Ein C, der Ton C hat in E-Dur eigentlich nichts verloren und doch passt er genau dort hin: Arglosigkeit ist seine Sache nicht, dachte ich; er will, er muss sie immer wieder zerstören.

Das ist einer der zahlreichen Gründe, die mich zu seiner Musik hinzogen.

Ich hatte dabei ein Bild vor Augen, eine Landschaft sanft und grün, darüber ein ruhiger Himmel, ein abendlicher Himmel mit den Farben des Sonnenuntergangs – violett, orange, gelb, grau, blau, himmelblau und schwarz, das die Nacht ankündigt –, die Mönche – es könnten auch Mönche sein –, die Mönche gehen langsam am Betrachter vorbei, in dunkle Kutten gehüllt, betend, murmelnd, singend, in sich gekehrt, auf ein Ziel fokussiert, das der Betrachter, der Zuhörer nicht kennt.

Man möchte am liebsten mitsingen, mitbeten, einfach dazugehören, der Weg ist vorgegeben,das Ziel für alle gleich. Keinen quälenden Gedanken nachhängen, sondern einfach nur dazugehören.

Nach knapp neun Minuten ist alles vorbei. Den Schlusspunkt setzt die Bratsche, die sich mit ihren zerlegten Akkorden im pianissimo auflöst. Eine geniale Idee von Berlioz, die *idée fixe* als Solobratsche darzustellen. Das Ganze ist nur 4 Jahre nach der *Symphonie fantastique* entstanden. Ursprünglich hat wohl Paganini den Auftrag zum Harold gegeben, nachdem er eine Stradivari-Viola erworben hatte. Aber letztendlich hat er das Werk nicht gespielt. Vermutlich war es ihm nicht virtuos genug. „Zu viele Pausen." Zum Glück hat sich Berlioz nicht abbringen lassen, seine Bratschensymphonie so zu gestalten, in Erinnerung an seine Ausflüge in die Abruzzen.

Dort traf er auch die Straßenmusikanten, die ihn zum dritten Satz inspirierten. Serenade, Ständchen, im 6/8-Takt, beschwingt, tänzerisch, mit einem wunderbaren Englischhorn, dem die Hauptmelodie obliegt. Also wieder eine *scène aux champs* an dieser Stelle. Und wieder ein Englischhorn – an derselben Stelle. Aber dieses Ständchen eines Abruzzenbewohners an seine Liebste ist sehr viel heiterer und ungetrübter, als der Satz aus der *Fantastique*. Und ohne drohenden unheilvollen Trommelwirbel am Schluss. Wie überhaupt der ganze Harold in keiner Weise an den Wahnsinn in der *Symphonie fantastique* erinnert. Aber er lässt die Seele klingen in einem Soloinstrument, weicher und dunkler als die Violine, sprechend und singend wie die menschliche Stimme.

Byrons Harold in den Bergen, so ist der erste Satz überschrieben, Szenen der Melancholie, des Glücks und der Freude.

Berlioz liebte die Berge wie ich. Vielleicht war er dort auch ein anderer Mensch, aber ich glaube nicht, dass er schwermütig war. So klingt seine Musik nicht. Melancholie gehörte zum Leben dazu. Heute wie damals, dachte ich.

Berlioz hören und in seiner Musik verschwinden. Leider werden solche Wünsche nie erfüllt:

Der nächste Tag wartet, und du hast dich ihm zu stellen, ob du willst oder nicht. Ich wollte nicht. Warum war ich nicht mit den Mönchen auf und davon? Was sollte nun werden? Zum Teufel mit den Frauen, zum Teufel mit Elsa. Elsa. Elsa, die sich in mein Leben geschlichen hat, Elsa mit den Lilith-Haaren und dieser Stimme. Ihre Existenz, die Spur, die sie in meinem Leben hinterlassen hatte, machte mich wütend. Die Sehnsucht wollte ich nicht wahrhaben, nicht wahrnehmen, aber sie überfiel mich an diesem Morgen völlig unkontrolliert, machte mich wehrlos. Ich hatte mein Gefühlsleben einmal mehr nicht im Griff. Selbst in meinem geschützten Paradies war ich meinen Elsa-Fantasien ausgeliefert. Nie hätte ich willentlich einer anderen Person die Möglichkeit eingeräumt, sich meiner auf diese Weise zu bemächtigen. Wie hatte es nur so weit kommen können?

Ich glaube, an diesem Morgen war es, dass mich eine Art Zukunftsvision überfiel. Es war nur ein kurzer greller Moment, nur einen Lidschlag lang und heftig wie ein körperlicher Schmerz, um ihn gleich danach wieder zu vergessen: Elsa würde mir nie gehören. Ich konnte sie nicht besitzen, ihre Nähe würde mich umbringen oder ich würde sie umbringen – auch das schien mir möglich –, sie würde mich abhängig oder süchtig machen. Beides war untragbar. Wenn es keine Distanz mehr zwischen uns gab, war ich verloren. Wie gesagt, es war nur ein ganz kurzer Augenblick, und ich war ungeübt darin, solchen Einsichten, die einem selten geschenkt werden, den Stellenwert einzuräumen, den sie verdient hätten. Ich war wie gelähmt, wollte nicht wahrhaben, absolut nicht, was mir mein Gehirn, mein Herz signalisierten. Ich hatte mich an die Sehnsucht gewöhnt, ja, ich war regelrecht verliebt darin. Ich fing gerade an, die Ambivalenz zu mögen, die diese Sehnsucht mit sich brachte. Ich liebte die Fantasien, die ich steuern konnte – wenn ich sie steuern konnte.

Ich wollte nicht darauf verzichten. Sie waren bereits zu einem Teil meines Lebens geworden.

Und wenn ihre Schwester aufgrund eines unglaublichen Zufalls zu gleicher Zeit hier wäre wie ich – dann war es eben so. Zum Teufel, ich wollte es nicht wissen. Ich würde sie hier in diesem Zimmer, hier in diesem Bett festnageln, bis ihr das Blut unter den Nägeln brannte.

Dafür würde ich schon sorgen. Und genau das tat ich. Und sie brachte mich dazu, zu brennen. „Übrigens, ich heiße Hannah, mit h", sagte sie in einer Pause, die wir beide dringend nötig hatten. Ich nickte. „Ingo". Sonst sprachen wir nicht viel. Sie hatte verstanden, dass ich es nicht anders wollte.

Tagsüber gingen wir uns aus dem Weg. Wir wären sonst unweigerlich im Bett gelandet.

Wir brauchten uns bloß anzusehen und wir glühten. Einmal sprach sie mich auf das Buch an, was neben meinem Bett lag: Zeitlupe. Sie fand den Titel interessant und fragte nach.

Dankbar für die Unterbrechung erzählte ich, dass der Protagonist nach einem Unfall ein Bein verliert, damit zum *slow man* wird, und sein Leben in Zeitlupe bewältigen muss.

Gleichzeitig kann man die Handlung auch symbolisch sehen: Zeitraffer und Zeitlupe wechseln sich in jedem Leben ab, und die Frage stellt sich, wie man mit solch einer gravierenden Veränderung zurechtkommen würde. Hannah erkundigte sich nach dem Autor, den sie nicht kannte:

John M. Coetzee, den südafrikanischen weißen Nobelpreisträger, der heute in Adelaide lebt.

Ich betrachtete ihr wirres braunes Haar, das ihr feucht ins Gesicht hing, die kleinen Ohren, die so empfindlich waren, dass sie sogleich zu stöhnen anfing und feucht wurde, wenn ich daran lutschte oder knabberte. Und schon bekam ich wieder Lust.

Das ging 4, 5 Tage so. Silvester erlebten wir mehr oder weniger im Bett, ineinander verkeilt, Körper auf Körper, Schweiß in Schweiß. Eine solch körperliche Übereinstimmung war vermutlich selten und hatte ich noch nie erlebt. Tags fehlte mir die Kraft, und ich war hin und hergerissen, als sie mir mitteilte, dass sie am Tag darauf abreisen würde. Sie wollte von mir wissen, ob wir in Kontakt bleiben würden, aber ich wehrte ab. Natürlich. „Nimm es als das, was es war, ein Intermezzo der Extraklasse, ein verrücktes Intermezzo der Extraklasse, Hannah mit h", fügte ich hinzu und küsste sie leicht auf die Wange.

Der letzte Abend war entsprechend gedämpft, und sie zog sich bald in ihr Zimmer zurück, wie sie es an den anderen Abenden getan hatte.

Ich sah ihr nach, wie sie die Tür leise hinter sich schloss und begann sie bereits zu vermissen. Hätten wir nicht doch Adressen austauschen sollen? Ich würde wohl kaum wieder eine solche Bettgeschichte erleben. Das sah ich ganz nüchtern.

Früher als geplant trat ich ebenfalls den Heimweg an, mein Bedarf an sexuellen Aktivitäten war gedeckt: Alles nach Hannah hätte mich angeödet.

Auf der Heimfahrt, als ich die Berge hinter mir hatte, empfing ich im Radio einen Livemitschnitt eines Konzertes. Der erste Satz war fast zu Ende und mir war überhaupt nicht nach Tschaikowski. Aber mit einem eigenartigen Gefühl der Gleichmut ließ ich die Übertragung weiterlaufen und ertrug seine sechste Symphonie, die bezeichnenderweise auch noch Pathétique heißt. Denn genauso klingt sie bis zum bitteren Ende.

Es war fast nicht auszuhalten diese schwülstigen schwermütig-triefenden Klänge.

Möglicherweise hatte sein naher Tod damit zu tun, vielleicht hatte er ja Todesahnungen. Das wäre immerhin eine Art von Erklärung. Bei der Uraufführung 1893 könnte man vom Ende der Romantik sprechen, auf jeden Fall vom Ende des Jahrhunderts. Das war mir klar und lag nahe. Auch, dass Tschaikowski ein unglücklicher Mensch gewesen war und man dies seiner Musik anhört. Mahler und Schostakowitsch ließen sich immerhin von ihm inspirieren, und trotzdem fand ich diese Symphonie in dieser Interpretation und in meiner Situation schlicht und ergreifend unerträglich. Ich fühlte mich dabei schlecht. Gleichzeitig passte es zu meiner Stimmung, auch eine Art Endzeitstimmung nach dem Erlebnis mit Hannah, dem Ende der Ferienzeit, dem Ende meines Paradieses, und Elsa, der ich zwangsläufig begegnen würde.

Ich hatte keine Ahnung, wie es weitergehen würde. In diesem Moment wäre mir alles andere lieber gewesen – ich wollte, dass es überhaupt nicht weiterging.

Während der unsägliche vierte Satz über den Äther ging, rechnete ich nach: Berlioz hatte seine *Symphonie fantastique* 63 Jahre früher geschrieben. 63 Jahre! Und Tschaikowski komponierte am Ende des Jahrhunderts, als sei nichts gewesen, als habe es Berlioz nie gegeben.

Ein Komponist unserer Zeit hatte in einem Interview die Behauptung aufgestellt, das Aufführen von Tschaikowski-Symphonien grenze an Geschmacksterror. Dieses Wort war mir im Gedächtnis geblieben. Er ist traditionell, konservativ, aber publikumswirksam, dachte ich. Seine Musik gefällt, sie kommt an, weil sie leicht ins Ohr geht. Ich kann nicht leugnen, dass ich Werke von ihm mochte, aber an jenem Tag, in dieser Stimmung, mit einem Gefühl der Endgültigkeit – oder wie sollte ich es sonst nennen? – klang seine letzte Symphonie hoffnungslos deprimierend und raubte mir den letzten Funken Energie.

Es war bereits dunkel, als ich zuhause ankam. Der Schnee war dem Regen gewichen, dazu die graue kalte Stadt – ich war in der Realität angekommen.

Ich rief als erstes Johannes an, ich hatte ihn fast vier Wochen nicht gesehen, dem Gefühl nach eine halbe Ewigkeit. Er klang freudig am Telefon, hatte gerade Zeit und erwartete mich.

Johannes hatte die Feiertage und den Jahreswechsel wie immer bei seinen Geschwistern im Norden und danach in Florenz verbracht. Er überreichte mir ein Buch über Duccio di Buoninsegna, ein Maler, der hauptsächlich in Siena gelebt und gearbeitet hatte und für seine Zeit unglaublich modern gewesen wäre. Und Johannes fügte hinzu: „Das ist doch wichtig für dich. Übrigens ein Zeitgenosse von Giotto. Lust auf italienischen Wein?" Ich sah ihm nach, wie er in die Küche ging, um Wein und Gläser zu holen. Er wirkte verändert und ich dachte über diese Veränderung nach. Es war ein Leuchten in seinen Augen, ja in seinem ganzen Wesen. „Du siehst aus, als habest du das große Los gezogen", frotzelte ich und nahm das gefüllte Glas entgegen. Der Wein leuchtete ebenfalls, hatte in dem bauchigen Glas eine herrliche Farbe, ein dunkles Rot, das fast ins Schwarze überging und nach Erde roch, nach Laub und Sonne.

Statt einer Antwort holte Johannes ein Buch über die Uffizien vom Schreibtisch, suchte eine entsprechende Seite und hielt sie mir hin. Es war ein Frauenbildnis, sitzend, in einem roten Kleid und mir war sofort klar, warum er mir dieses Gemälde zeigte: Elsa. Ich rang nach Luft.

Natürlich war es nicht Elsa, aber die Ähnlichkeit war auffallend, ins Auge springend.

Ich starrte auf das Bild und hörte mein Herz klopfen. Was ging mir alles durch den Kopf, Gedanken, die ich nicht formulieren konnte!

Fassungslos sah ich den Freund an. Er lächelte über das ganze Gesicht. „Diese Dame hier ist Lucrezia Panciatichi", sagte er vergnügt. „Es ist um 1540 entstanden. Frappierend die Ähnlichkeit, nicht?"

Öl auf Holz, stand neben der Abbildung, 102 auf 85 cm. Ich versuchte mir vorzustellen, wie groß das Original war. „Elsa und ich sind zusammen", platzte es aus ihm heraus.

Ich starrte ihn an und begriff nichts. Elsa? Welche Elsa? Meine Elsa? Das konnte nicht sein, das durfte nicht sein, das war unmöglich! Elsa gehörte mir. Mein Gehirn weigerte sich, verweigerte sich. Es war, als hätte ich eben einen starken Schlag erhalten, nach einem Sturz aus großer Höhe. So musste sich das anfühlen. Ich griff nach dem Glas und leerte es und wunderte mich, dass ich funktionierte. Meine Stimme funktionierte wohl nicht, momentan, ich wollte es gar nicht erst riskieren. Aus den Augenwinkeln nahm ich wahr, dass Johannes wie verzückt das abgebildete Gemälde betrachtete und ein zärtliches Lächeln durch sein Gesicht huschte. „Ich meine die Sängerin, deine Studentin", erklärte er unnötigerweise. „Elsa Rivinius."

Ich starrte auf das Buch, auf die Abbildung von – wie hieß die Dame? Spuren fürstlicher Pracht – historische Räume – Saal 18. Ich las den Namen des Malers Agnolo Bronzino, ohne dass die Buchstaben eine sinnvolle Reihenfolge ergeben hätten. „Ein florentinischer Vertreter des Manierismus, war bei den Medici am Hofe tätig."

Johannes füllte erneut mein Glas. „Kannst du dir vorstellen, wie ich mich fühlte, als ich ahnungslos durch diesen Saal ging und dieses Bild, das größer ist, als es sich hier vermuten lässt, entdeckte? Ich bekam einen regelrechten Schock!" Ich lächelte gequält, es war eher ein Verziehen der Mundwinkel, eine automatische Bewegung. Im Moment konnte ich mir nichts auf der Welt eher vorstellen. „Ich kaufte das Buch und als ich zurückkam – ich bin extra früher zurückgekommen, ich musste früher zurückkommen, ich rief sie an. So ist es passiert."

So ist es passiert. Der Satz klang in mir nach. So einfach war das. „Ich habe mich sofort in sie verliebt, damals bei dem Konzert." Johannes lächelte schüchtern, was ihn unheimlich jung wirken ließ. Ich betrachtete ihn, sein schmales Gesicht mit der großen Nase, die dunklen Augen, das ausgeprägte bartlose Kinn, die lockigen Haarsträhnen, die immer unordentlich wirkten und in die sich im Lauf der Jahre auch einige graue gemischt hatten. „Elsa ist hinreißend, atemberaubend!" Er schwärmte in den höchsten Tönen – unnötigerweise.

Ich wusste ja …„Und dann diese Stimme! Ich könnte ihr stundenlang zuhören. Wenn sie spricht, klingt das wie Gesang!"

Ich betrachtete die italienische Elsa aus dem 16. Jahrhundert, eine Dame im rot glänzenden Taftkleid mit aufgebauschten Puffärmeln, Schmuck um den Hals, in den Haaren und an der linken Hand, um die Taille, sitzend mit aufgestützten Armen, dieselbe Frisur wie an jenem Abend nach dem Streichquartett, langer weißer Hals, lange schmale Nase, die Augen ernst, gesammelt, konzentriert. Mit diesem Ausdruck kam sie auf die Bühne. Überhaupt glich unsere heutige Elsa viel mehr diesem Abbild aus dem italienischen Manierismus als dem Rossetti-Bild.

Unsre heutige Elsa hatte eher etwas von dieser strengen Würde der Italienerin.

Bartolomeo Panciatichi war auf der linken Seite abgebildet, ihr Ehemann.

Den Gemälden sieht man die Zusammengehörigkeit kaum an, wenden sich die beiden nicht einmal zueinander. Schreibt der Herausgeber. Das war wie eine Bestätigung, ohne dass ich hätte sagen können, wofür.

Auf einmal erklang Schubert. B-Dur-Sonate. Seine letzte. „Das höre ich zurzeit fast ununterbrochen", schwärmte Johannes. „Ich glaube, ich wünsche mir diese Musik am Ende meines Lebens. Ich habe ein Zitat gefunden."

Und er las vor: „Ich kann von Schubert nicht lassen und am Abend meines Lebens wende ich mich immer mehr dem Meister zu, von dem Arthur Schnabel sagt, er sei als Komponist Gott am nächsten."

Erwartungsvoll sah er mich an. Mir war nicht nach raten, ich wollte mich verkriechen, ich wollte allein sein. Wäre ich nur in den Bergen geblieben oder hätte wenigstens Hannahs Adresse, dachte ich; gleichzeitig wurde mir klar, ich wollte kein Spielverderber sein, wollte ihn in seinem Glück nicht stören. In einem Film über mittelalterliche Foltermethoden hatte ich gesehen, wie jemand in Stück gerissen wurde, indem fünf Kräfte in Form von Werkzeugen zu gleicher Zeit an dem Delinquenten zerrten. Genauso fühlte ich mich, genauso. Johannes sah mich erwartungsvoll an. Ich sah ihn an und schüttelte den Kopf. Keine Ahnung. Gerald Moore war der Schubertliebhaber. Das war nicht weiter überraschend. Und nun also Schuberts letzte Klaviersonate.

„Immer wieder hält die Zeit ihren Gang an, um selbstvergessen zu verweilen." Dem konnte ich eigentlich nur zustimmen.

„Die Fermaten und die bangen Pausen wirken nicht weniger verstörend als die Triller. Sie tönen selten beschaulich, eher, als ob das Herz stockte."

Nichts anderes tat das meine. Johannes konnte das nicht wissen.

„Das letzte große Werk, das Schubert wenige Wochen vor seinem Tod geschrieben hat, zeichnet in seinem Zeitablauf das Bild von Ermüdung und Resignation."

Ob ein zeitgenössischer Komponist wie Dieter Schnebel Schubert besser verstehen kann? Protokoll eines dissoziierenden Lebens, eher tastend als zugreifend. Ermüdung und Resignation – *what else*. Mit diesem langsamen Tempo konnte der Pianist nur Richter sein.

Die Fachwelt hat seinen Triller am Ende des Themenkopfes gelobt. Mich erinnerte der Triller heute an das Ende der *scène aux champs*. Auch Schubert kennt das drohende Unheil, dachte ich.

Dieser Triller! Er hat alle Facetten wie – wie die meiner Stimmung momentan – verstörend, vernichtend, bedrohlich, aber auch verbindend und integrierend. Mir war ganz und gar nicht nach Schubert, ich hätte etwas Brutales, Wahnwitziges gebraucht: den Hexensabbat – ganz laut, das *dies irae* mit den sechzehn Posaunen. Nackenschläge.

Dennoch verfehlte diese Sonate ihre Wirkung nicht und bei der Wiederholung der Exposition konnte ich mich auch eher auf die himmlische Ruhe einlassen, die Richter mit seinem Tempo heraufbeschwor.

Ich las im Begleitheft: Swjatoslaw Richter spielt Schubert – live in Moskau 1957–1963.

Und dass Glenn Gould 1957 im Publikum saß und von hypnotisierter Trance sprach.

Das war eine Überraschung für mich, sein Urteil nicht, das fand ich eher bestätigend.

Zwischen Schubert und Richter muss es eine besondere Verbindung geben.

Johannes war weit von mir entfernt, dafür war der Franz näher gerückt.

Musik verschafft uns eine zusätzliche Dimension, eine zusätzliche Ebene der Verarbeitung.

Für mich musste die Musik dazu eine gewisse Qualität haben. Diese hier hatte Qualität. Und vor allem der Pianist hatte diese Qualität. Keiner spielt diese Sonate so wie er. Genial. Ich erkannte meinen Schmerz wieder, fühlte mich weniger allein, der Aufruhr in meinem Innern beruhigte sich langsam, die Magennerven entspannten sich – ich merkte erst jetzt, dass sie gereizt waren, um es vorsichtig auszudrücken. Ich trank mein Glas leer – der Wein war hervorragend – und füllte es erneut.

Diese Durchführung! Richter erzeugt mit seinem langsamen Tempo und einer ausgeklügelten Dynamik eine ungeheure Spannung, und an der Wandererstelle baut er sie von null auf, lässt sich Zeit. Das kann man nur so machen, dachte ich. Wenn man einmal Richter mit dieser Sonate gehört hat, kann man nichts anderes mehr ertragen. Was für ein Erbe für alle nachfolgenden Pianisten und ihren Interpretationen dieser Musik, dachte ich vor einigen Tagen beim erneuten Hören von Richters himmlischem Tempo.

Es ist alles gesagt, ich kann mir keine neuen Erkenntnisse vorstellen. Bei Richter klingt es immer so, als spiele er ausschließlich für den Komponisten und für sich selbst. Ein intimes Zwiegespräch: Ich danke dir für diese Musik, sagt Svjatoslav hinterher zu Franz und spielt das Thema besonders zärtlich.

Ich begann zu verstehen, warum Johannes ständig diese Sonate hörte, seit Elsa und er – nein!

Das wollte ich nicht zu Ende denken. Und als hätte Schubert das geahnt, ging er nach Moll. Johannes hatte sich zurückgelehnt, nippte an seinem Wein, hatte die Augen geschlossen und lächelte selig vor sich hin. Und im Laufe der Musik stellte sich eine Art Erleichterung ein, Ermüdung und Resignation.

Der zweite Satz ist von einer solch tiefen Traurigkeit, wie es sie nur bei Schubert gibt.

Cis-Moll bedeutet bei ihm einfach etwas anderes als bei allen übrigen Komponisten. Die Mondscheinsonate ist ebenfalls in Cis-Moll, aber bei Beethoven klingt das eher geheimnisvoll, bei Beethoven hat diese Tonart einen silbrigen Schimmer, und das liegt nicht daran, dass dieses Werk ungefähr 20 Jahre früher entstanden ist. Sonata quasi *una fantasia*.

Und es liegt auch nicht daran, dass die B-Dur-Sonate ein Spätwerk ist, die Beethoven-Sonate dagegen nicht. Der Unterschied liegt in der Persönlichkeit der beiden Komponisten begründet, dachte ich.

Und Richter hat ein unfassbares Gespür für Schubert; er spielt den zweiten Satz so resignativ, fast passiv, dass die Musik immer wieder zum Stillstand kommt. Im bewegten Mittelteil wird Richter schneller. Aha, dachte ich, doch ein Romantiker. Es gibt bestimmt puristische Pianisten, die eine Tempoveränderung verurteilen würden. Nein, Richter ist kein Purist. In diese Schublade kann man ihn nicht stecken, er geht immer mit einer Leidenschaftlichkeit ans Werk, die man nur bewundern kann, ob man seine Art zu spielen mag oder nicht. Er spielte immer, als ginge es um Leben und Tod. Das erste Mal, als ich von Richter bewusst hörte, war eine unveröffentlichte Studioaufnahme der Appassionata in wahnwitzigem Tempo, von der Richter sagt: Wer die Wiederholung im letzten Satz nicht spielt, dem sollte es überhaupt verboten werden, die Sonate zu spielen. Man müsste pfeifen, wenn jemand die Wiederholung weglässt. Leider pfeift aber niemand. Glücklicherweise habe ich das nie erlebt. Nie wieder hat ein Pianist den dritten Satz in diesem Tempo beendet, denn das erfährt in der Coda noch eine Steigerung, und hat dabei häufig danebengegriffen, was überhaupt keine Rolle spielt. Vielleicht wurde deshalb diese Aufnahme nie veröffentlicht. Ein Verlust für alle Richterfans, zu denen ich mich danach ebenfalls zählte. Ich war danach überzeugt, Beethoven hätte den dritten Satz so gespielt wie Richter.

Wenn er sein ganzes Leben der Malerei gewidmet hätte, hätte er dieselben Höhen erreicht wie als Pianist, wurde über ihn verbreitet. Er selbst hielt das für eine Legende: Mit dem Malen habe ich vor vielen Jahren aufgehört. Ich habe gemerkt, dass ich immer dasselbe wiederhole. Was mir leicht fiel, ging gut, aber ich kam nicht weiter. Wenn man etwas ernst betreiben will, muss es weitergehen, aber dazu hatte ich keine Zeit. Zitat Richter – angesprochen auf seine zweite Begabung.

Er sah das offensichtlich ganz realistisch.

Wie kann jemand die Appassionata und Schuberts letzte Sonate gleichermaßen vollkommen vollendet meisterhaft spielen! Richter kann. Schuberts Tempoangabe lautet Moderato.

Richter nimmt es an der untersten möglichen Grenze. So wird Zeit durchlöchert, schreibt Schnebel: Gähnende Leere.

Das Leben kommt zurück in Schuberts Sonate mit dem dritten Satz. „Das ist der andere Schubert", meinte Johannes. Leichtfüßig, fast überschwänglich.

Im letzten Satz – letzter und endgültig misslungener Versuch Schuberts in Munterkeit – dann wieder die Brüche, abrupte

Pausen, Richter beschönigt nichts, er unterbricht brutal, scheint das total verinnerlicht zu haben, scheint die Brüche zu genießen, um die Akkorde anschließend mit voller Wucht zu spielen. B-Dur klingt heiter, ein oberflächlicher Eindruck. B-Dur hat einen schwermütigen Schleier, vielleicht sogar einen Tränenschleier.

Es ist wohl eine Abschiedstonart für Schubert wie für Mozart, dessen letztes Klavierkonzert in eben dieser Tonart steht. „Mich erinnert der zweite Satz immer an sein C-Dur-Quintett." Johannes wechselte die CDs und legte das Streichquintett auf. Und ein paar Mal hörten wir die langsamen Sätze hintereinander. „Du hast recht", sagte ich zu ihm. „Selbst die Tonarten haben miteinander zu tun, Cis-Moll und E-Dur sind Paralleltonarten."

Zum wiederholten Male wunderte ich mich über Johannes feines Gespür, als Nichtmusiker.

Mir stand mein Wissen oft im Weg. Manchmal hatte ich den Verdacht, Musik gar nicht mehr direkt hören zu können, weil der analytische Verstand immer sofort einsetzte und ich zu zerlegen begann. Berlioz war auch hierin eine Ausnahme: Bei seiner Musik wurden immer zuerst meine Emotionen angesprochen: Er spricht das musikalisch aus, was in mir vorgeht, manchmal sogar, bevor es in mir entsteht, bevor es mir ins Bewusstsein kommt. „Weißt du, bei Schubert habe ich oft das Gefühl, mir wird das Herz aus dem Leib gerissen.

Das haben diese beiden Werke gemeinsam und trifft auf die ersten beiden Sätze zu. Zum Glück – für alle Liebhaber", er lächelte verschmitzt über die Doppeldeutigkeit, „ermöglicht Schubert uns das Weiterleben, indem er auch eine andere Seite hat. Die nenne ich wienerisch. Du bekommst dein Herz zurück und bist gewappnet für alle Widrigkeiten. Diese Intimität finde ich in keiner anderen Musik."

Verliebt sein macht gesprächig, dachte ich. Johannes konnte manchmal den ganzen Abend schweigen. Heute war ich es, der zuhörte und das war gut so. Ich wollte nicht über Elsa reden, ich wollte nicht über meine Gefühle für sie sprechen. Ich atmete tief durch. Zum Glück hatte ich nie mit ihm darüber gesprochen – schon gar nicht über das Erlebnis in der Kirche. Das wollte ich mit niemandem teilen – wohlweislich!

Später war ich froh, dass der Abend so verlaufen war und ich meinem Impuls, zu verschwinden, nicht nachgegeben hatte. Johannes hätte das nicht verstanden. Oder unterschätzte ich ihn? „Apropos: Am neunundzwanzigsten will sie die Winterreise singen, für einen kleinen Kreis. Du kommst doch auch?" Ich nickte. Welche Frage! Das würde ich mir nicht entgehen lassen. Wie würde sie diesen schwierigen Männerzyklus bewältigen? Wie mit den starken Emotionen umgehen?

Man durfte gespannt sein. Laut sagte ich: „Wie geht es ihrem Vater?"

Es sei ein langsames Sterben, sagte Johannes, aber er wäre wenigstens zuhause und nicht mehr im Krankenhaus. „Und in so einer Situation will Elsa die Winterreise singen? Findest du das nicht – vermessen, um es vorsichtig auszudrücken?" „Du meinst, sie mutet sich zu viel zu?" Er zuckte mit den Schultern. „Ich glaube, sie liebt die Herausforderung, den Extremfall. Du hast vermutlich recht, sie sollte die Winterreise verschieben. Ich fürchte nur, sie wird sich nicht abbringen lassen."

Eine Winterreise unter besonderen Umständen.

Ich stürzte mich in Arbeit, ich rannte durch den Wald, um zu vergessen, um bestimmte Bilder auszuschließen, ich hörte Musik, aber keinen Berlioz. Romeo und Julia hätte ich nicht ertragen, die zärtlichste Musik, die ich mir für Verliebte vorstellen konnte. Nein, keine *scène d'amour*.

Jemals wieder? Ich konnte es mir nicht vorstellen. Eher: Romeo visite le caveau de Capulets. Das drohende Unheil mit immer dem gleichen hohen Ton (Totenglöcklein?) und einer dazu variierenden Melodie. Er stürzt in den Keller und dann plötzlich stocken seine Schritte, das Erfassen der Situation, Entsetzen, klagendes Saxofon, unendlicher Schmerz. Spielt es sich nicht immer so im Leben ab?

Invocation. Le réveil de Juliette, Joeie interminable, Désespoir, peur et la mort des amants.

Und da ist sie wieder, die Erleichterung, ohne Aussicht auf Erlösung. Niemand würde in mein Leben eindringen, niemand würde mich mit seinen Haaren verhexen. Heute glaube ich, ich machte mir damals was vor, um zu überleben. Es war etwas in mir zerbrochen, endgültig zerbrochen; das kann ich heute so sehen. Es waren wirre ungeordnete Tage. Es gab nur eine sexuelle Erlösung, aber die hatte längst ihre Wirkung, ihre Spuren eingebüßt entgegen meiner Hoffnung.

Wer hätte auch sagen können, ob eine solche Obsession, wie ich sie mit Hannah erlebt hatte, dem Alltag standgehalten hätte? Elsa sah ich nur von weitem. Sie kam zwar in die Vorlesung, verschwand aber immer gleich wieder. Die Sprechstunde nahm sie nicht wahr.

Enttäuschung darüber, dass sie Johannes vorgezogen hatte, ließ ich nicht zu.

Auch darin wollte ich kein Spielverderber sein.

Ich zog mich auch von Johannes zurück. Reiner Selbstschutz.

Aber der neunundzwanzigste kam unweigerlich näher. Ein Konglomerat an Gefühlen überfiel mich.

Die Magenschmerzen waren fast nicht zu ertragen und doch waren sie das einzig greifbare.

Nichts wusste ich über die beiden, wann sie sich trafen, wie oft sie sich sahen. Diese Gedanken ließen sich nicht gänzlich aussperren. Ich kam mir ausgeschlossen vor, vernachlässigt, abgeschoben. Zeitweise war ich wütend, auf Johannes, der sich in Schweigen hüllte, auf Elsa natürlich, von der ich mich abgelehnt fühlte, aber vor allem auf mich. Die Erkenntnis, dass ich zu der Situation nicht unerheblich beigetragen hatte, ließ ich links liegen, und ich erwartete von mir Souveränität und Gleichmut der Situation gegenüber und war oft alles andere als das.

Einige Tage vor dem Konzerttermin stand Johannes plötzlich vor meiner Tür, was er selten unangemeldet tat, und teilte mir mit, mit leiser tonloser Stimme, dass es Elsas Vater immer schlechter ginge, dass er im Sterben läge. Unter den gegebenen Umständen sollte sie den Auftritt verschieben, meinte er. „Sie kann eigentlich nicht singen, wenn sie den Kopf nicht frei hat und sie ihre psychische Kraft für den Vater braucht. Warum tut sie sich das an?" Johannes saß mir gegenüber mit verschränkten Fingern, in sich gekauert und hängendem Kopf. Blass sah er aus und eingefallen. Als habe er meine Musterung gespürt, sagte er: „Ich habe kaum geschlafen, sie lässt sich nicht helfen, sie lässt mich nicht an sich heran, geht mir aus dem Weg. Sie ist mir unheimlich, unheimlich fremd. Ich kann sie nicht erreichen. Sie schottet sich ab und ich habe keine Chance, sie zu stützen, sie zu sehen, ihr beizustehen. Sie redet nicht mal mit mir." Das war seltsam und kam völlig überraschend. Was ging in ihr vor? „Ich habe sie seit damals nicht gesehen", klagte Johannes." Sie hat mir nur einen Brief geschrieben, in dem sie mir mitteilt, dass sie ihre Ruhe braucht, dass sie Zeit für sich braucht. Und dass sie im Moment keine Nähe ertragen kann. Ich muss es akzeptieren. Das hat sicher mit dem Vater zu tun und natürlich mit diesem Projekt, das sie unbedingt durchziehen will."

Ich staunte. In meiner Fantasie waren die beiden ständig zusammen, hörten zusammen Musik, kochten zusammen, verbrachten die Nächte zusammen. Jetzt konnte ich diese Fantasien zulassen. Jetzt, da die Realität anders aussah. War es Johannes' Realität, Elsas Realität? Und wie sah meine aus? Ich hatte zwei Abende mit ihr gehabt, eigentlich eineinhalb. „Sie hat sich bereits nach dem zweiten Treffen zurückgezogen und ich habe keine Ahnung weshalb. Ich sitze vor dem Bronzino-Bild und versuche hinter ihr Geheimnis zu kommen."

Vielleicht hat sie gar keines, dachte ich, vielleicht ist es nur eine vorübergehende Phase, vermutlich hat es mit dem Vater zu tun, vielleicht mit der Winterreise, oder mit beidem. Ich hatte Elsa auch anders erlebt, offen, gesprächsbereit, gefühlsbetont, Nähe zulassend. Sie, neben dem Jüngling, auf dem Fest unter dem Feuerbach, ihre Hand auf seinem Knie. Elsa, die ihrem Begleiter, ihrem Pianisten um den Hals fiel. Sie hatte keine Scheu, Männer zu berühren. Johannes sah aus wie das sprichwörtliche Häuflein Elend. Irgendwie musste ich ihn aufmuntern. Im Moment war er mir wieder sehr nahe dadurch, dass er mich an seinem Zustand teilhaben ließ. „Sag, hast du ein Lieblingslied in der

Winterreise? Welches magst du am liebsten?" Er überlegte lange. „Das ist nicht so einfach zu beantworten, es kommt auf meine Verfassung an. Aber ich liebe besonders das erste, eine müde Fußreise und deshalb schleppend, dann natürlich die Krähe, das Wirtshaus, aber ich glaube, wenn ich mich entscheiden müsste, vielleicht den Wegweiser. Es ist für mich das stärkste Lied des ganzen Zyklus, zusammen mit dem letzten."

Dem war nichts hinzuzufügen. Ich hatte die Winterreise gemieden, wann immer es ging. Ich hatte schon Leute weinen sehen, einmal war einer zusammengebrochen und man hatte den Notarzt geholt – ich hatte keine Lust mir das anzutun. Man braucht viel Kraft, um dem Abwärtssog entgegenzuwirken. Danach könnte man sich konsequenterweise in einen Sarg legen. Schubert selbst sprach von „schauerlichen Liedern" und seine Freunde waren ratlos, schon bei der Müllerin, besonders aber bei der Winterreise. Das Thema, so alt wie die Menschheit, war neu in diesem Medium Lied und befremdlich – für die Zeitgenossen und in gewisser Weise auch heute noch. Kein Mensch, davon bin ich zutiefst überzeugt, kein Mensch will sich mit Tod und Einsamkeit beschäftigen.Unglückliche Liebe, enttäuschte Liebe – das hat jeder schon mitgemacht. Aber der, dem der Tod begegnet ist, wird ihn sich nicht freiwillig ins Haus holen, dachte ich, und die anderen machen einen großen Bogen darum. Wenn mich meine Erinnerung nicht trog, war ich ein einziges Mal in Schuberts schauerlichem Zyklus gewesen. Es war Jahre her und musste mit der Trennung von irgendeiner Beziehung zu tun gehabt haben; vielleicht dachte ich damals, ich wäre in der entsprechenden Stimmung, aber die Lieder wirkten auf mich überzogen, um nicht zu sagen hysterisch, zumindest aber überspannt, unecht. Danach fühlte ich mich wie zerlegt, in Einzelteile zerlegt, ein unangenehmer Zustand – und nicht mit der Auflösung bei Berlioz zu vergleichen. Berlioz' Musik ist voller Kraft und Vitalität; danach fühle ich mich wie neugeboren. Schubert ist das krasse Gegenstück zu Berlioz, dachte ich, während ich nach der CD suchte, die kaum gehört, völlig verstaubt, neben anderen, viel benutzten stand. „Warum hast du dir ausgerechnet diesen

Zyklus von Elsa gewünscht?", fragte ich den Freund. Johannes lächelte verlegen. „Du weißt, ich bin kein Musiker, aber ich liebe Schubert und ich finde – ich, Johannes Magnus finde –, dass die Winterreise das vielleicht wichtigste Werk der gesamten Romantik ist, vielleicht das stärkste überhaupt, weil es um das einzig wichtige Thema geht, das uns alle betrifft, alle ohne Ausnahme – den Tod. Daran kommt keiner vorbei. Schubert gibt uns hier das Herz nicht zurück, wie bei den beiden letzten Sätzen in seiner B-Dur-Sonate oder im Streichquintett." Damit hatte er wohl recht, wie so oft, wenn es um Musik, wenn es um Schubert ging. Als Sänger musst du trotz allem eine Distanz zu diesen Liedern finden, sonst bleibt dir das Wort im Halse stecken. Auch schwergewichtige Männer, gestandene Sänger können diesen Zyklus nicht unbegrenzt singen: Es geht an die Substanz. Diese Musik fordert dich ganz, mit deinem Herzblut, mit allem, was dir zur Verfügung steht. Lässt du dich nicht darauf ein, klingt es banal. Verzweiflung, Enttäuschung, Einsamkeit, Kälte, Dunkel, Tod – alles, was ein Menschenleben ausmacht. Der Sänger muss all dies empfinden, erspüren und über die Rampe bringen, ohne in Tränen auszubrechen. Das ist die Kunst, dieser schmale Grat zwischen Gefühl und Kunst. Und, um dem Ganzen die Krone aufzusetzen: am Schluss den Leiermann. „Auch nach tausend Vermutungen hätte niemand vorausgesagt, dass das letzte Lied des Zyklus so sein würde, wie es ist." Das war die Meinung von Gerald Moore, und wer könnte dies besser beurteilen als er, der diesen Zyklus mit der Sängerelite seiner Zeit aufgeführt oder aufgenommen hat.

Vierundzwanzig Lieder zum Leiermann barfuß auf dem Eis, keiner mag ihn hören, keiner sieht ihn an, nicht einmal die Hunde. Ein tragisch-ironisches Selbstportrait, schreibt Fischer-Dieskau.

Eines darf man nicht vergessen: Der Sänger ist durch den Text viel stärker vom Geschehen betroffen als der Pianist. Die Stimme lässt kaum Distanz zu, sie ist ein Teil von ihm. Der Pianist hat sein Instrument, da findet schon ein räumlicher Abstand statt. Mit anderen Worten: Schon unter „normalen" Umständen ist dieser Zyklus eine sehr schwierige Angelegenheit, aber nun war Elsa in einer extremen Situation. Zu extrem für sein Gefühl, nahezu unmöglich. Ich schauderte ebenfalls vor der Vorstellung, die am neunundzwanzigsten stattfinden sollte. Und ich spürte, dass es Johannes ebenso ging.

Er litt, er liebte, er war krank vor Sorge. Und Elsa schottete sich ab, ließ niemanden an sich heran. Das nötigte mir irgendwie Respekt ab und gleichzeitig stieg die Spannung: Wie würde sie das bewältigen? „Sie ist so hart zu sich selbst", klagte Johannes. „Aber das Profigeschäft ist hart", entgegnete ich. „Egal, was geschieht, du hast zu funktionieren. Dem Publikum ist es egal, ob dein Vater tot, dein Kind krank oder die Mutter in der Irrenanstalt ist – the show must go on." Jeder wusste das. Selbstverständlich auch Elsa. Kein Weg führt daran vorbei. Wenn du das nicht aushältst, hast du auf der Bühne nichts zu suchen.

Das Wetter des neunundzwanzigsten war angebracht und wie bestellt – nasskalt und stürmisch. Das änderte sich auch den ganzen Tag nicht. Ich holte Johannes mit dem Auto ab und er kauerte schweigend und in sich gekehrt neben mir auf dem Beifahrersitz. Kein Wort kam über seine Lippen, während der ganzen Fahrt nicht. Da es eine private Veranstaltung war, rechnete ich nicht mit vielen Zuhörern, aber der kleine Konzertsaal war bereits zur Hälfte gefüllt. Ich begrüßte den Kammermusikkollegen, der Elsa noch nie singen gehört hatte, sich aber als Schubertspezialisten sah und den die Neugier hertrieb. Die Bühne war leer, der Bösendorfer einen guten Spalt offen, die Noten lagen aufgeschlagen auf dem Pult. Daneben ein Notenständer für die Sängerin. Wenigstens diese Erleichterung gönnt sie sich, dachte ich. Neben der emotionalen Everestbesteigung hat der Sänger auch eine Gedächtnishöchstleistung zu vollbringen. Wie beim letzten Mal, als sie sang, wollte ich nicht vorne sitzen. Ich verzog mich nach ganz hinten, da fühlte ich mich aufgehoben. Die Spannung im Saal war greifbar, es wurde getuschelt und leise diskutiert, die Zuhörer konnten nicht still sitzen. Ich spürte ebenfalls Unruhe in mir, während Johannes wie festgefroren neben mir saß.

Dann kam sie, der Begleiter nach ihr. Sie wirkte verändert – oder hatte ich mich geändert? Was war alles geschehen, seit ich sie das letzte Mal gesehen hatte! Sie kam, ganz in schwarz, was nicht anders zu erwarten war, schmucklos mit zusammengebundenen Haaren – auf das wesentliche beschränkt, der Begleiter drehte an seinem Stuhl. Das gehörte wohl auch zum Ritual, er legte die Hände auf die Tasten und fixierte sie.

Elsa war blass, fast durchsichtig, wirkte aber konzentriert, und entschlossen trat sie einen Schritt vor. „Ich widme diese Winterreise meinem Vater und möchte darum bitten, am Ende nicht zu klatschen", sagte sie mit belegter Stimme. Das Getuschel im Saal wurde wieder stärker. Wir sahen uns an. War ich damals mit Johannes bei dem amerikanischen Klaviertrio gewesen? Ich konnte mich nicht erinnern. Aber ich wusste noch, dass der Vater des Cellisten am Tag zuvor gestorben war und ihm die Tränen in den Bart liefen beim zweiten Satz. Damals ging es auch um Schubert: sein Klaviertrio op. 100, ein Lieblingsstück des Vaters. Und Elsas Vater? Wäre er heute Abend hier, um seine Tochter singen zu hören, wenn er könnte? Hatte er sie jemals singen gehört? Mit Schubert? Sie trat zurück und nickte dem Pianisten zu, und der fing an mit dem ersten Vorspiel.

Kein Lied in der Winterreise – wie in der Müllerin – wird vom Sänger begonnen; es beginnt immer das Klavier. Das Instrument legt das Tempo vor. Und beim ersten Lied marschieren beide, Schritt für Schritt, was in der Klavierbegleitung ausgedrückt wird, unterschwellig ist es ein schleppendes Marschieren, schon von Anfang an von Müdigkeit geprägt, kein freudiges, aktives Vorwärtsgehen. Was das Tempo betrifft, gehen die Meinungen weit auseinander. Die beiden Protagonisten nahmen das Anfangstempo recht langsam, was meinem Gefühl sehr entgegenkam, was mit meinem inneren Rhythmus übereinstimmte. Den Vorhalt im Fortepiano nahm der Pianist fast überzogen scharf, um gleich aller Harmlosigkeit den Wind aus den Segeln zu nehmen. Dieser Vorhalt mit dem verminderten Septakkord ist Teil des Hauptthemas und sollte entsprechend variiert werden. Was auch geschah. Fremd bin ich eingezogen, fremd zieh ich wieder aus. Damit war eigentlich alles gesagt, und jeder wusste, wohin die Reise ging: kein Heimatgefühl, kein Ankommen, kein Wohlfühlen. „Was soll ich länger weilen, daß man mich trieb hinaus? laß irre Hunde heulen vor ihres Herren Haus." Bei dieser Stelle klang das Klavier aggressiv, spitz, um dann in extremes Legato zurückzugehen: Die Liebe liebt das Wandern, Gott hat sie so gemacht, von einem zu dem andern, fein Liebchen, gute Nacht!" Da tauchte der Titel des ersten Liedes auf. Eine besonders schöne Stelle, denn sie leitet nach Dur über, pianissimo und weich wie ein Federbett. „Will dich im Traum nicht stören, wär schad um deine Ruh, sollst meinen Tritt nicht hören, sacht sacht die Türe zu." Elsa sang diesen Teil direkt in unsere Herzen, Johannes fing schon an, sich über die Augen zu wischen." Schreib im Vorübergehen ans Tor dir gute Nacht, damit du mögest sehen an dich hab ich gedacht." Ich sah sie an, sie sah mich an, sie konnte mich nicht sehen, ich saß etwas versteckt, absichtlich versteckt – ihre Stimme zitterte leicht, kaum hörbar, war bei der Bestätigung des Satzes aber wieder sicher. Und das Klavier beendete auch das erste Lied, wie alle anderen auch.

Nach der stürmischen Wetterfahne schon das erste Kältelied. Gefrorenes Staccato auf den Tasten – gefrorene Tränen. Die Erstarrung fing der Pianist sehr schnell an, mir zu schnell, aber Elsa ging das Tempo mit. Wo find ich eine Blüte, wo find ich grünes Gras. Reduziertes Tempo, weicher Anschlag. Das vierte Moll-Lied hat hier seinen Dur-Teil, die Sehnsucht nach Leben, nach etwas Wachsendem, Hoffnungsvollem. Wir wissen: Es ist nur von kurzer Dauer und das Moll, die Kälte, die Erstarrung hat uns wieder.

Der Lindenbaum ist eines der wenigen Dur-Lieder des gesamten Zyklus. Scheinbar ungetrübt die Stimmung in Triolen, eine einfache Melodie, so eingängig, dass auch jeder dörfliche Männerchor sie schmettern kann. Es ist doch eines meiner liebsten Lieder, dachte ich. „Am Brunnen vor dem Tore da steht ein Lindenbaum." Was Schubert aus dieser banalen Aussage macht, wie er jede Regung des Wanderers in Musik umsetzt bis hin zum Sturm, der ihm den Hut vom Kopfe weht, macht es einzigartig. Es steht zwar in Dur, ist trotzdem voller Wehmut, voller Sehnsucht.

Du fändest Ruhe dort. Was für ein Versprechen! Ich wünschte, ich hätte einen Baum, welchen auch immer, der mir diese Ruhe vermittelt. Heute Abend hatte ich bei dieser einfachen Melodie ein Bild vor mir – ein Haus mit einem Baum davor und einer Bank, wo man sich niederlassen kann, sich zurücklehnen, den Rücken am Stamm, diese Atmosphäre würde für mich ein heimatliches Gefühl vermitteln, Geborgenheit, Wärme, freundliche Nähe, Schutz. Möglicherweise hatte Wilhelm Müller ähnliche Assoziationen. Ich sollte mir ein Haus kaufen mit einem Baum davor. Es zog in Freud und Leide zu ihm mich immer fort. Nun bin ich manche Stunde entfernt von jenem Ort, und immer hör ichs rauschen: Du fändest Ruhe dort. Es schmerzte, es schmerzte mich: Würde ich jemals einen Ort der Ruhe finden?

Nach zwei langsamen Wasserliedern der schnelle Rückblick. Schnell? Der Pianist ging bis an die Grenze des Machbaren und wirkte entsprechend gehetzt. Elsa hatte kaum Zeit zu artikulieren. „Ich möcht nicht wieder Atem holen, bis ich nicht mehr die Türme seh, hab mich an jeden Stein gestoßen, so eilt ich zu der Stadt hinaus; die Krähen warfen Bäll und Schloten auf meinen Hut von jedem Haus." Alte Wörter, die es in der modernen Sprache nicht mehr gibt. Dann der Mittelteil in Dur: „Wie anders hast du mich empfangen, du Stadt der Unbeständigkeit!" Der leidenschaftliche Aufruhr im Rückblick war mir heute – damals – immer näher als der stille Schmerz in der Wasserflut." An deinen blanken Fenstern sangen die Lerch und Nachtigall im Streit. Die runden Lindenbäume blühten, die klaren Rinnen rauschten hell, und ach, zwei Mädchenaugen glühten! da wars geschehn um dich, Gesell!" Ein starkes Crescendo, ein kleines Verweilen auf der ersten Silbe der Mädchenaugen, wenn die Aussage wiederholt wird. Gut gemacht von den beiden, ein instinktives Übereinstimmen. Das macht ein eingespieltes Duo aus.

Irrlicht. Auch ein schönes, altes deutsches Wort, das es nicht mehr gibt. Vor dem Irrlicht wieder ein größerer Absatz. Ich achtete jetzt mehr auf die Pausen zwischen den Liedern und stellte fest, dass die beiden diese sehr unterschiedlich handhabten; das gefiel mir. Keine Pause zwischen Irrlicht und Rast: für den

Sänger mit extremen Intervallen, großen Sprüngen. Da war Intonation gefordert. Und bestens gelöst. Lied Nr. 10: Die Müdigkeit kommt wörtlich ins Spiel." Nun merk ich erst, wie müd ich bin, da ich zur Ruh mich lege; das Wandern hielt mich munter hin auf unwirtbarem Wege." Vom Klavier das ‚mäßige' Tempo, eine Angabe des Komponisten. Der Klavierspieler schleppte sich durchs Vorspiel, die Sängerin schleppte sich hinterher. Fast hatte man den Eindruck, dass sie zu müde war, um weiterzusingen. Spürbar kam das von der Bühne, beängstigend ehrlich. Ähnlich wie beim vorhergehenden Lied: sprunghafte Melodieführung.Frühlingstraum, das Lied mit den schärfsten Brüchen des gesamten Zyklus. Großartig! Und großartig gemeistert von den beiden Künstlern. Ein Hauch von Frühling, ein Hauch von Dur: „Ich träumte von bunten Blumen" – arglose Begleitung. Einen Klangteppich aus duftenden Blüten, so in einer Kritik, sollte der Pianist dem Sänger bereiten. Wer Schubert kennt, wer die Winterreise kennt, zieht innerlich schon den Kopf ein." Ich träumte von grünen Wiesen, von lustigem Vogelgeschrei." Das ist unglaublich banal und deshalb unglaublich gut. Kommt das Wort ‚lustig' im gesamten Werk sonst noch vor? Jetzt kommt der Bruch, vorbereitet, wie so oft, durch eine Fermate und die dazugehörende Pause: „Und als die Hähne krähten, da ward mein Auge wach, da war es kalt und finster, es schrien die Raben vom Dach."Das Rabengeschrei in die Pause des Sängers, platzend, schrill, scharf im Anschlag. Der Zuhörer muss förmlich zusammenfahren. Elsa schleuderte die Worte durch den Raum, dem Klavier hinterher, unterstützt durch schleudernde Tremoli in der Bassregion des Flügels. Atemlose Stille in der abrupten Pause – das Klavier reißt ab und dann der nächste Einbruch – klagend leise weinend: „Doch an den Fensterscheiben, wer malte die Blätter da? Ihr lacht wohl über den Träumer, der Blumen im Winter sah?" Fast stieg mir ein Schrei in die Kehle. Ich konnte ihn gerade noch unterdrücken. Ich glaube, Johannes hatte aufgehört zu atmen. Die Aussage traf mich so unvermittelt, als hätte ich nichts geahnt." Wann halt ich mein Liebchen im Arm?" Wilhelm Müller ohne Franz Schubert – kein

Hahn würde nach ihm krähen. Hier hat die Musik dem Text Ewigkeit verliehen. Müller wollte den Frühlingstraum an Platz 21 der Winterreise setzen. Auch hier hat Schubert seine Genialität bewiesen: Genau da musste der Frühling hin – gefolgt von der Einsamkeit.

Mit fortschreitender Dauer wird die Musik depressiver, der Text greift dich an, greift ans Herz.

Als noch die Stürme tobten, war ich so elend nicht. Elsas Stimme versagte fast. Aber sie blieb und erreichte durch die Tonlosigkeit eine Dimension, die nicht beabsichtigt war, wie ich glaube.

Es gibt Stimmfarben, stimmliche Ausdrucksmöglichkeiten, die geschehen oder geschehen nicht. Das kann man nicht erzwingen, das kann man nicht einüben. Es ist Begabung, wenn es stattfindet. Danach verließ sie die Bühne, was sicher auch nicht beabsichtigt war, denn der Pianist blieb ratlos, wie es schien, sitzen, um ihr dann zu folgen. Getuschel und Gemurmel im Saal. Ich sah Johannes an – sein ganzes Herz lag in seinen Augen – voll liebenden Mitgefühls.

Abgesehen davon, dass die Unterbrechung nicht abgesprochen schien – jetzt war sie am ehesten möglich: Wir waren in der Mitte der Reise. Wie lange die Pause dauerte, könnte ich heute nicht mehr sagen. Vielleicht fünf, vielleicht zehn Minuten. Ich atmete tief durch, hätte gerne eine Zigarette geraucht, aber ich traute mich nicht, den Saal zu verlassen. Keiner traute sich den Saal zu verlassen.

Der zweite Teil beginnt mit der Post. Das Postsignal wird auf die Tasten übertragen, das Posthorn leitet das dreizehnte Lied ein. Natürlich ist die Unbekümmertheit eines Posthorns nicht von Dauer, nicht bei Schubert, nicht in der Winterreise: Der Schnitt wird umso schmerzhafter.

„Die Post bringt keinen Brief für dich. Was drängst du denn so wunderlich, mein Herz?"

Die Hoffnung stirbt nicht, noch nicht. Nach einigen Minuten konnten wir es live hören, die beiden hatten das Podium wieder betreten, Elsa wirkte wie zuvor, äußerlich gefasst. Ihre Stimme klang vielleicht etwas belegt, das gab sich aber schnell.

„Der greise Kopf bereitet die Krähe vor." Der Reif hat einen weißen Schein mir übers Haar gestreuet; da glaubt ich schon ein Greis zu sein und hab mich sehr gefreuet. Doch bald ist er hinweggetaut, hab wieder schwarze Haare, daß mirs vor meiner Jugend graut – wie weit noch bis zur Bahre! Kein Fragezeichen am Ende das Satzes – ein Vorwurf an das Schicksal? An die Jugend? Ans Leben? Fragen, die sich jeder stellt, die keiner beantworten kann. Wilhelm Müller stellt die existentiellen Fragen und bringt es auf den Punkt: In sechs dürren Worten fasst er ein Problem zusammen, dem keiner entkommt. Darum geht es. Und ab jetzt wird alles zur Qual: das Wandern, das Leben, jeder Schritt, jeder Atemzug. Die Liebe sowieso. Es geht an die Substanz, es geht um die Substanz eines jeden Musikers, der sich diesem Werk stellt. „Van Gogh", flüsterte Johannes vor dem nächsten Lied. Eines seiner letzten Bilder: Krähen über Weizenfelder. Ich nickte, hatte das Bild vor Augen.

„Eine Krähe war mit mir aus der Stadt gezogen, ist bis heute für und für um mein Haupt geflogen." Johannes schüttelte es, es tropfte auf seine Knie.

Mir war auch nach Tränen, das hatte ich noch nie erlebt.

„Krähe, wunderliches Tier, willst mich nicht verlassen? Meinst wohl, bald als Beute hier, meinen Leib zu fassen? Nun, es wird nicht weit mehr gehn an dem Wanderstabe. Krähe, laß mich endlich sehn Treue bis zum Grabe!" Ein emotionaler Ausbruch, das Klavier explodiert, nachdem es vorher schrill und aufdringlich geklungen hatte im Diskant. Wie soll ein Mensch dieses Lied bewältigen, wie sollte er es glaubwürdig zum Klingen bringen und trotzdem weiterleben? Elsa sang und wir glaubten ihr jedes Wort.

Letzte Hoffnung. Der Titel allein war schon Klage genug. „Hie und da ist an den Bäumen manches bunte Blatt zu sehn, und ich bleibe an den Bäumen oftmals in Gedanken stehn. Schaue nach dem einen Blatte, hänge meine Hoffnung dran; spielt der Wind mit meinem Blatte, zittr' ich, was ich zittern kann."

Das vielleicht verrückteste Lied im gesamten Ablauf. Der Pianist erzählte später, dass ihnen dieses Lied die meisten Schwierigkeiten machte. Es klingt sehr modern; durch staccati und Pausen erreicht Schubert einen schrägen Rhythmus, der die unkontrollierten Bewegungen der Blätter im Wind darstellt. Und – typisch für die Romantik: Der Wanderer hängt sein Herz an ein Blatt. Sein Schicksal steht und fällt mit einem einzigen Blatt. Ob es am Baum hängen bleibt oder nicht. Manchmal hat man tatsächlich das Gefühl, als ob der weitere Verlauf des Lebens von so einer Banalität abhängt. Wein' ‚wein', auf meiner Hoffnung Grab. Elsa sang erstaunlich abgeklärt vom Weinen, und wir schöpften wieder Hoffnung, dass sie beim Leiermann ankommen wird. Nach kompositorischen Gesichtspunkten könnten die beiden Lieder kaum einen größeren Gegensatz bilden: Die Krähe mit einer durchgehenden pausenlosen Triolenbewegung und das Lied von der letzten Hoffnung wird ständig von Pausen unterbrochen.

Die nächsten drei Lieder scheinen lediglich den Wegweiser vorzubereiten, mit dem der Zyklus auch aufhören könnte. Könnte. Es ist gut, dass es nicht so ist, denn die Bewegung im Wegweiser hört im letzten Lied ganz auf – Stillstand, Eiseskälte, Tod. Elsa sang den Wegweiser fast ohne Vibrato wie später den Leiermann. Es klang sehr expressiv, sehr modern, wenn der Text, die Aussage über den Klang gestellt wird. Die Meinungen gehen diesbezüglich weit auseinander. Die Meinung von Milena kannte ich, aber ich konnte mir vorstellen, dass Elsa ihren eigenen Kopf hatte, oder sie hat sich im Moment dazu entschlossen.

„Einen Weiser seh ich stehen unverrückt vor meinem Blick; eine Straße muß ich gehen, die noch keiner ging zurück." Tonlos und monoton. Alle Energie nahm sie aus der Stimme, um die Unabänderlichkeit innerhalb der Winterreise von Lied zu Lied mehr zu verdeutlichen. Der Pianist folgte ihr, ebenfalls fast unhörbar, pianissimo, atemlose Stille im Saal, keiner wagte sich zu rühren, bis der letzte Ton im Klavier den Mollakkord vervollständigte. Da war er wieder der Sog, der vor keinem haltmacht, und wenn er sich noch so dagegenstemmt. Heute Abend stemmte ich mich nicht dagegen. Ich überließ mich der Todessehnsucht und begann, die Körperlosigkeit von Schuberts Musik zu lieben. Das war eine neue Erfahrung für mich, beängstigend.

Ich wollte nicht sterben, aber mit Schubert schien es möglich. Die Winterreise bringt den Tod auf die Bühne, nicht den Mord, den gewaltsamen, den plötzlichen, sondern den aus Kraftlosigkeit, Enttäuschung, Liebesferne, *peu à peu*, Schritt für Schritt. Das ist die Schwierigkeit bei diesem Werk. Ich betrachtete die Rücken vor mir, die Hinterköpfe und fragte mich, wie viel bei den jungen Leuten ankam. Im Moment fühlte ich mich sehr alt. Die Hälfte meines Lebens war nach statistischen Gesichtspunkten mit Sicherheit vorbei und in diesem Augenblick war ich fast froh darüber. Was hätte ich in diesem Alter wahrgenommen? Ich stellte fest, ich hatte keine Ahnung vom Tod. Die Lücke, die meine Schwester hinterlassen hatte, schmerzte. Wo waren all die Tränen? Wie wäre mein Leben verlaufen – mit ihr an meiner Seite? Würde sie heute Abend mit uns Schubert hören? Ich konnte es mir nicht vorstellen, aber vielleicht sollte ich mehr für möglich halten, als es für mich als Skeptiker üblich war. Mir war, als hätte ich die Winterreise bereits hinter mich gebracht. Vier Lieder mussten wir uns noch durchschleppen. man kommt nicht an, weil man nicht ankommen will! Wie mochte sich Elsa jetzt fühlen? Dachte sie nur an die Stimme, an die Melodie, den Rhythmus, den Text? Ich konnte mir nicht vorstellen, dass sie an ihren Vater dachte, denn dann würde die Stimme wegbleiben.

Ein Rätsel – im Wirtshaus: „Auf einen Totenacker hat mich mein Weg gebracht. Allhier will ich einkehren, hab ich bei mir gedacht. Ihr grünen Totenkränze könnt wohl die Zeichen sein, die müde Wandrer laden ins kühle Wirtshaus ein. Sind denn in diesem Hause die Kammern all besetzt? Bin matt zum Niedersinken, bin tödlich schwer verletzt." Das war das Lieblingslied des Pianisten. Es ist das langsamste Lied des gesamten Zyklus – laut Komponist. Schubert arbeitet in den Akkorden mit minimalistischen Harmonierückungen. Dem Drang, sich aufs Totenbett zu legen, war nichts mehr entgegenzusetzen. Ich hatte mich reinfallen lassen in die menschliche Tragödie, die so genial in Musik umgesetzt war. Für Gerald Moore war es das schwächste Lied im ganzen Zyklus, erzählte Roland später. Vielleicht liebe er es deshalb besonders. Aber danach den ‚Mut' zu spielen, sei extrem schwierig, für ihn der kniffligste Punkt am ganzen Zyklus. Ein rein praktischer Gesichtspunkt. Man ist in diese Totenakkorde eingebettet, die Hände haben sich ganz auf die extrem langsame, extrem leise Bewegung von Wegweiser und Wirtshaus eingestellt, um sich dann auf dieses letzte Aufbäumen einzulassen, auf dieses energiegeladene stürmische Lied. „Man muss Energie mobilisieren, die man nicht mehr hat."

Fliegt der Schnee mir ins Gesicht. Lustig in die Welt hinein – Elsa schleuderte einen Zischlaut in den Raum hinein, denn natürlich war es ganz und gar nicht lustig. Zwischen Nebensonnen und Leiermann machten sie keine Pause. Die Idee hätte von Schubert sein können, war vielleicht auch so gedacht.

„Drei Sonnen sah ich am Himmel stehn, hab lang und fest sie angesehn; ging nur die dritt erst hinterdrein! Im Dunkeln wird mir wohler sein."

Drüben hinterm Dorfe steht ein Leiermann,
und mit starren Fingern dreht er, was er kann.
Barfuß auf dem Eise wankt er hin und her,
und sein kleiner Teller bleibt ihm immer leer.
Keiner mag ihn hören, keiner sieht ihn an,
und die Hunde knurren um den alten Mann.
Und er läßt es gehen, alles wie es will,
dreht, und seine Leier steht ihm nimmer still.
Wunderlicher Alter, soll ich mit dir gehen?
Willst zu meinen Liedern deine Leier drehn?"

Roland erzählte später, dass er im Kopf hatte: Wunderlicher Alter, willst du mit mir gehn? Das würde keinen Unterschied machen. Der Leiermann ist das einzige lebende Wesen, dem der Wanderer je begegnet. Ist es der Tod? Das Lied jedenfalls ist ein Wunder, allein aufgrund der Tatsache, dass nach Wegweiser, Wirtshaus und Nebensonnen noch eine Steigerung an Trostlosigkeit, Todessehnsucht und Todesnähe möglich ist. Ein paar einfache Töne, eine leere Quinte, ein kurzer Vorschlag in der linken Hand – das ist alles. Die rechte Hand korrespondiert mit der Singstimme. Die

Spannung bis zum allerletzten Ton durchzuhalten hätte ihm ziemliche Schwierigkeiten gemacht, berichtete Roland. „Man sehnt den letzten Ton herbei und möchte ihn doch festhalten." Elsas Stimme klang erschöpft, was sie vermutlich auch war am Ende der Reise, der Winterreise, die gleichzeitig eine Lebensreise ist. Wie hat Schubert das ausgehalten, fragte ich mich zum wiederholten Mal. Es gibt die Theorie, dass dieser Zyklus seinen eigenen Tod beschleunigt hat. Verwunderlich wäre es nicht. Er lässt uns einsam zurück, die Angst vor dem Tod ist stärker geworden. Gleichzeitig war er in eindringlich beängstigende Nähe gerückt. Diese Musik greift dich an wie kaum eine andere. Sie trifft dich an einer Stelle, die jeder tunlichst versteckt und schützt. Sonst könnten wir nicht bestehen, sonst könnten wir nicht überleben. Die Winterreise lässt uns ohne Schutz zurück. Danach – wohin?

Nach all den Jahren habe ich keine genaue Erinnerung mehr daran, wie Elsas Winterreise geklungen hat; aber ich weiß heute: Ihre Winterreise hatte eine nachhaltige Wirkung auf mich. Ihre Winterreise hat bewirkt, dass Schutzdämme in mir eingerissen wurden, von deren Existenz ich erst danach eine Ahnung bekam. Johannes äußerte sich ähnlich, wenn auch Schuberts Lieder auf ihn anders gewirkt haben mochten.

Nachdem der letzte Mollakkord im pianissimo verklungen war, ließ der Begleiter die Hände auf den Tasten liegen. Sie stand da, mit hängenden Armen und leerem Blick. Ich glaube, sie sah uns nicht. Sie sah durch uns hindurch. Jegliche Spannung, jeder Anflug von Kraft und Energie schien sie verlassen zu haben. Was mochte in ihr vorgehen in diesem Augenblick? Sie dachte vermutlich an den Vater, an seinen nahen Tod. Oder war es ihr möglich, diesen Tatbestand auszublenden? Keiner rührte sich, ich hörte nur mein Herz klopfen. Also lebte ich noch. Es hätte mich nicht gewundert, wenn wir uns alle im Totenreich wiedergefunden hätten. Keiner rührte sich, niemand wagte es, bis irgendwo im Saal ein Stuhl knarrte, lauter als unbedingt nötig. Das löste den Zauber und der Pianist ließ die Arme sinken. Da hatte Elsa das Podium schon verlassen. Johannes suchte ein Taschentuch, ich gab ihm meines. Das Publikum sah sich ratlos um und erhob sich dann zögernd. Die beiden Künstler kamen nicht zurück. Johannes stand auf und verließ ebenfalls den Saal. Ich folgte ihm langsam.

Man ließ uns nicht zu ihr, der Pianist stand wie ein Erzengel in der Tür und wimmelte alle ab. Johannes ließ sich nicht abwimmeln, er verschwand in dem Zimmer und die Tür schloss sich hinter ihm. Ich wartete, stand herum, redete mit diesem und jenem Kollegen – hörte mir Lob und Kritik an. Manches sei noch unausgewogen, meinte der Liedbegleitungsexperte. Man merke den beiden an, dass sie mit diesem schwierigen Werk noch keine Erfahrung hätten, die Kraft hätte am Ende gefehlt. Ich sagte nichts darauf. Sein Star – Schüler,der immer in seinem Schlepptau anzutreffen war, benutzte das Wort theatralisch. Ich sagte nichts. Er hatte die Noten unter den Arm geklemmt, die er jetzt aufschlug, um sein Urteil zu untermauern. Ich wollte nichts hören. Ich dachte nur: Ein Glück, dass Johannes das nicht miterleben muss. Dann stand ich wieder rum und wartete. Ich zündete mir eine Zigarette an und ging damit vor die Tür. Nichts geschah. Die Tür zum Künstlerzimmer blieb zu. Ich hatte kein recht dazu, die Tür zu öffnen. Also beschloss ich zu gehen. Ich holte meinen Mantel und verließ die Hochschule. Es stürmte immer noch. Kein Wetter, um einen Hund vor die Tür zu jagen. Ich hatte dennoch keine Lust, sofort nach Hause zu fahren. Mit hochgestelltem Mantelkragen und die Hände tief in die Taschen vergraben wanderte ich durch die nächtliche Stadt. Es war noch nicht spät: Die Winterreise dauert gerade mal 75 Minuten. Der Hut flog mir vom Kopfe, ich wendete mich nicht. Der Hut fehlte." Wein, wein auf meiner Hoffnung Grab. Ich bin zu Ende mit allen Träumen, was soll ich unter den Schläfern säumen?" Ich sah Elsa vorn auf der Bühne stehen, blass, ernst, manchmal wütend, manchmal zärtlich: Ich träumte von bunten Blumen, so wie sie wohl blühen im Mai. Mit unglaublicher Kraft hatte sie das Ganze durchgestanden. Die Kraft würde ihr jetzt fehlen. Ich wurde das Gefühl nicht los, dass mir auch etwas fehlte. Ich lief und lief, aber ich fand es nicht. Die Beine wurden warm, der Körper müde. Die Musik hatte ich im Kopf und nicht nur im

Kopf: Sie hatte von jeder einzelnen Faser, die in mir war, Besitz ergriffen. „Sie saß auf dem Boden in einer Ecke, den Kopf in den Armen vergraben und war nicht ansprechbar. Ich setzte mich neben sie und wagte nicht, sie zu berühren. So saßen wir ewig, ich kann dir nicht sagen, wie lange." Das erzählte mir Johannes am nächsten Tag. „Und der Pianist?", wollte ich wissen. „Er saß auf einem Stuhl und schüttelte dauernd den Kopf. Er machte mich ganz nervös." Ich versuchte mir die Szene vorzustellen und war irgendwie froh, dass ich das nicht mit ansehen musste. „Irgendwann fing sie an zu weinen und hörte nicht mehr auf. Es war furchtbar!"

Ich sah ihn an, das Ganze ging ihm gehörig an die Nieren. Für ihn war es wohl unerträglich, jemanden nicht helfen zu können, den er liebte. Diese Distanz machte ihm gehörig zu schaffen. „Dann haben wir sie nach Hause gebracht. Sie ist in ihr Zimmer gegangen und hat die Tür hinter sich abgeschlossen." Johannes ließ den Kopf hängen. „Ich saß mit Roland dann noch einige Zeit in der Küche." „Es ist so viel Arbeit", sagte der. „Jede Nuance, jede Verzögerung beispielsweise wegen eines Konsonanten, jede Tempoveränderung natürlich muss abgesprochen werden. Als Pianist musst du den Zyklus genauso intus haben, wie der Sänger. Man muss mitsingen, mitatmen, mitleiden können, vorausahnend, was jetzt kommt. Mit diesem ganzen Wissen gehst du auf die Bühne, um alles zu vergessen. Jetzt zählt nur der Augenblick, die Stimme – in dem Fall der Sängerin, ihre Verfassung, ihre Energie. Du hängst mit den Fingern an ihren Lippen, du atmest mit ihr, in sie hinein, ihre Stimme wird zum Zentrum des" – er suchte nach einem entsprechenden Wort – „des Kosmos. Ganz schön anstrengend und für mich die innigste oder besser intimste Art Musik zu machen", schloss er. „Währenddessen hoffte ich immer, dass Elsa nochmals käme." Roland sah das alles nicht so tragisch, meinte, sie bräuchte halt Zeit zum Regenerieren. Er kenne den physischen Zustand nach einem solchen Konzert. Für ihn war es nicht die erste Winterreise. Bei ihm sei dieser Punkt der Erschöpfung am nächsten Tag gekommen, eine Art totale Passivität, Reduktion aller körperlichen Funktionen. Der Herzschlag wie in Zeitlupe und wie nach einer schweren Krankheit. Das ist die Reaktion des Körpers auf die Todesnähe. Als Musiker erlebst du sie real. In einem Requiem wird zwar auch vom Tod gesungen, aber da winkt immer noch die religiöse Erlösung, das himmlische Jenseits. Diesen Schlupfwinkel lässt uns Schubert nicht. Ihn habe damals Strawinsky gerettet. „Strawinsky?"

Ja, er habe stundenlang Pulcinella, Petruschka und den Sacre gehört, bis er merkte, dass die Energie zurückkam. Strawinsky sei für ihn in gewisser Weise der Gegensatz zu Schubert. Über den Tod zu singen, steckt man nicht so einfach weg. Irgendwann sei sie sicher wieder ansprechbar. „Daran halte ich mich fest, was bleibt mir auch anderes übrig? Ich liebe sie und daran wird sich auch nichts ändern!" Ich beneidete ihn, zum wiederholten Male. Er konnte zu Elsa stehen, er konnte zu seiner Liebe stehen, er litt natürlich unter der Situation, die er als Zurückweisung empfand. Für ihn, in seinem Zustand, seinem verliebten Zustand war das normal. Gleichzeitig war er mir darin sehr fremd. Gefühle machten mich eher sprachlos. Darüber zu sprechen, ist für mich, wie über einen zugefrorenen Teich zu gehen. Ich sehe mich an einem Ufer stehen und weiß, ich muss auf die andere Seite, habe aber keine Ahnung, ob das Eis trägt. Vermutlich nicht, dann werde ich einbrechen und ertrinken im eiskalten Wasser. Ich kann mir einfach nicht vorstellen, übers Eis zu gehen. Ich liebte Elsa auch – oder etwa nicht? Doch, ich liebte sie, ich begehrte sie. Was war Liebe anderes als sexuelle Anziehung, Faszination, Leidenschaft? Aber sie hatte sich anders entschieden – für Johannes. So sah es aus.

Einige Tage nach dem Konzert starb Elsas Vater. Die Zeit nach der Winterreise stellt sich im Rückblick wie ein weißes Blatt dar, vielleicht sollte ich eher schreiben: schwarzes Blatt Papier. Eine exakte Erinnerung fehlt mir heute, alles war damals wie unter einer dicken Eisschicht verborgen, zum Stillstand gekommen. Die Einäscherung fand wohl im engsten Familienkreis statt, wie der Anzeige in der Zeitung zu entnehmen war. Johannes wäre gerne hingegangen, um seine Verbundenheit mit Elsa nach außen zu tragen, aber auch das ließ sie ihm nicht.

Johannes war ungenießbar in jener Zeit, und ich spürte aufkommenden Groll. Und ich fand, ich hatte das recht dazu. Die Kränkung durch das Ablehnen meiner Person machte sich in mir breit, nun konnte und wollte ich nichts mehr dagegen unternehmen. Im Gegenteil: Ich verbiss mich geradezu darin, wie es meine Art war. Gleichzeitig hätte ich gern den alten Status unserer Freundschaft zurückgehabt. Johannes hatte sich verändert. Es sah so aus, als hätte die Winterreise uns beide verändert. Er habe sie sich in jener Nacht nochmals ganz angehört, erzählte Johannes irgendwann später. „Und zwar die Version von Hans Zender. Kennst du die? Roland hat sie mir an dem Abend mitgegeben." Ich hatte davon gehört, hatte aber keine genaue Vorstellung. „Die Stimme ist nahezu unverändert wie im Original, aber das Klavier wird durch einen Orchesterapparat ersetzt." Johannes schüttelte den Kopf. „Es ist eigenartig: Einiges wird verstärkt in der modernen Fassung. Zum Beispiel wird der Marschrhythmus vor dem ersten Lied stark ausgebaut, das heißt, man marschiert schon eine Weile, bevor die Stimme einsetzt. Oder bei der Post werden natürlich Hörner genommen. Das liegt ja auf der Hand. Das wäre sogar mir eingefallen. Und trotzdem schafft diese Fassung eine Distanz, die die Winterreise leichter ertragen lässt. Zumindest ich empfinde es so." „Was geschieht mit dem Leiermann?", wollte ich wissen. Dazu konnte oder wollte er nichts sagen. „Hör es dir an."

Was ich dann tat. Und um beim letzten Lied anzufangen: Der Leiermann gefiel mir überhaupt nicht. Zwar wird zu Beginn instrumental mit der Kälte und der Quinte gespielt, aber in der modernen Fassung wird er gleichsam entzaubert. Für mich hatte sich der Mythos Tod aufgelöst. Es gab Lieder, die ich sehr gelungen fand, wie das Wirtshaus. Es klang jetzt wie ein Choral, sehr feierlich, sehr langsam und das verstärkte die Aussage des Liedes. Der Wegweiser ist nahezu unverändert. Ich fragte mich warum. Bis zur Unkenntlichkeit verändert war der Mut, was dem Lied in meinen Augen nicht schadete. Es ist eines der wenigen Lieder, die ich nicht sonderlich mochte, und nachdem ich Hans Zenders Fassung gehört hatte, fand ich, man hätte auch darauf verzichten können. Das war mir in der Schubertversion nie so stark aufgefallen. Seltsam. Das Lied mit den Hunden und den Ketten und den schlafenden Menschen, dessen Titel ich immer wieder vergaß, beginnt mit irgendwelchen Geräuschen. Augenblicklich hatte ich die Assoziation von Schnarchgeräuschen, es könnten aber auch rasselnde Ketten sein. Die Idee fand ich gut. Das erste Lied gewann tatsächlich durch die vorweggenommene Bewegung, genau wie es Johannes gesagt hatte. Die Liebe liebt das Wandern und den Übertritt nach Dur zelebriert Zender ganz offensichtlich. Gegen Ende des Liedes blitzt ein Tangorhythmus auf, was ich nicht passend fand. Mehr noch: Es hat mich regelrecht gestört. Windgeräusche werden natürlich eingesetzt in der Wetterfahne und beim stürmischen Morgen. Ich hörte mir die moderne Fassung mehrmals an und musste Johannes recht geben: Der ganze Zyklus wird versachlicht. Der Sog ins Grab fällt komplett weg, man bekommt keine Depressionen beim Zuhören. Für mich klang es nicht so, als habe Hans Zender ein neues Stück auf der Basis von Schuberts Winterreise komponiert. Sie bleibt unangetastet, wird schriller, effektvoller, sachlicher. Die eigentliche Aussagekraft von Schuberts Musik und dem Text von Wilhelm Müller verlor an Wirkung, fand ich, fast würde ich sagen: blieb auf der Strecke. Hätte ich den Zender zu einem anderen Zeitpunkt gehört und nicht unter dem Eindruck von Elsas Abend, ich hätte vielleicht anders geurteilt. Den Musikern wird einiges abverlangt, das ist zu hören, aber sie haben vermutlich nicht den psychischen Prozess durchzustehen.

Ich berichtete von meinem nächtlichen Spaziergang durch die Stadt bei Wind und Wetter. „Ist der Leiermann der Tod?" Das wäre wenigstens ein Schlusspunkt für alle Leiden. Das Lied davor endet: Im Dunkeln wird mir wohler sein. Der Leiermann endet mit einer Frage. Vielleicht endet das Leben auch mit einer Frage. Johannes sah eher tiefste Resignation am Schluss, Kraftlosigkeit und Fernbleiben jeder Hoffnung, von Erlösung durch den Tod keine Spur. Ich konnte ihm nicht widersprechen.

Im Dunkeln wird mir wohler sein. Dieser Satz ging mir in der nächsten Zeit ständig durch den Kopf, wie ein Refrain. Ich wurde ihn nicht mehr los. Mein Gehirn arbeitete nicht normal. Nach bleiernem Schlaf dachte ich am Morgen als Erstes: Im Dunkeln wird mir wohler sein. Ich begann an meinem Geisteszustand zu zweifeln. Dann wieder schalt ich mich einen Idioten. Aber der Satz war da. Ich hatte keine Energie, keinen Appetit, keine Lust, zu nichts; meine Magenschmerzen taten ihr übriges. Und immer dieser Satz. Ich ging zum Arzt, zu meinem Hausarzt, der mich seit Jahren kennt und mich immer leicht ironisch betrachtet und berät. Der tippte nach gründlicher Untersuchung und Befragung auf eine Depression. Ich starrte ihn an, völlig überrascht. „Wo soll die bitte schön herkommen?" Er zuckte mit den Achseln. Wollte wissen, was ich Einschneidendes erlebt hätte, es könne aber auch Jahre zurückliegen. Vielleicht wären ein paar Gespräche mit einem Therapeuten hilfreich? Ich solle in mich hineinhören und es mir ansonsten gut gehen lassen. Mehr könne er nicht für mich tun. Organisch sei so weit alles in Ordnung, einschließlich der nervösen Magennerven. Er gab mir einige Adressen, an die ich mich wenden konnte. Was ich auch tat – nach langem Hin- und Her. Darüber wundere ich mich heute noch. Das lief folgendermaßen ab: Der zweite Therapeut fragte: Wobei kann ich Ihnen helfen? Und ich sagte: Kennen Sie die Winterreise? Er: Sie meinen Schuberts Winterreise? Ich nickte und wir sprachen über die einzelnen Lieder und deren Aussage. Im Detail war sie ihm nicht gegenwärtig, wie er sagte, aber das spielte für mich keine Rolle, denn er war interessiert, stellte Fragen, schrieb mit. Die erste Anlaufstelle war eine Therapeutin, sehr attraktiv, kühl, blond; sie hatte keine Ahnung von klassischer Musik und ich ging mit einer höflichen Verbeugung. Ich sah keinen Sinn darin.

Mit dem anderen Seelendoktor redete ich lang und ausgiebig über Schuberts Zyklus und hernach auch über den Tod, in der Musik, im Leben und schließlich über den meiner Schwester. Er ließ mir Zeit, er ließ mir alle Freiheiten, er überließ es mir, über Gefühle zu sprechen oder auch nicht. Nur so waren diese Gespräche möglich. Diese Phase hat einige Zeit gedauert, ich könnte heute nicht mehr sagen, wie lange. Es waren vermutlich Depressionen, auch wenn ich das nicht wahrhaben wollte.

Ich wollte so vieles nicht wahrhaben. Ich wollte nicht wahrhaben, dass mir jemand fehlte. Ich wollte nicht wahrhaben, dass es eine Lücke in meinem Leben gab, die wie ein offener Spalt vor sich hin gärte. Die Lücke – das war der Tod meiner Schwester, den ich mühsam zur Seite geschoben hatte, jahrelang. Aus heutiger Sicht und mit dem Wissen jahrelanger Erfahrung ist es mir ein Rätsel, wie ich dieses einschneidende, alles verändernde Ereignis außen vor lassen konnte. Ich war an einem Punkt angekommen, da ich dies wahrnehmen musste. Stück für Stück ließ ich den Schmerz zu – endlich! Ich hätte sie gerade in dieser Zeit so dringend gebraucht. Jetzt hätte ich sie gebraucht, aber sie war nicht da, nie mehr. Für immer. Leere Worte, weil sie das nicht ausdrücken konnten, was sie ausdrücken sollten. Ich wollte nicht wahrhaben, dass ich ihren Tod nie verwunden hatte. Als sie starb, war ich hunderte von Kilometern entfernt; das gestand ich mir jetzt ein – 20 Jahre später! Als ich davon erfuhr, damals, als der Anruf kam, hatte ich eine Ahnung und versuchte noch auszuweichen. So stelle ich mir eine Lawine vor (es könnte auch eine Wasserlawine sein, eine, die dich nicht mehr frei gibt, ein Haifischmaul). Du siehst sie auf dich zurollen, du siehst den Tod auf dich zurollen und kannst nichts dagegen tun.

In der Folgezeit hatte ich das dringende Bedürfnis, um mich zu schlagen und überall mit einer Nadel in den Ballon aus selbstzufriedener Zweisamkeit oder triefender familiärer Einigkeit zu stechen. Ich ertappte mich häufig mit geballten Fäusten, heute wie damals. Ich hätte bei ihr sein müssen. Müssen! Ich kann mir mein Verhalten nicht verzeihen, auch wenn der Therapeut meint, das wäre dringend nötig. Nein, ich will es mir nicht verzeihen. Ich bestehe auf diese Schuld – sie gehört zu mir, zu mir und zu meinem Leben. Etwas will ich aus dieser Zeit mitnehmen – dann eben diese Schuld. Aber damals vor 20 Jahren fürchtete ich mich. Ich fürchtete mich davor, sie schwach und elend zu sehen, ich fürchtete mich, an ihrem Bett zu stehen und nicht die richtigen Worte zu finden, ich fürchtete mich vor der Endgültigkeit ihres Zustandes. Meine Isabel, meine wunderschöne lebendige Schwester mit dieser todbringenden Krankheit und ich konnte nichts tun; niemand konnte etwas tun, die Ärzte konnten ihr nicht mehr helfen. Das war das Allerschlimmste! Und ich fürchtete mich vor Krankenhäusern. Krankenhäuser verursachen Ihnen vermutlich Übelkeit und Platzangst, sagte der Therapeut. Diese endlosen Gänge! Und die Gerüche! Ich bildete mir ein, es nicht aushalten zu können. Ich fühlte mich ähnlich schwach wie heute, aber ich hätte es aushalten müssen, sagte ich, aushalten für sie, für Isabel. Wir waren uns sehr nah gewesen; vielleicht zu nah. Ich habe sie geliebt, das weiß ich jetzt, das ahnte ich damals, aber ihr rascher Tod hatte alles zerstört, unsere Beziehung, unser Familienleben und auch mein Leben war danach nicht mehr dasselbe. Man ist nicht mehr derselbe, wenn einen der Tod angeschaut hat. Die Schutzhülle ist durchlässig geworden; vielleicht ist durchlässig nicht das richtige Wort. Das kam vom Therapeuten. Der Mann wusste, wovon er sprach. Brüchig, löchrig, zerstört – das trifft es eher, hielt ich dagegen. Aber im Grunde war das Haarspalterei. Ich musste ohne Schutz weiterleben und manchmal auch ohne Hülle. Ich war so wütend, so unglaublich wütend, auf alles und jeden, dass für Trauer kein Platz blieb. Die Wut konnte ich heute noch spüren. Und immer dieselbe Frage: Warum sie? Warum meine Schwester? Ich war wütend auf mich, ich war wütend auf sie. Ich fühlte mich verletzt, gekränkt, betrogen. Ich tat mit ihr genau das im Traum: Ich verletzte, kränkte und betrog sie. „Warum nicht diese zwei Gabeln nehmen, sie aufrichten in meinen Fäusten und mein Gesicht fallen lassen, um die Augen loszuwerden", las ich irgendwo. (Verlassenwerden ist den Tod erleben, schreibt Ingeborg Bachmann) Ich hatte mir die Beschreibung eines Zustandes auf ein Blatt Papier geschrieben und am Kühlschrank befestigt. Mal wieder. Was, wenn ich damals schon Luboš Fišer gekannt hätte, sein Trio 1978, das es damals noch gar nicht gegeben hat? Hätte sich dadurch etwas geändert? Vielleicht hat der Komponist ein ähnliches Erlebnis gehabt. Vielleicht der Therapeut? Den konnte ich fragen. Er hatte. Seine Nichte, sein Patenkind, war durch einen tragischen Unglücksfall, einen unwahrscheinlichen Unglücksfall, im Alter von sieben Jahren ums Leben gekommen. „Glauben Sie mir: Die Frage nach dem Warum habe ich mir ebenfalls hundert Mal gestellt." Jetzt verstand ich auch seinen melancholischen Gesichtsausdruck und sein Einfühlungsvermögen. Die Abstände zwischen den Sitzungen wurden größer. Mir reichte oft die Gewissheit, mit jemandem reden zu können, der für mich erreichbar und zugänglich war. Trotzdem war klar, dass das Ganze noch nicht ausgestanden war. Keine Musik konnte mich damals erreichen, Wochen, Monate. Das war ungewöhnlich für mich, das war ich nicht gewöhnt, damit konnte ich überhaupt nicht umgehen. Musik begleitete mich von klein auf, sie war immer da – ich hatte Töne im Kopf, in den Fingern, in den Ohren und plötzlich – Stille – Vakuum – Tod.

Die Karten für die Zauberflöte, die ich ihr zum Geburtstag geschenkt hatte, lagen auf ihrem Schreibtisch. Ich wagte es und ging allein in die Oper, in ihre Lieblingsoper. Ich ertrug die Musik nicht, ohne sie. Jegliche Leichtigkeit, alles Unbeschwerte war mit ihr gegangen. Ich erzählte dem Therapeuten davon. Er nickte, ihm gehe es so mit Kinderliedern. Ich war seither nie wieder in der Zauberflöte.

Diese musiklose Trauerphase hat lange gedauert, und ich erinnere mich genau: Ein Quartett von Messiaen hat sie beendet. Ich stieß darauf, weil es den Titel trug: *Pour la fin du temps*. Der Titel des Stückes sagte alles, drückte genau das aus, was ich empfand. Ich wollte wissen, wie ein Musiker das Ende der Zeit – seiner Zeit? – empfindet und in Töne umsetzt. Ich wollte wissen, ob das Ende seiner Zeit mit meiner etwas zu tun hat, und ich mich mit meiner Wut, der Hilflosigkeit, der bodenlosen Trauer in dieser Musik wiederfinden kann. Um es auf den Punkt zu bringen: Messiaens Quartett machte meine Trauer und vor allem meine Wut erträglicher. Das letzte Stück, das achte, mied ich. Schon nach den ersten Tönen war mir klar: Das ging nicht! Dagegen war das sechste wie für mich gemacht. Es trägt die Wut sogar im Titel: *Danse de la fureur, pour les sept trompettes*. Ich schlug mit der Faust an die Wand – im selben Rhythmus, bis sie schmerzte. Tagelang hörte ich nichts anderes als Messiaen, ich kannte jeden Ton und verstand vermutlich nicht viel. Seither ist das Quartett mit dieser Phase verknüpft; immer, wenn ich es höre – und das geht mir heute noch so –, fühle ich mich in diese Zeit zurückversetzt. Und noch einmal die Frage, die ich mir an diesem Tag stelle: Was, wenn ich das Trio 1978 zu diesem Zeitpunkt schon gekannt hätte? Vielleicht hätte ich weinen können, vielleicht hätte die Wut der Trauer ein wenig Platz gemacht, vielleicht wären endlich Tränen geflossen und hätten mich erleichtert. Vielleicht aber hätte mir das Trio 1978 in der Zeit nach Isabels Tod nichts bedeutet. Die Möglichkeit müsste ich immerhin in Betracht ziehen. Ich habe bis heute nie wieder ein instrumentales Werk gehört mit diesem Schmerz, diesem gebündelten Leid und dieser sinnlos anrennenden Wut. Es ist wie für mich gemacht. Dass es möglicherweise, oder besser nach meinem Verständnis, ein Gegenstück dazu gibt, habe ich erst Jahre später entdeckt, mit gegensätzlicher Aussage entstanden im selben Jahr also 1978 – *Spiegel im Spiegel* von Arvo Pärt, kein Trio, nur Klavier und Violine. „Die erstaunliche und atemberaubende musikalische Landschaft, die er entfaltet, führt uns in eine andere Dimension, in der Zeit aufzuhören scheint" lese ich im Begleitheft zu Pärts Musik. Klavier und Violine – wie im achten Stück von Messiaens Quartett, wo es um die Unsterblichkeit geht, also auch um die Auflösung der Zeit. Arvo Pärt und sein Tintinnabulistil. „Das ist ein Gebiet, auf dem ich manchmal wandle, wenn ich eine Lösung suche, für mein Leben, meine Musik, meine Arbeit" wird der Komponist zitiert. „Vieles und Vielseitiges verwirrt mich nur und ich muss nach dem Einen suchen. Alles Unwichtige fällt weg. So etwas Ähnliches ist der Tintinnabuli-Stil. Da bin ich allein mit Schweigen. Ich habe entdeckt, dass es genügt, wenn ein einziger Ton schön gespielt wird. Dieser eine Ton, die Stille oder das Schweigen, beruhigen mich. Ich arbeite mit wenig Material – mit dem Dreiklang, einer bestimmten Tonalität." Die Frage habe ich mir gestellt: Hat Arvo Pärt das Trio 1978 gekannt und hat dieses Stück ihn zu *Spiegel im Spiegel* animiert? Möglich wäre es, es klingt vielleicht unwahrscheinlich, aber möglich wäre es; die Idee gefiel mir, und noch immer warte ich auf einen Konzertabend, wo beide Werke zur Aufführung kommen.

Die Wut, das Aufbäumen fehlen mir bei Schubert, fehlen mir in der Winterreise. Von Leid und Schmerz und Trauer versteht keiner so viel wie er, aber diese Gefühle sind bei ihm mit Resignation verbunden. Ab und zu ist ein Wüten zu hören wie in seinem Klaviertrio op. 100 im zweiten Satz (hat der verstorbene Vater des Cellisten diesen Satz deshalb besonders geschätzt?) oder die kurze Stelle in der Durchführung in seiner letzten Sonate. Aufbäumen ist Schuberts Sache nicht. Er hat sich nicht gewehrt. Auch das war seine Sache nicht. Vielleicht hätte er meine Wut trotz allem verstanden. Vielleicht hätte er mich beneidet. Vielleicht hätte er gern ab und zu auf den Tisch gehauen, aber das war seine Sache nicht. Vielleicht könnte man sagen: Schubert war – unter anderem – auch ein Meister der Akzeptanz.

Nach Isabels Tod hatte ich sämtliche Fotos entfernt. Ich konnte nicht einmal mehr ihren Anblick ertragen. Das wollte ich jetzt ändern und suchte nach ehemals sichtbaren Beweisen ihrer Existenz. Ich fand eines, das mir besonders gefiel: Ein Foto aus einer anderen Zeit, wie aus einem anderen Leben – sie lachend auf einer Schaukel, während eines Gartenfestes, in einem Kleid, das genauso in Bewegung war wie ihre Haare, die ihr um den Kopf flogen; damals war sie vielleicht achtzehn oder neunzehn Jahre alt und wusste noch nichts von der tödlichen Krankheit. Niemand ahnte damals ihren nahen Tod. Ich fand es nach langem Suchen unter alten abgelegten Akten und ließ es rahmen. Jetzt gehört es wieder zu mir. Ein Bild, das sie mir zum Geschenk machte, war unwiederbringlich verloren. Ich hatte es vernichtet, verbrannt, aus meinem Leben gestrichen. Die Darstellung von *Night and Sleep* – wenn ich meiner Erinnerung trauen kann – aus der Zeit der Symbolisten und zeigte zwei Köpfe im Profil in inniger Nähe, die sich nicht berühren. Sie bildeten eine Einheit, diese Häupter, so wie wir damals. Keiner der Köpfe war eindeutig männlich oder eindeutig weiblich, sie waren androgyn, einer die Ergänzung des andern, zusammengehörend und doch getrennt. Deshalb hatte sie mir das Bild geschenkt. Ich weiß nicht, wann mir klar wurde, dass meine Gefühle für sie auch eine erotische Komponente hatten. Dieses Bildnis von Solomon zeigte mir, dass es ihr ähnlich ging, ohne dass sie je ein Wort darüber verloren hätte.

Dann begann ich das Requiem zu hören, das Requiem von Berlioz. Verglichen mit denen von Mozart oder Verdi ist es vielleicht kein Meisterwerk, aber es ist mir in dieser Zeit ans Herz gewachsen. Natürlich gibt es auch in den anderen Totenmessen Musikstellen, die mich treffen. *Confutatis maledictis* – bei diesem Lacrimosa sehe ich immer den sterbenden Mozart, wie er Salieri erst die Männerstimmen, danach die Frauen in die Feder diktiert. Wahrscheinlich war es nicht so, aber es hätte so sein können und Miloš Forman bewies an dieser Stelle zum wiederholten Male seine Genialität als Filmregisseur.

Nein, das Requiem von Mozart war zu nahe an der Zauberflöte, mir war eher nach der Totenmesse des Franzosen. In solchen Phasen kam es vor, dass ich es tagelang hörte, morgens als Erstes und immer bis spät in die Nacht. Es kam vor, dass ich nachts aufwachte und Musik in mir hörte. Lauschend, suchend versuchte ich sie zu identifizieren: sein Lacrimosa. *Das Sanctus*. Möglich, dass ein Live-Konzert in diese Zeit fiel. Ich entdeckte es neu. In einem alten Konzertprogramm, das über 20 Jahre zurücklag, erklärte der Veranstalter, dass er die Vorgaben des Komponisten nicht erfüllen könne: 210 Chorsänger schreibt Berlioz vor. Davon 80 Soprane, 60 Tenöre und 70 Bässe, zum Hauptorchester vier (!) Nebenorchester, entsprechend der vier Himmelsrichtungen, das All symbolisierend. Er will 108 Streicher, Bläser, 16 Pauken plus große Trommel, die auch beim Verdi-Requiem eine gewichtige Rolle spielt. Der Chor dürfe bis zu 600 Sänger haben, falls Platz vorhanden wäre. Kein Wunder, dass sich der Veranstalter quasi rechtfertigt. Berlioz hat das Requiem mit 33 Jahren geschrieben, und es war ihm wichtiger als die *Symphonie fantastique*. Er schreibt nämlich: „Wenn ich davon bedroht wäre, mein ganzes Lebenswerk mit Ausnahme einer einzigen Partitur brennen zu sehen, dann würde ich für die Totenmesse um Gnade bitten." Ich habe lange über diesen Satz nachgedacht und mich immer wieder nach dem Grund gefragt. Vielleicht hat ihn die *Symphonie fantastique* an Harriet erinnert und er wollte sich nicht erinnern. Die Zeit nach seiner Heirat bis zu seinem Rückzug aus dem Musikleben nannte er seinen 30-jährigen-Krieg gegen Pedanten und Taube. Es war ihm sehr wichtig, das Requiem. Es gibt Stellen in dem Werk, die klingen nach Verdi oder Wagner und sind doch so viel früher entstanden.

Manchmal sitze ich in der Mensa und beobachte die Eingangstür, hoffend, dass Elsa durch die Tür kommt. Manchmal sitze ich in einem Sessel und schaue zum Fenster hinaus, und die Sehnsucht frisst in mir, an mir. Manchmal wäre es mir lieber, Elsa nie begegnet zu sein. Manchmal wäre ich gern ein anderer, der einfach hingeht und sie in die Arme schließt. Manchmal träume ich davon, dass Elsa zu mir kommt und sich zu mir legt. Manchmal stelle ich mir vor, wie ich sie in einer Sommerwiese liebe. Manchmal höre ich Musik und sie dringt nicht bis zu mir durch. Manchmal erreicht mich nicht einmal Berlioz. Manchmal liege ich da und es ist so still, dass ich die Geräusche in meinem Körper höre. Manchmal wache ich nachts auf, weil ich geträumt habe, ich kann mich aber an nichts erinnern. Manchmal bedauere ich es, dass ich mich an meine Träume nicht erinnere. Manchmal laufe ich durch den Wald und denke, dass ich der einzige Mensch auf der Welt bin. Manchmal liebe ich das Gefühl, der Einzige zu sein. Manchmal schaue ich morgens in den Spiegel und frage mich: Wer ist das? Manchmal würde es mich nicht wundern, als kafkaeskes Rieseninsekt aus dem Spiegel zu schauen. Manchmal bin ich gereizt und könnte um mich schlagen. Manchmal habe ich das Gefühl niemand versteht mich, nicht einmal ich selbst. Manchmal denke ich, dass niemand mich verstehen kann. Manchmal denke ich, dass nur ich unter dieser Empfindlichkeit oder auch Befindlichkeit leide. Manchmal lese ich in einem Buch und begreife die Worte nicht. Manchmal ist Musik nur Hintergrundgeräusch und manchmal bedeutet sie mir die Welt. Manchmal bleibe ich in einer Ausstellung vor einem Bild stehen und wünschte mir, es kaufen zu können. Manchmal bin ich entsetzlich ungeduldig und weiß nicht, warum. Manchmal hasse ich meinen Körper. Manchmal denke ich, dass meine Gedanken einzigartig sind und dass niemand sonst so denkt. Manchmal denke ich: Vielleicht fehlt mir einfach nur der Glaube und ich sollte Mitglied bei den Zeugen Jehovas werden. Manchmal bin ich des Lebens überdrüssig. Manchmal verfluche ich meine Dünnhäutigkeit. Manchmal möchte ich alles hinter mir lassen und nie mehr zurückkehren. Manchmal denke ich, die Winterreise ist wirklich das einzige Musikstück, das auf jeden passt. Manchmal stehe ich morgens auf und habe keinerlei Energie den Tag zu beginnen. Manchmal möchte ich nicht alt werden. Manchmal hätte ich gerne in einer anderen Zeit gelebt.

Othello in der Oper, dieser furiose Beginn: una vela! – bei Verdi eigentlich Otello – wie man sich doch an die Shakespeare'sche Schreibweise gewöhnt – als die Oper entstand, war das Requiem bereits geschrieben und hatte ihn berühmt gemacht –, Jago mit seiner maßlosen Ichbezogenheit, seine erste Äußerung ein Fluch, andere Menschen sind für ihn Objekte. Es geht um Macht, die Triebfeder allen Handelns, die sexuelle Begierde sei eine rein physische Funktion. Das war mir sehr nahe. Zynisch und voller Hass sieht er sie als Gefahr für den planenden Verstand. Die Reaktionen der Mitmenschen sind vorhersehbar, sie sind Marionetten, nichts weiter. Sein Credo an das Böse, für das Böse – faszinierend! Ich wäre gerne Jago, ich wünschte, ich könnte so böse sein wie er. Das Böse ist fesselnd – eigentlich hätte die Oper Jago heißen sollen – Othello, der ihm Cassio vorzieht, ist eine ständige unerträgliche Herausforderung, die ihn selbst in Frage stellt. Othello zieht das Glück förmlich an, ein Märchenprinz, der die schönste Frau Venedigs zur Gemahlin hat. Den Zwiespalt zwischen Sein und Schein kennt er nicht, und das geht mit einer Arglosigkeit einher, die die Katastrophe heraufbeschwört. Trotzdem: Ich begreife die Katastrophe nicht. Warum bringt er Desdemona um? Und wenn ich die Oper noch hundert Mal anhöre: Ich kann es nicht verstehen. Schicksal? Wie bei Judas? Richard Strauss schrieb an Karl Böhm, dass weder Othello noch der Falstaff aufführungswürdig seien. Kurios! Was meine Vorurteile Strauss gegenüber erhärtet hat.

„The best proof we have that life is good and therefor that may be a god after all, who has our welfare at heart, is that to each of us on the day we are born comes the music of J S B. It comes as a gift, unlearned, unmerited, for free." So gelesen bei Coetzee. Bach taucht in seinem literarischen Werk immer wieder auf. Coetzee hat vielleicht eine ähnliche Vorstellung vom Paradies wie der Holländer, dachte ich. Bei dieser eben gelesenen Textstelle wurde mir klar, dass ich Bach nicht übergehen kann, auch wenn er in dieser Geschichte kaum Spuren hinterlassen hat. Man könnte sagen: In meinem Leben hat er genug Spuren hinterlassen. Vor kurzem hörte ich den Satz einer Nachwuchsgeigerin: Nicht jeder Musiker glaubt an Gott, aber jeder Musiker glaubt an Bach. Sic! Ich weiß nicht, ob ich seine Musik liebe. Die Frage stellt sich nicht. Bachs Musik ist wie der Atem, den wir zum Leben brauchen. Man fragt sich nicht, ob man die Luft liebt – sie ist da, sonst könnten wir nicht existieren. For free. Ich bin mit Bach aufgewachsen. Das lag daran, dass meine Mutter eine begeisterte Chorsängerin war und ich als Halbwüchsiger regelmäßig zu diesen Chorkonzerten pilgerte. Und die sangen die Kantaten, eine nach der anderen, die Passionen zu Ostern, das Weihnachtsoratorium im Advent. Immer, wenn ich diese Musik höre, sehe ich mich in jener Kirche sitzen und der Bach'schen Musik lauschen. Ich glaube, ich habe nicht viel verstanden, aber was heißt das schon? Ich war mit dem Herzen dabei. Seine Musik ist klar, überschaubar, strukturiert. Bach hat entgegen den Gepflogenheiten des Barocks so wenig mit Sequenzen gearbeitet wie kein anderer. Unter anderem hatte er auch deshalb eine Sonderstellung – damals wie heute. Bach hat mich zur Musik, zum Studium gebracht. Das ist mit Abstand der beste Weg, den man einschlagen kann. Dem würde auch der Holländer zustimmen. Auch heute noch bedeutet seine Musik für mich Ordnung und Klarheit. Er ist der Spaziergänger, der mit offenen Augen und Ohren durch den schneebedeckten Wald geht und die Schönheit seiner Umgebung mit allen Sinnen wahrnimmt. Währenddessen rast Berlioz mit halsbrecherischer Geschwindigkeit die Pisten hinunter, ohne Rücksicht auf sich und andere.

Vielleicht war Bach für mein Leben sogar bedeutsamer als Berlioz? Ich muss mich nicht entscheiden zwischen den beiden. For free. Seine Polyphonie ist Training fürs Gehirn, auch oder gerade heute, in jeder Altersstufe, in jedem Zustand. Daran gibt es keinen Zweifel. Auf meinem Stutzflügel liegt das *Wohltemperierte Klavier*. Es hatte dort immer seinen Platz. Nach dem Studium spielte ich ausschließlich zu meinem Vergnügen. Im Studium war Klavier Hauptfach, natürlich – an Vorspielen teilzunehmen, Pflicht. Die Erinnerung daran setzt mir heute noch zu: Schweißausbrüche, Herzrasen, Schwindel und immer die Angst zu versagen, ein Blackout zu haben und mutterseelenallein auf dem Podium hinter dem schwarzen Ungetüm zu hocken, ohne Aussicht auf Rettung. „Sie kommen auf die Bühne, als sei dort ein Schafott." Das sagte mein Klavierprofessor. Er hatte recht. Jeder Gang auf die Bühne war ein Gang zum Richtplatz. Es half mir auch nicht, dass es vielen so ging, dass schon Karrieren zu Bruch gingen, weil der Ausführende mit seinem Lampenfieber nicht umgehen konnte. Klavier ist immer Pflichtfach, sei es als Opernsänger, Geigenvirtuose oder eben Musikwissenschaftler. Aber wenn ich mir die Zeit nehme, dann spiele ich Bach. Zuhause, für mich, ohne Druck, ohne Lampenfieber, und zwar das *Wohltemperierte Klavier*. Swjatoslaw Richter sagte, dass man nicht unbedingt alle Chopin-Etüden gespielt haben muss. Man müsse überhaupt nicht alles spielen. Die Ausnahme für ihn ist das *Wohltemperierte Klavier* und irgendwann im Laufe seines Lebens auch mit Noten, nicht mehr auswendig; nicht wegen seines Gedächtnisses, wie er sagt, sondern weil er nicht unbescheiden gegenüber Bach empfinden möchte. Nachdem ich dieses Zitat von ihm gelesen hatte, beschloss ich, ein Foto von ihm neben den Flügel zu hängen. Ich entschied mich nach langem hin und her für eine Aufnahme aus dem Jahr 1958: Melancholie, Selbstzweifel, Trauer, Nachdenklichkeit, Introversion und – Demut. Das alles spiegelt sich in seinem Gesicht wider. Er würde mich am Klavier nicht kritisieren, stelle ich mir vor, er würde mit mir über Schubert sinnieren, oder über Beethoven. Ich könnte ihn fragen, wie die Musik von Berlioz auf ihn wirkt.

Man stelle sich vor: Für jeden Ton hat Bach Präludium und
Fuge geschrieben, und das sowohl in Dur als auch in Moll.
Aber in zwei Bänden, das heißt: C-Dur-Präludium und Fuge,
Teil 1 und 2, C-Moll-Präludium und Fuge, Teil 1 und 2 und so
fort. Eines schönen Tages stellte ich plötzlich, ziemlich unvermittelt, fest, dass jedes Präludium einen eigenen Charakter hat
und man eine spezielle Persönlichkeit damit verbinden kann.
Es gibt schnelle motorische Stücke wie die in C-Moll, beide
Teile, optimistisch wie das in As-Dur oder H-Dur, stille introvertierte Präludien wie die in F-Moll, H-Moll, B-Moll. Das
war hoch spannend und ich machte mich auf die Suche nach
Menschen, die ich kannte: Welches Präludium passt zu wem?
Die Fugen sind Konstrukte, sie folgen einem Schema, obwohl
sie bei Bach alles andere als schematisch klingen. Für mich hatte
ich zuerst das ultimativ letzte Stück gewählt: das H-Moll-Präludium. Es klingt sehr männlich, sehr herb, kühl und trotzdem
leidenschaftlich. So sehe ich mich, so nehme ich mich wahr.
Der Wechsel zum Gis-Moll, auch aus dem zweiten Teil, fand
wann statt? Ich kann mich nicht mehr erinnern. Der musikalische Charakter ist dem in H-Moll ähnlich. Das Gis–Moll-Präludium ist allerdings ungleich schwieriger, die Grundtonart ist
erheblich komplizierter. Mich mit diesen Schwierigkeiten auseinanderzusetzen hat mich letztendlich für dieses Stück eingenommen, denke ich. Hierzu passt die Farbe Dunkelgrau wie
Felsen in anthrazit (harte glänzende Steinkohle). Oder braungrau wie Baumstämme. Das H-Moll-Präludium aus dem ersten Teil könnte auch die Einleitung einer Passionsarie sein,
schmerzlich im Ausdruck. Leid und Kummer schwingen mit.
Ganz ähnlich in Ausdruck, Wirkung und Tempo das Cis-Moll
auch aus dem ersten Teil, ein Stück, bei dem man am liebsten
immer wieder stehen bleibt. Das hatte ich meiner Schwester zugedacht. Ich bin mir aber nicht sicher, ob sie damit einverstanden wäre. Mit Sicherheit hat ihr Tod meine Wahl beeinflusst.
In meiner Erinnerung war sie ein fröhlicher Mensch gewesen.
Bei meiner Mutter war mir klar, dass zu ihr nur C-Dur passt.
Hier im zweiten Teil eine neutrale Tonart. Es klingt für mich

kompliziert und undurchsichtig. Ich spiele es nicht gerne, im Gegensatz zu dem berühmten aus dem ersten Teil.

C-Dur ist für den norwegischen Jazzmusiker, der sich viel mit Farben in der Musik beschäftigt hat, gelb wie das Gras nach dem Winter.

Für Elsa hatte ich das Es-Dur aus dem zweiten Teil herausgesucht. Es klingt nach blühenden Kirschbäumen, mit einem Hauch grünen Blättern, wenn man es nicht zu schnell spielt. Nicht im Tempo eines Glenn Gould. Es-Dur grauweiß und durchsichtig wie Wasser, sagt der Norweger.

Für mich Kirschblütenweiß.

Bei Hannah war ich mir auch nicht sicher: D-Moll zweiter Teil oder B-Dur erster Teil? Beide Stücke haben etwas von einem Vulkan, was zu ihr passen würde. Milena braucht ein quirliges lebhaftes Stück, natürlich in Dur, also vielleicht G-Dur erster oder zweiter Teil. Blau: Horizontlinie an einem Sonnentag. Oder das Hellgrün im Gefieder eines Wellensittichs. Das Parallelstück ist ähnlich in der Aussage, aber motorischer und gradliniger. Deshalb würde ich für sie doch das aus dem ersten Teil bevorzugen. Ihrem unsäglichen Gatten das chromatische A-Moll des zweiten Teiles, was ich nach dieser Erkenntnis nie wieder anrührte. Beide F-Moll-Präludien sind außergewöhnliche Stücke, haben einen innigen introvertierten Charakter. Violett. Ja, das Violett der Lavendelfelder in der Provence. Zu dieser Tonart hatte Bach eine besondere Beziehung: F-Moll, die Tonart der Trauer. (Passionsarie!) Ähnlich empfinde ich bei den B-Moll-Stücken, schwerblütig, melancholisch, fast schon romantisch. Bei Johannes habe ich auch lange überlegt, um mich dann für Fis-Dur aus dem zweiten Teil zu entscheiden. Er war mit meiner Entscheidung einverstanden. Welche Farbe er damit verbinde, fragte ich ihn. Viele, lautete seine Antwort. Er könne sich nicht für nur eine Farbe entscheiden, er habe auch keine Lieblingsfarbe. Vielleicht wie Schmetterlinge, bunte Schmetterlinge. Er ist der Einzige, der mit dem von mir ausgewählten Präludium konfrontiert wurde und seine Meinung geäußert hat.

Das ungewöhnlichste Stück der ganzen Sammlung ist für mich jedoch das Es-Moll aus dem ersten Teil. Schon die Tonart ist äußerst ungewöhnlich. Es klingt nach flüssigem Silber, strahlend und tieftraurig, bewegt, bewegend und voller Stille. Diese Ambivalenz findet man sonst nur bei Schubert. Man könnte sagen: Bach habe mit diesem Stück seiner Zeit weit vorgegriffen. So empfinde ich es, gegenwärtig mehr denn je.

Und manchmal begegnet uns Musik, die so genau unser Inneres spiegelt, wie kein verbaler Ausdruck es je geschafft hätte. So geschehen in jener Nacht nach dem Milena-Konzert. Es war Zufall, dass in jener Nacht das Radio lief. Es war wohl kein Zufall. Ich konnte fast nicht weiterfahren, weil meine Augen brannten, als hätte jemand Staubbeutel ausgekippt. Trauer, Wut, Schmerz, Verzweiflung. Mir war bis zu jenem Moment nicht klar gewesen, dass diese Gefühle augenblicklich, schon immer, immer wieder in mir und unter der Oberfläche brodelten. Erst als die Musik zu mir durchdrang, eine mir völlig unbekannte Musik, ein Klaviertrio aus dem Jahr 1978, erkannte ich mich. Das war ungeheuer tröstlich und gleichzeitig bestürzend. Es drängte mich, den Komponisten Luboš Fišer kennenzulernen, ihn nach der Aussage seines Musikstückes zu fragen, ihn dafür ihn die Arme zu schließen. Dabei war er zu diesem Zeitpunkt schon tot. Irgendein Dirigent hatte vor laufender Kamera die Meinung geäußert: Wenn die Aussage eines Stückes sofort erfasst wird, ist es kein bedeutendes Kunstwerk. Der Meinung war ich damals nicht, noch bin ich es heute. Musik bringt Saiten in uns zum Schwingen, kann Gefühle wiederbeleben, kann Dinge an die Oberfläche zerren, die wir lieber zugedeckt gelassen hätten, kann Wunden abheilen. Wer entscheidet, ob Kunst bedeutend ist oder nicht? Muss nicht jeder selbst entscheiden, was ihm die Musik bedeutet? Musik ist dann bedeutsam, wenn sie in der Lage ist, unser Inneres widerzuspiegeln, auch wenn wir es nicht wollen oder möglicherweise von uns weisen.

Einen Moment der Überschneidung zweier Welten und der Funke kann überspringen.

Von einem Augenblick zum andern hatte sich mir Schuberts B-Dur-Sonate erschlossen, als ich Richter damit hörte. Plötzlich hatte dieses Stück Musik für mich eine Bedeutung bekommen, hatte Empfindungen geweckt oder besser in den Vordergrund geschoben, die mir vorher entgangen waren.

Das war zweitrangig in jener Nacht, in der mir diese unglaubliche, völlig unerwartete Musik quasi in den Schoß fiel. Ich fühlte mich eins mit der Welt, gänzlich unerwartet, weil untypisch für mich, ich fühlte mich verstanden und angenommen. Ich war nicht allein. Da gab es einen Menschen, der ähnlich fühlte wie ich und dies in Töne umgesetzt hatte.

Mein Geburtstag Anfang April war ein Tag wie jeder andere auch. Als wir noch Kinder waren, feierten wir ausgiebig mit vielen anderen aus der Nachbarschaft. Wir feierten gemeinsam, Isa und ich, Isabel hatte eine Woche nach mir; und sie lud alle ihre zahlreichen Spielkameraden und Freunde ein. Es wurde jedes Jahr ein rauschendes Fest. Meine Mutter war tagelang damit beschäftigt, Kuchen zu backen. Der Familientisch wurde verlängert, Stühle bei den Nachbarn ausgeliehen. Mit Blumen und Kerzen, bunt verpackten Bonbons und Schokohütchen, eine Spezialität des Bäckers an der Ecke, wurde der Tisch geschmückt. Isabel erfand Spiele, sie war unglaublich kreativ darin, sich jedes Jahr neue auszudenken. Es war eigentlich ihr Fest, aber sie wollte mich unbedingt dabeihaben. „Du bist der wichtigste Mensch für mich", sagte sie und legte mir ihre Arme um den Hals. Sie roch nach Seife, nach frisch geschnittenem Gras, nach Heimat, Vertrauen und Sicherheit. „Ach Ingo, was tät ich ohne dich?", seufzte sie mit hinreißendem Augenaufschlag und küsste mich ganz ungeniert und ohne jede Hemmung auf den Mund. Das endete abrupt und brutal mit Ausbruch der Krankheit, wie alles, was uns verband. Keine Feier mehr seither, ich versuchte diesem Tag zu entfliehen oder ihn zumindest zu ignorieren. Manchmal lud ich Johannes zum Essen ein, manchmal kochte er. Wir tranken Wein und redeten, hörten Musik, sahen uns Filme an. Das Thema wurde nicht berührt. Von meiner Mutter bekam ich die übliche nichtssagende Glückwunschkarte. Dieses Jahr war wieder ein bestimmter weißer Umschlag in der Post mit der mir bekannten Schrift adressiert. Ich wusste, es war Elsas Schrift.

*„Es ist Unsinn
sagt die Vernunft
Es ist was es ist
sagt die Liebe
Es ist Unglück
sagt die Berechnung
Es ist nichts als Schmerz
sagt die Angst
Es ist aussichtslos
sagt die Einsicht
Es ist was es ist
sagt die Liebe
Es ist leichtsinnig
sagt die Vorsicht
Es ist unmöglich
sagt die Erfahrung
Es ist was es ist
sagt die Liebe"*

Sie gratulierte zum Geburtstag und wünschte alles Gute zum neuen Lebensjahr. Das Gedicht von Erich Fried kannte ich schon, aber eine unausgesprochene Frage stand im Raum, lag jetzt auf dem Tisch, mitten im Zimmer. Die Frage, die unbeantwortete, bewegte mich. Warum schickte sie mir ausgerechnet dieses Gedicht? Ich sollte Elsa diese Frage stellen. Warum tat ich es nicht? Ich wollte es nicht wissen, ich wollte mir vermutlich alle Möglichkeiten offenhalten. Sicherheit gab es nicht, Gewissheit gab es nicht, Vertrauen? Fehlanzeige. Herr Fried beschreibt es minuziös. Fast könnte ich sagen: Ich fühlte mich erkannt. Ich fühlte mich ertappt. Ich liebe sie und daran wird sich auch nichts ändern, hatte Johannes gesagt. Ob er das Gedicht kannte? Nein, die Liebe war nicht eindeutig. Gefühle sind wie Schirmchen einer Pusteblume – ein Atemhauch und husch – weg sind sie.

Sie sind nicht greifbar, sie sind leicht störbar. Die Liebe liebt das Wandern, Gott hat sie so gemacht. Der Tod ist endgültig, die Liebe nicht. Sie ist Wandlungen unterworfen, verändert sich ständig, wie die Menschen, die sie fühlen. So dachte ich, so dachte Erich Fried. Und Elsa?

In jener Nacht nach Milenas Konzert fiel mir ein weiteres Geschenk in den Schoß, mit dem ich nicht gerechnet hatte: Vor meiner Wohnungstür saß Hannah, Hannah mit h. Wie lange saß sie schon da? Ich war in einer ungewohnten Verfassung und wäre gerne allein gewesen. Dieses Stück, dieses Trio 1978 hatte mich verletzbar gemacht, angreifbar, schutzbedürftig, und das wollte und konnte ich mit keinem teilen. Schon gar nicht mit Hannah. Ich hatte eine bestimmte Rolle gespielt im letzten Winter, als wir das Bett teilten, den Sex, die Ekstase. Im Moment fühlte ich mich ihr nicht gewachsen. Es war ein langer, ereignisreicher Tag gewesen und ich war müde. Tief in Gedanken schleppte ich mich Stufe für Stufe die Treppe hoch – ich nehme nicht gern den Aufzug, meide ihn, so oft es geht – und sah sie da kauern auf dem obersten Absatz, an die Wand gelehnt, die Beine angezogen. Es muss mitten in der Nacht gewesen sein, ich hatte jedes Gefühl für Zeit verloren bei der nächtlichen Fahrt mit dieser unglaublichen Musik. (Später konnte ich feststellen, dass das Stück gerade mal 10 Minuten dauert.)

Als sie mich sah, erhob sie sich zögernd. Mir stockte der Atem. „Das ist aber eine Überraschung!", sagte ich. „Wie lange sitzt du denn schon hier?" Die Frage erübrigte sich, sie war hier. Das war das Einzige, was zählte. Sie gab mir keine Antwort, sie sah mich nur an. Es war ein anderer Ausdruck in ihren Augen als vor Milenas Konzert. Vor ein paar Stunden konnte ich – ja, wie soll ich es nennen – ungläubiges Erschrecken? – in ihnen lesen, jetzt sah sie zu mir hoch – sie war einige Zentimeter kleiner als Elsa –, flehend, ein bisschen ängstlich und gleichzeitig herausfordernd. Sie war sich nicht sicher, wie die Dinge lagen. Wünschte sich nichts sehnlicher, als dass sie so lagen wie im Winter in meinem Schneeparadies. Und ich? Noch bevor ich die Situation richtig wahrnahm, reagierte mein Körper bereits auf diesen Blick in Erinnerung an unsere sexuelle Obsession. Sie hier zu sehen vor meiner Tür mit diesem Blick, sich mir anbietend, da konnte ich nicht widerstehen. Die Erinnerung an ihren Körper, ihren Geruch, ihre hemmungslose Art sich hinzugeben und gleichzeitig besitzen zu wollen – eine eigentümliche Mischung, die mich bis zum Äußersten reizte, nahm mich gefangen. Es war der Wunsch, etwas zu wiederholen, wiederzubeleben. *As a gift*, ging mir durch den Kopf. Das war schon das zweite Geschenk in dieser Nacht, und ich griff zu, ich hätte gar nicht ablehnen können. Es würde die Lage nicht einfacher machen, sagte mir mein Verstand – Elsas Schwester in meinem Bett, ich war nicht in meinem Paradies, ich war hier in dieser Stadt in meiner Wohnung, müde, tief in Gedanken verstrickt. Jedoch mein Körper hatte schon entschieden – ich konnte nicht widerstehen, nicht ihr, nicht meinem Verlangen, das nach vorn drängte.

Ich schloss die Tür auf und ließ sie zuerst eintreten. Sie zitterte, als ich ihr den Mantel abnahm, sie zitterte, als ich ihr ängstliches Gesicht mit den geschlossenen Augen in die Hände nahm und ihren Mund, den leicht geöffneten Mund, küsste. Es war diese mädchenhafte Scheu, die ich damals nicht wahrgenommen hatte, und die Aussicht auf das, was ich mit ihr im letzten Winter erlebt hatte, was mein Verlangen hochkochte. Mir war heiß und sie zitterte. Sie zitterte noch, als ich sie langsam auszog, Stück für Stück und zum Bett trug – sie sah zu wie ich mich meiner Kleider entledigte – als ich ihren Körper in Besitz nahm, ihr kleines Ohr zwischen die Zähne, an den Brustspitzen saugte, sie zwischen den Beinen küsste, als ich mich auf sie legte, sie schrie, schluchzte und trommelte mit den Fäusten auf meinen Rücken, als ich in ihr war. Das machte mich völlig wild und im Nu waren wir wieder da, wo wir aufgehört hatten, Als hätte es die Zeit dazwischen nie gegeben.

Als wir voneinander ließen, nachdem wir beide gekommen waren, zitterte sie wieder. Ich legte die Hand auf ihren Bauch und betrachtete sie, ihren schlanken Körper mit den überraschend großen Brüsten. Jetzt kannte ich sie und konnte gewisse Ähnlichkeiten mit Elsa zulassen.

Die Unterschiede waren aber frappierend. Ihre Augen waren braun, wie ihre Haare, die ihr immer ein wenig vom Kopf abstanden und unordentlich in die Stirn fielen. Sie glich eher einem wilden jungen Hund denn einer Renaissance-Madonna. Möglicherweise hatte es sie einige Überwindung gekostet, zu mir zu kommen und ich bewunderte sie dafür. Elsa war nie in meiner Wohnung gewesen, sie hatte lediglich Briefe eingeworfen. Ja, Hannah musste wohl viel Mut aufgebracht haben, um zu mir zu kommen. Möglicherweise hatte Elsas jüngere Schwester etwas unglaublich Zielgerichtetes an sich, würde, wenn es darauf ankäme, die Sache auf die Spitze treiben, sozusagen mit dem Kopf durch die Wand gehen, wenn es sein müsste. Eine gewisse Sturheit ließ sich erahnen, mit der sie möglicherweise auch den Vater provoziert hatte. Sie würde ihren Weg gehen, ohne Rücksicht, wenn es sein musste, ohne Rücksicht auf sich und andere. Auch dafür bewunderte ich sie. Sie stellte sich, sie nahm die Herausforderung an, sie überwand die Angst. Während ich sie so betrachtete, konnte ich mir ganz gut vorstellen, wie es in ihr aussah – ganz im Gegensatz zu ihrer Schwester, die mir immer rätselhafter wurde, je länger ich sie kannte. Ich hätte Hannah viele Fragen stellen können, um das Rätsel Elsa zu lösen. Ich tat es nicht. Stattdessen schlief ich ein mit einem letzten Blick auf den Bronzino und die schöne Lucrezia.

Es ist fast überflüssig zu sagen, dass Hannah verschwunden war, als ich am nächsten Morgen aufwachte. Erleichterung machte sich in mir breit und gleichzeitig Bedauern: Wann war eine Frau zuletzt zum Frühstück geblieben nach einer gemeinsam verbrachten Nacht? Ich war erleichtert, dass ich ihr all die Fragen nicht zu stellen brauchte. Ich bedauerte, dass die sexuelle Euphorie, die Hannah in mir hervorrief, bereits wieder am verlöschen und nur noch in meinem Unterleib zu spüren war. Ja, Erleichterung machte sich breit darüber, dass nicht mehr Nähe zwischen uns zugelassen worden war und gleichzeitig bedauerte ich es.

Das Abschiedskonzert meiner Kollegin und Freundin Milena, das dieser überraschenden nächtlichen Begegnung vorausging, war Wochen vorher angekündigt worden. Milena, die ihre Tätigkeit an der Hochschule beenden wollte, Milena, derentwegen Elsa an unsere Hochschule gekommen war, Milena mit der besonderen

Stimme und dem unsäglichen Mann, Milena, mit der man flirten konnte auf Teufel komm raus. „Wenn ich 20 Jahre jünger wäre, würde ich dich nach Strich und Faden verführen!", sagte sie schelmisch aus den Augenwinkeln. Leicht, hintergründig, ironisch, anzüglich – so könnte man unseren Umgang beschreiben. Sie war auch nach weiblichen Maßstäben klein und zierlich und dunkelhaarig, sehr temperamentvoll und voller Energie und mit einem herrlichen Akzent gesegnet. Ich wurde nie müde, ihr zuzuhören und dazu gab es auch leider viel zu selten Gelegenheit, denn sie war ein ausgesprochener Familienmensch und ihr Mann konnte mich nicht ausstehen. Das war zumindest mein Eindruck. Als ich dies ihr gegenüber äußerte, lächelte sie vorsichtig und geheimnisvoll und sagte nichts. Wenn wir Zeit hatten, trafen wir uns auf einen Kaffee. Selten genug kam es dazu. Ihre jüngste Tochter bekam in dieser Zeit ihr erstes Kind und das hatte sie am Abend der Winterreise ferngehalten.

Unverwandt sah sie mich an, als ich ihr davon berichtete. Ich versuchte so objektiv wie möglich zu sein, so zurückhaltend, wie es mir möglich war, versuchte kritische Bemerkungen anzubringen: Sie durchschaute mich doch. Vielleicht hatte ich es darauf angelegt, durchschaut zu werden. Es war mir lieber, undurchschaubar zu sein, aber niemand wusste von meinen Gefühlen für Elsa, manchmal nicht einmal ich selbst und manchmal war der Drang sich zu offenbaren zu groß. Wie an jenem Tag im Café. „Sie ist eine bildschöne junge Frau und sehr begabt. Sie hat einen Instinkt für die Stimme, wie ich es selten erlebt habe in all den Jahren, in denen ich unterrichte." Sie fixierte mich und legte ihre Hand auf meine. „Wo ist das Problem, Ingo?" Ich starrte auf ihre kleine Hand, die in meiner verschwunden wäre und wünschte, ich könnte mich offenbaren, ein einziges Mal. Wie, fragte ich mich, wie soll ich all die widersprüchlichen Gefühle erklären? Wo anfangen? Wo ist das Ende in diesem Gefühlschaos? „Sie ist mit meinem Freund zusammen", sagte ich plötzlich. Ich ahnte, das war nicht der aktuelle Stand, ich machte ihn einfach dazu. Ich wollte Tatsachen schaffen. Welcher Satz würde die Wahrheit treffen, welche Aussage schilderte die Lage am treffendsten? Ich wusste es nicht, tausend Gedanken schossen mir durch den Kopf, alles traf zu, nichts traf zu, es war unaussprechlich. Das sagte ich ihr. Meine mütterliche Freundin seufzte, schüttelte den Kopf, als wundere sie sich über ihr ungezogenes Kind. Und genauso fühlte ich mich. Ungezogen, wie ein Kind. Ich funktionierte nicht so, wie man es von mir erwartete, wie ich es von mir erwartete. Herr Fried hatte ganz recht mit seinem Gedicht. Er schien mein Dilemma zu kennen, er konnte es in Worte fassen, es war ihm möglich, Poesie daraus zu machen. Vielleicht hatte Elsa es deshalb geschickt – um mich zu trösten. Ja, das rettete mich, das machte Sinn, das war die Erklärung, nach der ich lange gesucht hatte. Daran konnte ich festhalten. Ein kleines Licht am Ende des Tunnels. Das Bild gefiel mir: Ich hatte mich wie in einem Tunnel gefühlt. Das war jetzt vorbei.

Milena kam von einer Probe ins Café; ihr Abschiedskonzert mit Martin S., ihrem ständigen Begleiter, würde in Kürze stattfinden. Das hatte Elsa mit ihrer Lehrerin gemein, und ich würde es genauso machen, wenn ich Sänger wäre, dachte ich. Unvorstellbar, sich jedes Mal wieder auf einen neuen Partner am Klavier einzustellen. Blindes Vertrauen – das würde ich mir von einer jahrelangen Zusammenarbeit erhoffen.

Das könne aber bis zur Zwanghaftigkeit gehen, meinte Milena. Man verliert an Flexibilität, musikalisch gesehen. „Extreme sind immer gefährlich, gesünder sind Mischungen. Aber ich bin eben extrem – in allem, was ich tue. Ich wollte nicht gesund sein, ich wollte extrem sein!", bekannte sie. Das war eine der Seiten, die mich zu ihr hinzogen, denn ich traute mich nicht, extrem zu sein. Aber da widersprach sie mir: „Du bist extrem, lieber Ingo, schon dass du es nicht merkst, ist extrem." Sie lachte mich an mit ihrem herrlich glucksenden Lachen. Es klang, als würden Silberkugeln einen Berg hinunterrollen. Eine Stimme wie Lamettafäden, passend zum Typ, zur äußeren Erscheinung. Wenn es ein Lied gab, das sie am besten charakterisierte, dann war es die Nixe Binsefuß. Sie war die Nixe Binsefuß mit ihrem hellen hohen Sopran, der eigentlich nicht meiner Vorliebe entsprach. Aber sie handhabte sie gekonnt, und wenn sie dieses Lied sang, sah man das Wesen förmlich vor sich mit dem Fischernetz.

Eine Art Traumerscheinung, Mörikes Fantasie entsprungen und natürlich von Wolf genial umgesetzt, eine Wasser – Begleitung, chromatisch, tropfend, quirlig.

„Des Wassermanns sein Töchterlein tanzt auf dem Eis im Vollmondschein, sie singt und lachet sonder Scheu wohl an des Fischers Haus vorbei. Ich bin die Jungfer Binsefuß und meine Fisch' wohl hüten muss, meine Fisch' die sind im Kasten, sie haben kalte Fasten; von Böhmerglas mein Kasten ist, da zähl' ich sie zu jeder Frist. Gelt Fischermatz? gelt, alter Tropf, dir will der Winter nicht in Kopf? Komm mir mit deinen Netzen! die will ich schön zerfetzen! Dein Mägdlein zwar ist fromm und gut, ihr Schatz ein braves Jägerblut. Drum häng ich ihr zum Hochzeitsstrauss, ein schilfen Kränzlein vor das Haus, und einen Hecht, von Silber schwer, er stammt von König Artus her, ein Zwergen-Goldschmieds-Meisterstück, wer's hat dem bringt es eitel Glück: er läßt sich schuppen Jahr für Jahr, da sind's fünfhundert Gröschlein bar. Ade, mein Kind, ade für heut. Der Morgenhahn im Dorfe schreit."

„Nixe und Elfe und Geister, das war Mörikes Welt, zum Glück für Wolf, zum Glück für uns.

Bei Nacht im Dorf der Wächter rief: Elfe! Ein ganz kleines Elfchen im Walde schlief wohl um die Elfe! Und meint, es rief ihm aus dem Tal bei seinem Namen die Nachtigall, oder Silpelit hätt ihm gerufen. Reibt sich der Elf die Augen aus, begibt sich vor sein Schneckenhaus und ist als wie ein trunken Mann, sein Schläflein war nicht voll getan, und humpelt also tippe, tapp, durchs Haselholz ins Tal hinab, schlupft an der Mauer hin so dicht, da sitzt der Glühwurm Licht an Licht. Was sind das helle Fensterlein? Da drin wird eine Hochzeit sein: die Kleinen sitzen beim Mahle und treibens in dem Saale. Da guck ich wohl ein wenig' nein! Pfui, stößt den Kopf an harten Stein! Elfe gelt, du hast genug? Gukuk!"

Nixe und Elfe – Milena war beides und beides hatte ich vor Jahren von ihr gehört, beide Lieder waren auf ihrer CD und immer mit ihrem Begleiter Martin. Er wirkte manchmal untergeordnet, hielt sich zu sehr zurück, das kam dem Klang nicht immer zugute, aber Milena vertraute ihm blind und das allein zählte. Vielleicht war es ihr zu verdanken, dass ich auf die Kombination Mörike-Wolf aufmerksam wurde, vielleicht hatte sie mich mit ihrem Gesang bestrickt, die Nixen-Elfen-Milena. Wer kann schon hinterher sagen, wo die Liebe herkommt. Die beiden Wolf-Lieder sang sie an jenem Abend nicht. Leider.

Es waren viele ehemalige Kollegen zu Milenas Konzert gekommen, das Foyer des Kleinen Theaters war brechend voll. Johannes wollte nicht mitkommen. Er war gerade am Malen, bereitete seine Ausstellung vor, oder war das nur ein Vorwand? Hätte ich einen Vorwand benutzt, um Elsa nicht zu begegnen?

So entdeckte ich sie allein – unter all den Leuten. Seit der Winterreise war einige Zeit vergangen, Zeit ohne sie, mit einem Gedicht von Erich Fried. Ich entdeckte sie an der gegenüberliegenden Wand, überlegte, zögerte noch, legte mir ein paar Worte zum Fried-Gedicht zurecht und eine passende Haltung, ihr zu begegnen, sah betont unbeteiligt durch die Menschenmassen, als sich die Gestalt neben ihr umdrehte: Es war Hannah. Damit hatte ich nun überhaupt nicht gerechnet. Ich blinzelte. Vielleicht war es eine Täuschung. Aber nein, da stand Hannah und in diesem Moment war klar, dass sie Elsas Schwester war. Als ihr Blick auf mich fiel, erstarrte sie. Jegliche Farbe wich aus ihrem Gesicht. Ich konnte es ihr nachfühlen – mir erging es kein Haar anders. Zum Glück war ich darin geübt, mir nach außen nichts anmerken zu lassen. Sie bahnten sich eben einen Weg durch die Massen auf mich zu, Elsa recht zielstrebig, Hannah eher zögernd, und dann standen sie da. Ich versuchte zu lächeln, aber mein Gesicht gehorchte mir nicht. Bilder gingen mir durch den Kopf, von Schnee auf den Bergen, kalte Luft in der Nacht, Hannahs nackter Körper, unsere Exzesse. Wie sie da so standen, nebeneinander, war die Ähnlichkeit unübersehbar. Ich sah von einer zur anderen: Die Augenpartie, der Schwung der Braue, die gerade, nicht zu kleine Nase, die leicht aufgeworfene Oberlippe, die Wölbung der Stirn – das alles ähnelte sich. Warum war mir das im Winter nicht sofort aufgefallen? Hannahs Stirn wurde verdeckt durch ihr wirres Haar, und in Elsas Gesicht sammelte sich alles in der Südseefarbe ihrer Augen, zentrierte sich in diesem Türkis mit den hellen Flecken, während Hannahs braune Iris ihrem Ausdruck etwas Verwegenes, Ungeordnetes, Dunkles gab. Elsa stellte mir ihre Schwester vor, ich tat überrascht und gab erst ihr, dann Hannah die Hand. Wiedergefunden in Berlin. Als wäre das eine hinreichende Erklärung.

Es stellte sich heraus, dass Elsa wegen der Johannespassion in Berlin gewesen war, die Philharmoniker unter ihrem Chefdirigenten Sir Simon. Elsa schwärmte natürlich von der Sopranistin, von Juliane Banse. Ihre Augen, weit in die Ferne gerichtet, leuchteten, als sie von der Arie erzählte „Zerfliesse mein Herze". Hätte man durchaus wörtlich nehmen können, meinte sie. Zumindest mein Herz zerfloss, fügte sie zögernd hinzu. Und: „Jetzt weiß ich, welche Arie ich bei meinem Konzertexamen singe."

Daneben stand Hannah mit weit aufgerissenen Augen, die an mir hängen blieben. Was geht dir durch den Kopf, kleine Hannah, dachte ich. Ein Königreich für deine Gedanken. Meine jedenfalls spielten verrückt, und ich hatte alle Hände voll zu tun, Haltung zu bewahren. Ich hörte nur mit halben Ohr Elsas Beschreibung zu. Was hätte ich dafür gegeben, jetzt allein zu sein – oder mit Hannah. Allein mit Hannah. Mit einer Zigarette in der Hand bahnte ich mir den Weg ins Freie.

Ich hatte die beiden Schwestern einfach stehen lassen, hatte mich durch Flucht entzogen. Eine Zigarette kann viel Trost spenden, dachte ich. Unfassbar, diese Situation. Es schüttelte mich regelrecht. Noch eine Zigarette, noch mehr Trost.

Ich versuchte, meine Gedanken zu ordnen; schließlich war ich wegen Milenas Konzert gekommen. Weitere Fluchtversuche wären mir zwar sehr willkommen, aber die schieden aus.

Ich brauchte keine Gedanken daran zu verschwenden. Ich war wegen Milenas Konzert hier. Ehrensache. Keine Diskussion. Ein Tribut an unsere Freundschaft. Und meine Liebe zu Wolf-Liedern, wenn auch ohne Mörike-Text heute Abend.

Italienisches Liederbuch im ersten Teil." Auch kleine Dinge können uns entzücken." Das war durchaus wörtlich zu nehmen.

Eine kleine Kostbarkeit, dieses Lied. Zwar war von Olive, Perle, Rose die Rede, aber das Lied selbst hätte in die Aufzählung gepasst." Der Mond hat eine schwere Klag erhoben, du habest ihn um seinen Glanz gebracht. Als er zuletzt das Sternenheer gezählt, da hab es an der vollen Zahl gefehlt; zwei von den schönsten habest du entwendet, die beiden Augen dort, die mich verblendet." Du. Elsa. Sie schien meine Gedanken nicht zu spüren.

Die beiden Schwestern saßen einige Reihen schräg vor mir. Hannah rührte sich nicht, sie saß da wie versteinert mit geradem Nacken, die kurzen braunen Haare unbändig wie ihr Wesen. Elsa hatte ihre Haarflut in einem Zopf geordnet, ein interessanter Gegensatz zu Hannahs Wuschelkopf. Von hinten hatten die beiden keinerlei Ähnlichkeit, die Rückenansicht machte den Unterschied mehr als deutlich.

„ Du denkst mit einem Fädchen mich zu fangen, mit einem Blick schon mich verliebt zu machen? Ich fing schon andre, die sich höher schwangen; du darfst mir ja nicht traun, siehst du mich lachen. Schon andre fing ich, glaub es sicherlich. Ich bin verliebt, doch eben nicht in dich. Ich bin verliebt, doch eben nicht in dich." Wolf hat diese Aussage musikalisch wiederholt und erntete mindestens Schmunzeln beim interessierten, aufmerksamen Publikum. Jeder kennt den Text, jeder weiß was kommt und ahnt die Pointe voraus.

„Mein Liebster ist so klein, dass ohne bücken er das Zimmer fegt mit seinen Locken. Als er ins Gärtlein ging, Jasmin zu pflücken, ist er vor einer Schnecke sehr erschrocken. Dann setzt er sich ins Haus, um zu verschnaufen, da warf ihn eine Fliege übern Haufen. Und als er hintrat an mein' Fensterlein, stieß eine Bremse ihm den Schädel ein. Verwünscht sein alle Fliegen, Schnaken, Bremsen und wer ein Schätzchen hat aus den Maremmen! Verwünscht sein alle Fliegen, Schnaken, Mücken, und wer sich, wenn er küsst, so tief muss bücken."

Undenkbar, dass Milena mit einem anderen Pianisten auf die Bühne käme. Sie waren wie ein altes Ehepaar, kannten sich in- und auswendig und wurden von Lied zu Lied besser. Die Reaktionen des fachkundigen Publikums taten ihr Übriges. Ernste tragische Texte wurden mit komischen gemischt, wie sie zuhauf im *Italienischen Liederbuch* vorkommen.

„Schweig einmal still, du garstger Schwätzer dort. Zum Ekel ist mir dein verwünschtes Singen. Und treibst du es bis morgen früh so fort, doch würde dir kein schmuckes Lied gelingen. Schweig einmal still und lege dich aufs Ohr! Das Ständchen eines Esels zög ich vor!" Wer hätte nicht schon zahlreiche Situationen erlebt, in denen es angebracht wäre, dieses Lied zu singen, und sei es im Stillen. Und die schon fast unvermeidliche *Penna* zum Abschluss des ersten Teiles: Eine Frau zählt die Anzahl ihrer Liebhaber auf: „Ich hab in Penna einen Liebsten wohnen, in der Maremmenebene einen andern, einen im schönen Hafen von Ancona, zum vierten muss ich nach Viterbo wandern; ein andrer wohnt in Casentino dort, der nächste lebt mit mir am selben Ort, und wieder einen hab ich in Magione, vier in La Fratta, Zehn in Castiglione!" Ein Spitzenton für die Sängerin, hoch exponiert. Damit ist das Lied eigentlich beendet. Aber nein: Wolf liebt konzertante Klaviernachspiele, ob in *Er ist's*, in der *Storchenbotschaft*, beim *Abschied* oder eben in der *Penna*. Das Publikum, immer auf den Sänger fixiert – zurecht, denn er hat den Text –, hat mit dem Lied schon abgeschlossen und wartet nur darauf, applaudieren zu können, während der Pianist einen einsamen Kampf kämpft und ihm kaum einer zuhört. Der heutige Abend war keine Ausnahme. Milena, in einem duftigen bunten Kleid mit vielen Volants, verneigte sich, erst zu ihrem Begleiter, dann zum tosenden Publikum.

In der Pause sah ich die beiden Schwestern nur von weitem. Ich bahnte mir einen Weg ins Freie zu den Rauchern. Hannah musste in der Pause verschwunden sein, denn im zweiten Teil blieb der Stuhl neben Elsa leer. Draußen roch es nach Frühling.

Diese Jahreszeit stößt bei mir auf wenig Gegenliebe – das hat sich bis zum heutigen Tag nicht geändert – und seit Jahren erntete ich dadurch Verwunderung und Befremden. Alles wartete auf den Frühling, auch Johannes, wie er betonte. Für ihn war diese Jahreszeit die Vorbereitung auf den Sommer. Er war ein Wasser- und Sonnenanbeter und verabscheute den Winter. Ich könnte ihn nie in mein Schneeparadies mitnehmen. Ich wusste, er wartete auf den Frühling, weil er darin einen Neubeginn sah, der den Winter ablöst und die Tage wieder heller und länger werden lässt. Neues Leben, Bewegung, Hoffnung, das alles wird mit dieser Jahreszeit assoziiert. Veränderung – vermutlich war es das, was mir am meisten zuwiderlief. Johannes liebte Veränderung, so sehr, dass er sich sogar ein Leben im Zug vorstellen konnte, wie er mir eines Tages voller Begeisterung erzählte. Wie jener polnische Pianist Anderszewski, über den er einen Film gesehen hatte. Dieser reiste in ein paar Waggons von Konzerttermin zu Konzerttermin, kochte, feierte, übte in einem Zug. „Stell dir vor", rief Johannes aus, „ein ständig wechselnder Lichteinfall, eine stets sich wandelnde Landschaft – wie bei Monet. Das wäre mein Traum!" Für mich unvorstellbar. Wenn ich aus dem Fenster schaue, möchte ich immer dieselbe Aussicht haben. Alles andere würde mich krankmachen. Da bin ich mir sicher. Für mich ist der Winter handfest, klar überschaubar, real. Die Menschen ziehen sich in ihre Behausungen zurück, man hat seine Ruhe, selbst die Natur hält sich daran.

Der Frühling ist unberechenbar, die Menschen sind es auch. Jetzt verändert sich alles, nichts bleibt, wie es war.

Gesegnet sei das Grün und wer es trägt, sang Milena, ein grünes Kleid trägt auch die Frühlingsaue. Die sieben frühen Lieder von Alban Berg kamen im zweiten Teil nach drei Liedern von Debussy, drei Lieder mit sehr erotischen Texten und impressionistischer Klavierbegleitung. *Chansons de Bilitis. La flûte de Pan* – könnte auch heißen: *l'après-midi d'un faune*, dieses Sommerstück mit der flirrenden Hitze, dazwischen Pan oder ein Faun, Flöte spielend – „pour le jour des Hyacinthies, il m'a donné une syrinx faite de roseaux bien taillés. Unis avec la blanche cire qui est douce à mes lèvres comme du miel. Il m'apprend à jouer, assise sur ses genoux, mais je suis un peu tremblante. Nous n'avons rien à nous dire, tant nous sommes près l'un de l'autre." Mein Französisch war für diese Feinheiten nicht geeignet und so verstand ich nur einzelne Sätze. „Nos bouches s'unissent sur la flûte, il est tard; voici le chant des grenouilles vertes qui commence avec la nuit. Ma mère ne croira jamais que je suis restée si longtemps à chercher ma ceinture perdue ... la bouche sur la bouche ..."

Eine logische musikgeschichtliche Fortsetzung zu Wolf sind die Berg-Lieder, spätromantisch und von der Zwölftontechnik weit entfernt. Leider hört man sie nicht allzu häufig, und sie schienen mir Antwort zu geben zu meinen Gedanken in der Pause: Sieben Lieder über die Jahreszeiten.

Sommer, Sommer, Sommer, drei Lieder über den Sommer, im Sommer liebt man sich bei geöffneten Fenstern, man hört die Nachtigall, Rosenduft, Sommerhut, zwei im Herbst.

Einsamkeit. Gib acht, oh gib acht! Die menschlichen Themen hatten sich seit Storm, Lenau und Rilke nicht geändert. War ich einsam? Die Frage stellte sich mir nicht. Besonders mochte ich das in der Mitte: *Traumgekrönt* – ein langsames Lied mit wunderbaren Harmonien und einem wunderbaren Text. „Das war der Tag der weißen Chrysanthemen, mir bangte fast vor seiner Pracht. Und dann, dann kamst du mir die Seele nehmen tief in der Nacht. Mir war so bang, und du kamst lieb und leise, ich hatte grad im Traum an dich gedacht. Du kamst und leis wie eine Märchenweise erklang die Nacht." Und danach: „Mein Kopf auf deinen Knien so ist mir gut. Wenn mein Auge so in deinem ruht, wie leise die Minuten zieh'n."

Milena sang dieses leicht bewegte Lied so zärtlich, als singe sie jemand bestimmten an. Ich betrachtete Elsas Hinterkopf – keine Regung. Was dachte sie? Was fühlte sie? Ihre Hand auf seinen Knien, auf den Knien eines unfertigen unerotischen Knaben. Mein Kopf auf deinen Knien, das setzt schon einiges an Vertrautheit, an Nähe voraus. Wir hatten es nie so weit gebracht. Im Arm der Liebe schliefen wir selig ein.

Ich wünschte, Milena sänge für uns, für Elsa und mich.

Am offenen Fenster lauschte der Sommerwind. Sommertage, Sternenkränze, Wunderland, tiefe, tiefe Lust.

Was mich an Milenas Gesang besonders fesselte, war die Textverständlichkeit. Das war bei Sängern nicht immer gang und gäbe. Ein Punkt, an dem Elsa auch noch kleine Defizite hatte – für mein Gefühl. Es gab durchaus die Meinung im sängerischen Lager, dass der Klang im Vordergrund zu stehen habe, dass sich der Text der Melodie unterzuordnen hätte. Ich sehe das nicht so. Der Komponist wurde zuerst vom Text inspiriert, er liest ein Gedicht, setzt die Worte in Töne um, das Begleitinstrument verstärkt die Aussage, die im Text enthalten ist, die der Komponist darin liest.

Ein Lied ist also die subjektive Darstellung eines Textes in Tönen. Ohne Text kein Lied. Ich dachte an Hugo Wolf und seine Leidenschaft für Mörike-Gedichte. Er sprach zu Freunden oft davon, dass die intensive Beschäftigung mit den Gedichten Mörikes sein jahrelanges Suchen und Irren ein Ende und er seinen eigenen Stil gefunden habe. Zum Glück für uns! Wortmelodie und Textdeklamation stehen bei ihm an erster Stelle. Wenn ich es mir recht überlege, steht der Text immer mehr im Vordergrund, je moderner die Musik wird. Aus diesem Blickwinkel gesehen ist die Winterreise sehr modern: ich denke dabei an den Leiermann, der tonlos gesungen am besten zur Geltung kommt. Oder der Beginn des Feuerreiters – fast flüsternd: „sehet ihr am Fensterlein dort die rote Mütze wieder." Wolf hat einen Rhythmus daruntergelegt, der so in die Sprachmelodie eingeht, dass der Text ohne diesen Rhythmus nicht mehr denkbar scheint. Der Abgesang: „Nach der Zeit ein Müller fand" lebt von der Melodie, die unterbrochen wird durch: „Husch, da fällt's in Asche ab" – eine Stelle ohne Klang, fast tonlos, nur Text und Rhythmus.

Nach dem stürmischen Applaus und ich weiß nicht wie vielen Blumensträußen, bekamen die Zuhörer tatsächlich noch eine Zugabe: Das Wiegenlied von Brahms, mit dem sie in Zukunft den Enkel beglücken wird, wie sie uns abschließend mitteilte. Sie sang es wie ein Kinderlied, schlicht, sehr zart dazu die Klavierbegleitung – es war ein würdiger Abschluss eines gelungenen Liederabends.

Danach strömte das Volk in Richtung Künstlerzimmer. Auf dem Weg hielt ich nach Hannah Ausschau. Aber sie war nicht da. Ich wünschte, Hannah liefe mir über den Weg, Hannah ohne Elsa.

Hannah war real, Hannah war greifbar. Aber Hannah war nicht da.

Ich wünschte es mir, ohne zu ahnen, dass dieser Wunsch wahrhaftig in Erfüllung gehen würde. Was selten genug vorkam, seit Elsa in meinem Blickfeld, in meinem Leben aufgetaucht war. Aber Hannah war verschwunden; so schien es, so sah es aus. Milena stand im Künstlerzimmer, im Arm eine Wagenladung voller Blumen. „So viel Triumphgemüse!" strahlte sie. Ich gratulierte, küsste sie rechts und links auf die Wange, während Elsa danebenstand. Milenas Mann erdolchte mich förmlich mit seinen Blicken. „Ihr kommt doch mit?" Damit meinte sie uns alle, die wir da standen, man traf sich traditionsgemäß im Schlosshof. Als ich dort eintraf, bedachte mich Milenas Mann erneut mit einem finsteren Blick. Er zog die buschigen Augenbrauen zusammen und sah mit seiner auffallend hakenförmigen Nase einem erbosten Uhu recht ähnlich. Mir gegenüber am runden Tisch saßen Elsa und ihr hühnerhalsiger Begleiter und Wohngenosse. Ich nahm ihn nicht wirklich wahr, aber in meiner Erinnerung gehörte er ebenso zur Winterreise, wie seine Sängerin. Sein Meisterstück. Und sie schwärmte gerade in den höchsten Tönen von der Johannespassion. Diese intime Musik mit den Berliner Philharmonikern, in ihrer riesigen Konzerthalle, mit dem Showmenschen, Stardirigenten und Charismatiker Sir Simon Rattle? Eine gelungene Aufführung? Ich konnte es mir kaum vorstellen. Aber Elsa ließ keinen Zweifel aufkommen: Nur ein kleines instrumentales Ensemble – nur hochkarätige Meister ihres Fachs – vorzüglicher Chor – „sensationell, der Rias-Kammerchor!" laut Elsas Bericht, Thomas Quasthoff als Jesus und Pilatus. Sie schien mich direkt anzusehen: „Bei geschlossenen Augen dachte ich, es wären zwei verschiedene Sänger am Werk." Elsa schüttelte im Nachhinein noch ungläubig den Kopf. Ich erinnerte mich, gelesen zu haben – wo nur? – dass Simon zu seinem Freund gesagt haben soll: „Tommy, du kannst das, du schaffst das!" Und Quasthoff ließ sich offenbar überzeugen, den Dialog zwischen Statthalter und Gottessohn, allein zu gestalten. Dazwischen die äußerst schwierigen Chöre, die Gerechten, die Pharisäer, das Volk „Kreuzige ihn!" „Welches arme Schwein musste den diffizilsten aller Partien bewältigen, den des Evangelisten?", fragte ich Elsa. „Er setzte allem die Krone auf", seufzte Elsa, „Ian Bostridge. Er war unglaublich, unmenschlich gut!" Nur beiläufig erwähnte sie noch, dass Sir Simon die Rezitative nicht dirigierte; das wurde von der vorzüglichen Cembalistin direkt vom Instrument aus erledigt. Ich versuchte mir das vorzustellen und war fast ein wenig neidisch. „Ian Bostridge wird jetzt bei den Festspielen die Winterreise singen", sagte Milena. „Man darf gespannt sein." Roland fragte natürlich nach dem Begleiter, aber Milena wusste es nicht. Das erlebe ich immer wieder: Die Winterreise besteht aus einem Duo, auf immer und ewig, und trotzdem wird nur über den Sänger geredet: Die Winterreise mit Fischer-Dieskau, mit Christoph Pregardien, mit Thomas Quasthoff usw., usw. Keiner redet vom Pianisten. Es heißt nie: Die Dichterliebe mit Gerald Moore, Die Müllerin mit Hubert Giessen, den Liederkreis op. 39 mit Eric Schneider. Ich war keine Ausnahme. Die erste Frage lautet: Wer singt? Die Winterreise, und natürlich nicht nur dieser Zyklus, steht und fällt mit den Emotionen, die der Sänger transformiert. Die Stimme trifft direkt in die Köpfe, in die Ohren und Herzen der Zuhörer, dem Klavier bleibt nur der indirekte Weg. Aber ohne das Instrument ist der Sänger verloren; das sollte ihm wenigstens bewusst sein. Sonst ist er nicht gut beraten oder ein schlechter Musiker.

Ich nahm mir vor, Karten zu besorgen, für Elsa und mich. Nur für sie und mich. In Erinnerung an ihre Winterreise, in Reminiszenz an das Kirchenkonzert, das erst einige Monate zurücklag und doch in einem anderen Leben stattgefunden zu haben schien. Ich sehne mich schmerzlich in jene Zeit zurück, sehne mich nach der Intensität, die gleichermaßen unwiederholbar – mehr noch – undenkbar schien. Es kam mir wie ein ungeheurer Verlust vor, ohne genau sagen zu können, was ich verloren zu haben glaubte.

Ein Krampf im Oberschenkel ließ mich fast meinen Wein verschütten. Ich stand auf und ging nach draußen. Ich glaubte, die Blicke der Gesellschaft in meinem Rücken zu spüren.

Luft. Ich musste an die Luft.

Im Freien lehnte ich mich an die Wand, zündete mir eine Zigarette an und inhalierte gierig. Kalter Schweiß im ganzen Gesicht, am Hals und im Nacken. Ich hasse solche Zustände, ich hasse es aus der Rolle zu fallen, ich hasse es, wenn der Körper sich selbständig machte und ich ohnmächtig danebenstand. Vielleicht sollte ich nochmals den Therapeuten aufsuchen. Immer wieder diese körperlichen Symptome, die aus dem nichts auftauchen und mich überfielen. Ich warf den brennenden Zigarettenstummel weg und zündete mir eine neue an. Rauchen kann tödlich sein – stand auf der Schachtel. Na hoffentlich, dachte ich. Ein Paar kam über die Straße. Er hielt sie im Arm, als wolle er sie nie wieder loslassen. Dann blieb er stehen und begann sie zu küssen, langsam zuerst und dann immer gieriger. Mit seiner rechten Hand betatschte er ihre Brustspitze, während sie sich – mit beiden Händen auf seinen Hinterbacken – an ihn presste. Ich rauchte und sah den beiden zu. Ich will nicht mit ihm tauschen, dachte ich plötzlich. Lieber stehe ich hier und rauche. Am liebsten wäre ich nach Hause gefahren und hätte die ganze Mischpoke zurückgelassen. Natürlich tat ich es nicht. Das wäre aufgefallen und ich wollte nicht auffallen.

Ich ging zurück und sah einen großen dunkelhaarigen Mann mit bartlosen bleichen Gesicht im Spiegel an der gegenüberliegenden Wand. Ich drehte mich um, konnte aber niemanden entdecken; ich erkannte mein eigenes Spiegelbild nicht. Mein Spiegelbild. Einen Augenblick lang war ich überrascht, dass ich eines hatte.

Nur der Uhu schien zu bemerken, dass ich mich wieder an den Tisch setzte. Wieder bedachte er mich mit einem grimmigen Blick. Seine Abneigung war fast mit den Händen zu greifen. Wenn Blicke töten könnten! Doch diesmal gab ich den Blick zurück. Beinahe hätte ich gesagt: Blödmann! Was glotzt du so? Ich habe dir nichts getan und deiner Milena – leider – auch nichts. Vielleicht sollte ich es tun, damit dein Verdacht endlich Nahrung bekommt. Jetzt wandte sie sich mir zu, als habe sie die Blicke gespürt und lächelte, lächelte mir zu; es war viel Mütterlichkeit in ihren Augen. Wollte sie für ihren Mann um Nachsicht bitten? Ich lächelte zurück – keiner hatte dieses Blick-Spektakel mitbekommen und dieses Lächeln schickte ich dem Uhu direkt unter seine buschigen Augenbrauen, da schlug er die Augen nieder. Na also. „Er meint vielleicht, dass Musik erst lebt, wenn sie erlebt wird, also wenn sie verwirklicht wird, gesungen, gespielt, getrommelt oder gepfiffen", sagte Roland gerade. „Sie wird erlebt im Moment der Ausübung, aber sie war vorher schon da in Form von gedruckten, gemalten handgeschriebenen Noten." „Sie ist da, auch wenn wir sie nicht hören", nickte Milena. „Aber sie braucht den Interpreten, der die Noten in Töne umsetzt. Und ein Publikum, für dessen Ohren musiziert wird."

Und ihr Begleiter: „Wir können Noten lesen und hören sie innerlich. Das weiß Masur auch. Seine Aussage trifft auf jede Form der Kunst zu: Sie wird in dem Augenblick lebendig, also aufgenommen, wahrgenommen, wenn sie gehört, gesehen, gelesen wird." „Welche Aussage?" Ich wandte mich an Martin, Milenas Begleiter. „Masur hat in einem Interview gesagt, Musik stehe nicht für sich allein", klärte der mich auf.

Das kam mir irgendwie bekannt vor. Hatte nicht Furtwängler sich ähnlich geäußert? Musik ist nun mal an den gebunden, der sie ausübt. Und an den, der sie hört. So oder ähnlich hatte sich der Dirigent in einem Interview gleich nach dem Zweiten Weltkrieg geäußert. „Sie kann nicht wie die bildende Kunst von sich selber zeugen, und es ist klar, dass vom Darstellenden, dem Sänger, Dirigenten usw. eines dem Hörer bis dahin unbekannten Musikstückes zunächst in hohem Grade abhängt." So Furtwängler in einem Interview.

Ich hatte mir vor Jahren diese Gespräche besorgt, weil sich Furtwängler über die Hörgewohnheiten des Publikums ausließ.

Es ist ein Stück Musikgeschichte, was es da zu lesen gibt. Meinungen eines weltberühmten Dirigenten alter Schule.

Zum Beispiel ist es nicht wahr, dass Bach weniger seelenvoll ist als Puccini. Das hatte ich noch im Kopf. Das fand bei mir ein offenes Ohr. Nur liegt die Seele beim einen obenauf, beim andern gleichsam im Innern. Darum ist sie natürlich beim einen nicht nur leichter zu bemerken, sondern auch leichter wiederzugeben. Eine Fundgrube waren die Gedanken, die Furtwängler von sich gab!

An jenem Abend hatte ich dagegen keine Lust, mich an der Diskussion zu beteiligen, ich wollte nur zuhören. „Kunst kann erst wahrgenommen werden, wenn sie vorher entstanden ist. Sie existierte, bevor wir auf sie stoßen. Kunst entsteht im Moment des Aktes." Das kam von Elsa. „Aber ein Gemälde oder eine Figur stehen für sich, egal ob sie gesehen oder wahrgenommen werden." „Musik kann auch im Moment des Aktes entstehen, beispielsweise bei der Improvisation", sagte Roland in die Runde. „Ich war in einem Konzert der südamerikanischen Pianistin Gabriela Montero, die über Themen oder Melodien aus dem Stegreif improvisiert. Das war sensationell! Ich würde es nicht glauben, wenn ich es nicht mit eigenen Ohren gehört hätte. Ein Zuhörer hat ihr die deutsche Nationalhymne vorgesungen, die sie nicht kannte. Sie hat daraus so etwas wie eine Brahms-Rhapsodie gemacht, praktisch aus dem Ärmel geschüttelt. Wir waren alle mehr oder weniger sprachlos angesichts dieser Kunst der jungen Dame." Martin nickte. Er habe davon gehört, aber noch nie live miterlebt. „Möglicherweise meint Masur auch, dass Musik immer mit Emotionen verbunden ist." Elsa malte Kreise auf die Tischplatte. „Musik weckt Emotionen – immer – von Ablehnung bis Faszination." Sie blickte in die Runde. „Jeder Mensch reagiert auf Musik, und nicht nur Menschen. Ich habe von Versuchen mit Kühen gelesen, die bei Mozart-Musik mehr Milch geben sollen. Sogar Pflanzen reagieren, bewegen sich vom Lautsprecher weg, wenn aus diesem dumpfe peitschende Bässe kommen. Sie mögen Mozart lieber." „Emotionen haben einen ganz praktischen Zweck, biologisch gesehen: Die Liebe dient der Fortpflanzung, die Angst verhilft und ermöglicht uns die Flucht und der Ekel hilft dabei, dass wir uns nicht selber vergiften." „Der Zauber der holden Musik macht die ganze Welt schwach. Die Bösen wer'n gut und die Kranken gesunden besonders bei Mozart und Bach. Georg Kreisler."

Roland kannte sich gut aus. „Es gibt auch noch eine therapeutische Komponente in der Musik." Das war die Frau, die nach dem Konzert im Künstlerzimmer gewartet hatte. Ich kannte sie nicht, aber sie schien mit Milena recht vertraut zu sein. „Musik zu hören vor einer Operation beispielsweise kann den Herzschlag beruhigen und Ängste abbauen. Herzrhythmusstörungen lassen sich anhand von bestimmter Musik behandeln. Durch intensives Zuhören wird der Patient von sich abgelenkt. Sein Herzschlag richtet sich nach dem Rhythmus in der Musik und wird automatisch gleichmäßiger.",,Mein Bruder geht nie ohne seine Musik zum Zahnarzt", warf Roland ein. „Und was hört er während der Behandlung?", wollte die Therapeutin wissen. „Er hört Beethovens fünftes Klavierkonzert, möglichst laut, um die unangenehmen Geräusche zu übertönen.

Ich selbst habe bei einer Operation mit Lokalanästhesie Brahms-Klaviertrios gehört. Die Ärzte waren direkt neidisch, wollten unbedingt mithören. Das schien Musik zu sein, die bei vielen ankommt: romantische Klaviermusik."

Die Therapeutin nickte zustimmend. „Es laufen bei jedem chemische Prozesse ab, die das Wohlbefinden steigern, wenn er von der Musik angesprochen wird. Das trifft aber auf jede Musik zu, nicht nur auf Mozart und Bach und Brahms", sagte sie. „Rock und Pop können den gleichen Effekt haben, beruhigend oder vitalisierend wirken." Sie zuckte mit den Achseln. „Wie man es gewöhnt ist. Mein Zahnarzt z. B. hat in allen seinen Räumen leise harmonisierende Musik mit ruhigen Rhythmen, die weniger Angst, weniger Schmerz suggerieren sollen. Patienten haben ihn darauf angesprochen. Sie sagen überwiegend: Es wirkt.",,Musik ist die elementarste unter den Künsten", meinte Milena, „selbst Babys können sie hören, sie können nicht schreiben, nicht lesen, aber hören und darauf reagieren, schon im Mutterleib, wie man inzwischen weiß. Besonders reagieren sie auf die Stimme, aufs Singen, auf die Schwingungen, die von der Stimme ausgehen. Ist nicht das Ohr in der chinesischen Überlieferung das weibliche Yin, im Gegensatz zum Auge, zum männlichen Yang? Das eine empfangend, das andere aggressiv und aktiv. Unsere Ohren sind geöffnet, noch bevor wir geboren werden. Mit dem Ohr nehmen die Babys Kontakt zur Umwelt auf; zuallererst hören sie den Herzschlag der Mutter. Nach der Geburt reagieren männliche Babys eher auf visuelle Reize, während die weiblichen Babys ihre Umwelt durch das Ohr wahrnehmen. Wenn ich mich recht erinnere, hat man das auch bei jungen Affen und Ratten festgestellt, und das bleibt überwiegend so, auch wenn der Mensch erwachsen ist. Wir suchen alle nach Harmonie und Wohlbefinden, auch Kühe und Pflanzen."

Ich dachte an den Holländer, dessen Paradies sehr wohl mit Musik verknüpft ist – als Schriftsteller. Und ich dachte an Mr. Coetzee, der – so würde ich mal behaupten – ohne Musik – aber vor allem nicht ohne Bach – würde leben wollen. Und ich war überzeugt, Johannes hätte ebenfalls zugestimmt. Er malte, weil er malen musste, weil er sich mit Farben am besten ausdrücken konnte, aber ohne Musik, ohne seinen Schubert wäre er nur ein halber Mensch.

Wann bin ich an meinem Lieblingsgeschäft vorbeigekommen? Den genauen Zeitpunkt kann ich heute nicht mehr bestimmen, ist vielleicht auch nicht von Bedeutung. Es wird wohl Frühsommer gewesen sein, denn als ich wieder auf der Straße war, schien mir die Sonne wärmend auf den Rücken. Dort wird Kunst verkauft in allen Varianten, auch solche, die man kaum dazu rechnen kann. Bisweilen blieb ich vor einem solchen Machwerk stehen und malte mir aus, wem das gefallen könnte. Und meine Fantasie streikte. Johannes stellte dort seine Bilder nicht aus.

An jenem Tag schlenderte ich durch das Geschäft vorbei an einem Regal mit abgelaufenen Kalendern. Ich war schon einen Schritt weiter und hatte doch das untrügliche Gefühl, den Schritt zurückgehen zu müssen. Meine Augen hatten etwas wahrgenommen, was sich erst den Weg ins Gehirn bahnen musste. Ich stoppte, überlegte und ging zurück: An einer Säule mitten im Raum hing ein Kalender mit einem Titelbild von Botticelli: Drei Gestalten in durchsichtige Schleier gehüllt, mehr oder weniger nackt, vereinigt durch die Hände, im Reigen sozusagen, anmutig, leicht. Im Hintergrund ein dunkler Wald, dunkle Stämme, Blumen auf der Wiese, umschmeichelten die nackten Füße. Ich kannte das Bild. Aber das war es nicht, was mich in dem Kalender blättern ließ: Unter dem Botticelli stand das Zauberwort: Uffici. Der Januar – Gennaio – war ein Bildnis von Maria de Medici als Kind. Der Maler stand links unter dem

Portrait: Bronzino. Ich blätterte weiter: Filippo Lippi – *Madonna con Bambino e angeli*. Die Muttergottes mit den Perlen auf der Stirn. Das Bild strahlte eine heilige Ruhe aus. Dann die Geburt der Venus – ich konnte überprüfen, ob mein Traum, an den ich mich nicht mehr erinnern wollte, ob der Traum nach dem Kirchenkonzert dem Botticelli standhielt – *nascita di Venere*, hatte etwa den Bekanntheitsgrad der Mona Lisa – und dann – wieder Bronzino: Elsa. In diesem Augenblick wurde mir bewusst, dass ich darauf und nur darauf gehofft hatte. Als hätte ich mein ganzes Leben darauf gewartet. Ich atmete tief durch und starrte auf das Bild. Bronzino muss sie gekannt haben! Er malte Elsa – 1540. Wie kann das sein? Die Ähnlichkeit war bei diesem Format noch deutlicher erkennbar (und bei diesem Lichteinfall). Der Mund, die Nase, die Stirn, das Kinn. Als hätte Elsa Rivinius Modell gesessen. Die Haare, die Farbe des Haarkranzes von Lucrezia Panciatichi stimmten überein. Die Augen hatten eine unbestimmte Farbe – nicht Elsas Farbe – sie gaben dem Gesicht einen Ausdruck, den ich so bei Elsa nie gesehen hatte. Ein Gemälde hält einen bestimmten Ausdruck fest – aus der Sicht des Malers, aber Elsa war ein lebendiges Wesen mit ständig wechselndem Gesichtsausdruck. Einzig wenn sie auf der Bühne stand, kurz bevor sie anhob zu singen, einen Lidschlag lang sah sie aus wie Lucrezia, sah Lucrezia aus wie Elsa, ein wenig hochmütig, von sich überzeugt, ihre Verletzlichkeit kaschierend, reich an Begabung und sich dessen wohl bewusst und erst dann wirklich fähig und in der Lage Kritik anzunehmen. Ich hatte kaum einen Blick für den zahlreichen Schmuck – Elsa trug nur Ohrringe – um Hals und Taille, sogar im Haar, ich hatte keinen Blick für das aufwendig gemalte Gewand mit all den Schattierungen. Ich hatte nur Augen für Elsa, meine Elsa, die nicht mehr meine war. Aber zu Johannes gehörte sie wohl auch nicht.

Lucrezia hatte einen Gatten, an dessen Namen ich mich nicht erinnere und der hier – zum Glück! – nicht abgebildet war. Ich wollte Elsa allein haben.

Lucrezias Hals sah aus, wie in Porzellan gegossen, makellos, unlebendig. Ich betrachtete Lucrezias Hände und ich dachte an die schmerzhaft verkrampften Finger von Maria Magdalena, rechts neben dem Gekreuzigten.

Der Italiener wollte keine Kreuzigungsszene malen, keine schmerzverzerrten trauernden Frauen, sondern reiche schöne Damen der Oberschicht, des Adels, im besten Kleid mit all dem Schmuck, der ihnen zur Verfügung stand.Ich wurde gebeten, aus dem Weg zu gehen und kam zurück in die Gegenwart. So ähnlich musste Johannes den Anblick des Originals erlebt haben, als er durch die Uffizien ging. Ich würde das Kalenderblatt rahmen und es an einen Platz hängen, der nur für mich einsehbar war. Johannes wusste nichts von meiner Passion, und so sollte es auch bleiben. Zum wiederholten Mal war ich froh darüber, geschwiegen zu haben, damals wie heute.

An der Kasse ließ ich mir den Schatz einpacken vom Besitzer des Geschäfts, das nahm ich jedenfalls an, den ich den Katakomben-Römer nannte. Er sah so aus, als habe er die letzten Jahre in römischen Katakomben verbracht: bleich (vielleicht eine Pigmentstörung?) ausgemergelt, leblos und langsam in seinen Bewegungen, als lebe er in einer anderen zeitlichen Dimension, als sei er nie in der heutigen Zeit angekommen. So kannte ich ihn seit Jahren. Er glich einem Toten mehr denn einem Lebenden, und immer, wenn ich ihm begegnete, im Geschäft oder auf der Straße, fragte ich mich, wie es dazu kommen konnte, um ihn gleich darauf wieder zu vergessen.

Manchmal ging ich nur am Laden vorbei, um zu sehen, ob noch alles beim Alten war. Er wirkte dermaßen deplatziert zwischen all den bunten Bildern, dass es jedem ins Auge springen musste. Es schien aber keinem aufzufallen. Langsam, wie in Zeitlupe, packte er mir den Kalender ein, tippte den Betrag in seine Kasse, ohne ein Wort, ohne mich anzusehen nahm er das Geld, das ich ihm hinlegte, reichte mir die Tüte mit dem Kalender und dem Kassenbon und ich verließ den Laden. Leicht war mir und warm unter dem Arm. Nun hatte ich auch ein Bild von ihr. Ich fragte mich, wie oft Johannes schon an dem Originalgemälde in Florenz vorbeigekommen war, Lucrezia gesehen, aber nicht wahrgenommen hatte. Sein Auge war auf das Bild getroffen, und er hatte sie nicht erkannt, natürlich nicht. Im letzten Winter waren die Umstände anders gewesen, und Johannes enthob damit das Gemälde von Bronzino der Anonymität.

Kurz darauf – es können wenige Tage oder Wochen gewesen sein – sah ich ihn wieder, den Katakomben-Römer, in einer filmreifen Szene. Es war einer jener Tage, vielleicht Anfang Juni oder schon Juli. Der Himmel war blau und die Sonne schien und wurde sehnsüchtig erwartet nach einer langen Regenperiode. Es war ein Tag, den man genoss, den selbst ich genießen konnte. Der Himmel war unglaublich blau, man hatte schon vergessen, wie blau er sein konnte. Die Temperaturen stiegen und mit ihnen die Anteile nackter weiblicher Haut. Alle möglichen Körperteile wurden der Sonne dargeboten: Dekolletés, Bäuche, Hälse, Knie, Schenkel. Für beobachtende Ästheten nicht immer ein Genuss. Ich saß in meinem Lieblingscafé, trank einen Espresso Doppio und rauchte eine Zigarette, ganz von mir abgelenkt, ein angenehmer Zustand.

Ich sah Vögel im unendlichen Blau, die schwarzen Silhouetten irgendwelcher Vögel, die sich von der Thermik tragen ließen, weit, weit oben, so weit, dass ich mir nicht sicher war, ob sie die Flügel bewegen. Aber mir gefiel der Gedanke – und er passte auch zu diesem Tag –, dass sie sich bewegungslos vom Wind tragen ließen.

Da kam er, mein Katakomben-Römer, eingepackt bis unter die Nasenspitze, mit Schal, Wintermantel, sogar Handschuhe, wenn ich mich recht erinnere, sonst habe ich die dazu ergänzt, und schwarzem Hut. Es gibt diesen Witz von Sempé – wortlos, das sind die besten: Begegnen sich zwei Männer, der eine im Pelzmantel, der andere in der Badehose. Beide sind völlig perplex, als sie den anderen sehen. Der fiel mir ein, als ich ihn kommen sah.

Aber das Auffälligste an ihm waren seine Körperhaltung und seine Bewegungen. Auf ihn würde der Begriff slow-man passen, dachte ich: Er ging sehr langsam, als müsse er bei jedem Schritt überlegen, welcher Fuß an der Reihe war, den Kopf hängend, die Schultern gebeugt, als habe er die Last der Welt zu tragen. Totenbleich nahm er nichts und niemanden wahr. Er wirkte hier ebenso fehl am Platz wie in seinem Geschäft. Wie fühlt sich jemand, der immer wie ein Fremdkörper wirkt? Wie ein Wesen aus einer anderen Welt? Ich dachte an Glenn Gould, der auch das ganze Jahr im Wintermantel herumspaziert ist und mit dem er am liebsten auf die Bühne gekommen wäre samt seinem dreibeinigen Küchenstuhl. Ich glaube, auf seine Zeitgenossen wirkte G. G. auch wie ein Sonderling, was diesen kaum gestört haben dürfte und hatte doch, oder gerade deshalb, diese geniale Begabung.

Was also kann mein Katakomben-Römer, welche Fähigkeiten hatte er, von denen ich nichts wusste? G. G.s Bewegungen waren keinesfalls zeitlupenmäßig, schon gar nicht, wenn er Klavier spielte. Ich dachte an seine Goldberg-Variationen, die schon längst kein Geheimtipp mehr waren, die inzwischen jeder hatte, der auf der Suche nach der bestmöglichen Interpretation gewesen war. Möglicherweise war er gar nicht so deplatziert, mein Katakomben-Römer, möglicherweise waren wir nicht in seine Welt gehörend. Möglicherweise waren wir die Fremdkörper. Wie war seine Welt? In der Sonne sitzend, die Beine lange ausgestreckt, rauchend vor einer dampfenden Tasse Kaffee versuchte ich mir vorzustellen, wie er lebte. War seine Wohnung ebenso farblos, leblos? Er saß ja praktisch an der Quelle, hatte die freie Auswahl, was Kunst betraf. Vielleicht hatte er weiße Wände und schwarze Möbel, Bilder in schwarz-weiß, oder hatte er keine Bilder? Fotos? Portraits? Lebte er allein? Als Familienvater konnte ich ihn mir nicht vorstellen, beim Sex ebenfalls nicht. G. G. konnte ich mir allerdings beim Sex auch nicht vorstellen. All das schien nur mir aufzufallen. Er setzte meine Fantasie in Gang. Die anderen nahmen ihn nicht wahr, übersahen ihn, sie sahen durch ihn hindurch, und ich glaube, das war ihm nur recht, meinem Katakomben-Römer. Selbst wenn alle, die im Moment über den Platz flanierten, gleich angezogen wären wie er – ich hätte ihn an seiner speziellen Körperhaltung erkannt. Jeder hat einen ganz eigenen Bewegungsablauf, der ihn auszeichnet und so typisch ist wie ein Fingerabdruck oder der Klang einer Stimme: Er schlich, schlurfte, die Augen auf den Boden geheftet. Jeder Schritt schien ihm schwer zu fallen. Mit jedem Schritt schien er um Vergebung zu bitten, für seine

Existenz, die ihm zuwider war, für den Raum, den er einnahm. Seine Erscheinung glich am ehesten einem orthodoxen Juden, es fehlten die Ringellocken rechts und links der Ohren. Diese Würde strahlte er für mich aus, trotz seiner Bemühung, unsichtbar zu sein.

Heute an diesem wunderschönen sonnigen Tag fragte ich mich, wie sein Leben wohl verlaufen war. Hatte es einmal einen lebhaften Jungen gegeben voller Tatendrang und Plänen, mit Träumen und Hoffnungen? Wann waren die auf der Strecke geblieben? Der Atlas trägt die Welt auf seinem Rücken: „Ich unglückseliger Atlas! Eine Welt, die ganze Welt der Schmerzen muss ich tragen. Ich trage unerträgliches und brechen will mir das Herz im Leibe. Du stolzes Herz, du hast es ja gewollt. Du wolltest glücklich sein, unendlich glücklich, oder unendlich elend, stolzes Herz, und jetzt bist du elend."

Zum damaligen Zeitpunkt hing der Kalender mit Gemälden aus den Uffizien vermutlich auch schon in seinem Laden, denn das aktuelle Jahr war abgelaufen: Es war sozusagen ein antiquarischer Kalender. Vielleicht habe ich ihn damals gesehen und ebenso wenig wahrgenommen, wie Johannes das Gemälde in den Uffizien: Damals kannte ich Elsa noch nicht. Damals war sie noch nicht an unserer Hochschule. Damals hatte ich keine Ahnung, was eine einzelne Frau anrichten kann, bei mir und bei Johannes, der lange gebraucht hatte, um Abstand zu dieser Geschichte zu gewinnen, der endlich wieder eine Reise nach Frankreich gemacht hatte, der darauf gewartet hatte, dass Elsa auf ihn zukommen würde, der von sich behauptet hatte, er würde sie immer lieben. So klang es mir noch in den Ohren. Er musste zu diesem Zeitpunkt die Karten für die Winterreise während der Festspiele bereits gekauft haben, und ich hatte keine Ahnung. Ich war arglos, gänzlich ohne Hintergedanken. Johannes, der überraschend auf dem Handy anrief. Überraschend deshalb, weil ich ihn immer noch in Frankreich vermutete. Es hätte mich interessiert, wie er meinen Katakomben-Römer empfand, aber er würde ihn nicht mehr antreffen, denn bis Johannes hier auftauchte, hatte auch mein Katakomben-Römer seinen Weg bewältigt. Vielleicht existierte der ja nur in meiner Fantasie?

Ich fühlte mich an diesem wunderschönen Tag so richtig wohl, das eine Bein im rechten Winkel über das andere gelegt, die Augen hinter der Sonnenbrille verborgen, wusste ich um meine Attraktivität, fühlte ich mich der Welt gewachsen. Nichts konnte mich erschüttern. Dazu trug auch mein Katakomben-Römer bei, der jedermanns Last zu tragen schien, auch meine, für heute, für diesen Moment. Die Idee faszinierte mich.

Johannes kam mit dem Fahrrad an diesem strahlenden Tag, und ich hatte den direkten Vergleich: Bei ihm war alles in Bewegung, wenn er ging: Der Kopf mit dem dunklen Haarkranz schwebte zwischen seinen Schultern wie eine Boje auf der Wasseroberfläche. Sein seelischer Zustand hatte viel mit seiner Kopfhaltung zu tun: Ich hatte ihn auch schon hängend erlebt. Damals, vor und nach der Winterreise zum Beispiel. Die Beine bewegten sich mit großen ausholenden Schritten vorwärts, als ginge es ihnen zu langsam. Mit den Armen ruderte er um den mageren Körper (ich glaube, er vergaß manchmal zu essen, weil es einfach Wichtigeres für ihn gab). Mit einem Blick erfasste ich seinen Zustand und merkte, wie gern ich ihn hatte und wie ich mich freute, ihn zu sehen. Ich erhob mich, um ihn zu umarmen. Wenn wir uns länger nicht gesehen hatten, umarmten wir uns. Das war so üblich. Heute fiel diese Umarmung von meiner Seite besonders herzlich aus. Ich sah uns dabei zu, wie wir uns auf den Rücken klopften. Als wäre dieser der Hals eines Pferdes.

Männer distanzieren sich stets von den Schwulen, die Umarmung darf nicht zu zärtlich ausfallen. Nirgends darf eine erotische Neigung zu spüren sein. Ich habe das oft genug bei anderen beobachtet, und wir waren keine Ausnahme. Zärtlicher oder gar sexueller Kontakt zu einem Mann waren für mich absolut undenkbar – im wörtlichen Sinne. Sollte ich mir eine solche Situation vorstellen, blockte mein Gehirn ab.

Möglicherweise ging es Johannes ebenso und deshalb wurde der Rücken des Freundes zum Pferdehals. Seine Freude mich zu sehen war unverkennbar und tat mir gut. Sein magerer Körper erleichterte den spärlichen körperlichen Kontakt. Die Vorstellung, einen fetten Körper zu umarmen, erweckte Ekel in mir.

Obwohl er nur zwei Jahre jünger war als ich, war er für mich wie ein kleiner Bruder. Vielleicht waren wir in einem früheren Leben Brüder gewesen. Wer kann das sagen? Seine manchmal unkontrollierten – oder besser lockeren – Bewegungen machten ihn jünger als er war. In mir weckte er dadurch Beschützerinstinkte. Was möglicherweise bei den Frauen, mit denen er zu tun hatte, auf die gleiche Weise ankam. Aber Frauen gingen anders mit solchen Instinkten um und schlugen ihn dann in die Flucht.

Elsa hatte ihn nicht in die Flucht geschlagen. Ganz im Gegenteil: Elsa war selbst geflohen.

Nun lauschte ich seinen Schilderungen vom Rodin-Museum, sah, wie er die Claudel-Figuren in die Luft baute. Er berichtete von Giverny, wo alles in Blüte stand. Er hatte Skizzen dabei von der geschwungenen Brücke, den Trauerweiden mit über dem Wasser hängenden Zweigen, den angelegten Beeten. Ich lauschte meinem Freund und hatte den Katakomben-Römer alsbald vergessen. Wie immer. Er hätte auch in Johannes' schwelgerischen französischen Reisebeschreibungen einen Fremdkörper abgegeben.

Wir waren in der Winterreise bei den Festspielen mit Ian Bostridge und dem Pianisten Wolfram Rieger. Wir – das heißt Johannes, Elsa und ich. Wie erwähnt, hatte Johannes Karten besorgt, noch bevor Milena von dem Konzert berichtete.

Es fiel mir sehr schwer, mich auf die Musik zu konzentrieren. Ich hatte dauernd dieses Bild vor Augen: Johannes und Elsa kamen Hand in Hand auf mich zu und ich hatte keine Ahnung, wurde völlig überrumpelt.

Johannes strahlte vor Glück, Elsa sah mich an, mit einem abweisenden Gesicht, wie mir schien, als sei ich ein Fremder. Als sie mir die Hand reichte zur Begrüßung – wir waren immer noch per Sie – sagte sie: „Ich soll Ihnen Grüße von meiner Schwester bestellen." Nur diesen einen Satz.

Ich lächelte leicht und dankte für die schwesterlichen Grüße. Alles Mögliche ging mir durch den Kopf. Natürlich. Wie nah waren sich die beiden Schwestern? Wie nah können sich Geschwister kommen? Hätte ich Isabel von meiner sexuellen Obsession erzählt? Möglicherweise. Hätte sie mir etwas Entsprechendes aus ihrem Leben erzählt? Keine Ahnung. Vielleicht. Hannah mit h. Ich sah sie vor mir, ich sah Elsa vor mir, die sich bei Johannes eingehängt hatte. Sie wirkten wie ein altes Ehepaar.

Eigentlich kam ich mir reichlich überflüssig vor. Dieses Gefühl, ausgegrenzt zu sein, war mir bestens bekannt, passierte mir gerade in Elsas Gegenwart häufig, aber Johannes war ahnungslos. Warum waren die beiden nicht allein gegangen? Was sollte ich hier – mit den beiden? Ich wollte kein fünftes Rad am Wagen sein, ein Zustand, dem ich auswich, den jeder mied, wenn es irgendwie ging.

Ich dachte an Hannah und sah Elsa, die Gesichter schoben sich übereinander, die Ähnlichkeit in Nase-, Mund-, und Augenpartie machte gleichzeitig die Unterschiede deutlich – immer mehr, je länger ich sie ansah. In diesem Moment sehnte ich mich nach Hannah, nach der unkomplizierten, explosiven, erotischen kleinen Hannah, aber vor mir stand Elsa, Arm in Arm mit meinem Freund. Ich konnte ihren Blick, den ich nicht deuten wollte und konnte, nicht aushalten und wandte mich ab. Ich ging ein paar Schritte – keiner sollte mir meine Gedanken vom Gesicht ablesen können. Johannes, der sensible Johannes, der sonst zuerst die Flöhe husten hörte, bekam von alldem nichts mit: Er war im Glück, er leuchtete vor Glück, sein ganzer Körper schien bereit zum Glück, noch mehr, schien mir, als damals zur Zeit von Schuberts letzter Sonate.

Damals war er noch unsicher, konnte sein Glück kaum fassen, traute ihm, sich und ihr nicht über den Weg. Heute war er angekommen.

Und Elsa? Großes Fragezeichen. Ich hätte es nicht sagen können. Es waren wohl noch mehr Empfindungen in ihrem Gesicht – außer Glück. Hätte ich vermutet, aber ich wusste es nicht. Sie wirkte mir gegenüber irgendwie unsicher, verletzt. Ja, ich traute meiner Wahrnehmung nicht, aber sie schien verletzt.

Und heute Abend wieder Schubert. Ob Johannes viel mitbekommen hat – in seinem Zustand?

Ian Bostridge war sicher ein guter Sänger, mit phänomenaler Aussprache bei diesem schwierigen Text – meine Ohren nahmen dies wahr, auch wenn das Herz nicht beteiligt war – aber er berührte mich nicht. Und von der Kategorie gibt es viele Konzerte.

Ich saß zwischen all den Menschen und hing meinen Gedanken nach. Nur am Rande bekam ich mit, dass die beiden Männer auf dem Podium weit extremere, fast ein bisschen exaltiertere Tempi hatten, als Elsa und ihr Begleiter im Januar. Ich sehnte mich zurück nach der Erschütterung von damals. Heute Abend war daran überhaupt nicht zu denken. Die Zuhörer fanden es fantastisch – nach dem Applaus zu urteilen, der frenetisch ausfiel, wohl ahnend, dass es nach der Winterreise keine Zugaben gibt. Wie hätte diese Musik auf mich gewirkt, hätte Hannah neben mir gesessen? Wir hätten den Abend nicht hier in diesem Barocksaal, sondern vermutlich im Bett verbracht, dachte ich und schloss die Augen. Die Vorstellung, die Fantasie, die Erinnerung, was auch immer, rettete mich. Das wäre mit Sicherheit die bessere Alternative gewesen. In diesem Moment sah Elsa zu mir her, wieder mit diesem seltsamen Ausdruck in den Augen. Ich schlug die Beine übereinander und drehte mich weg.

Später saßen wir in einem griechischen Lokal auf der Straße, aßen Oliven, Schafskäse, eingewickelte Weinblätter und tranken roten Athos. Darin waren wir uns einig. Elsa fand die Aufführung interessant; einiges habe ihr sehr gut gefallen, sagte sie. Zum Beispiel der *Wegweiser*. Das Decrescendo am Ende des Liedes konnte er wundervoll durchhalten, meinte sie. Johannes stimmte zu, ich sagte nichts – wie die *Krähe*, das Aufbrechen der Emotionen, meinte sie. Johannes stimmte zu, ich sagte nichts. Das Erste fand sie zu langsam, die *Wetterfahne* und den *Lindenbaum* zu schnell. Ich hörte nicht mehr zu. Ich beobachtete die zwei und fragte mich, seit wann eine Änderung eingetreten war. Sie sahen wirklich wie ein altes Ehepaar aus. Das war nicht schmeichelhaft. Was hatte ich erwartet? Erotische Spielchen? Zärtlichkeiten? Geknutsche? Nichts von alledem. Das haben sie mir erspart, denke ich heute in Erinnerung an diesen unsäglichen Abend nach der Winterreise bei den Festspielen. Ein richtiges Gespräch kam auch nicht zustande, bis Elsa von ihrem bevorstehenden Konzertexamen sprach und dass sie mit einem musikalischen Gipfelsturm beginnen wolle. Ich sah Johannes an, der wissend vor sich hinlächelte. Sie hatte also bereits mit ihm gesprochen. „Ich werde den Abend mit der Arie aus der Johannespassion beginnen", sagte sie und sah mich an. Was wollte sie von mir? Dass ich ihre Pläne absegne? Den Gefallen würde ich ihr tun. „Gut!", sagte ich. „Und danach?" „Danach die Arie des Orpheus." Wieder sah sie mich an. Was wollte sie mir eigentlich sagen?

Ja, ich erinnerte mich an den Orpheus-Abend bei ihr. Ich erinnerte mich sehr gut. Zweifelte sie daran? Aha, dachte ich, die berühmte C-Dur-Arie. Wie viele Gipfel kommen noch? Ich zog die Augenbrauen hoch und fixierte sie. „Und?" „Aus dem Freischütz." Natürlich Agathe und nicht Ännchen. Dazu würde ihre Stimme nicht passen. Als Agathe konnte ich sie mir gut vorstellen. „Abschließen werde ich den ersten Teil vor der Pause mit dem Waffenschmied, die Marie: Wir armen, armen Mädchen …" Sind gar so übel dran, ergänzte ich. Zumindest unter Kennern war das ein geflügeltes Wort. Ich wollt, ich wär kein Mädchen, ich wollt, ich wär ein Mann. Ein Mann kann tun, was er will, da schweigt der böse Leumund still. Sie wollte wohl den humorigen Aspekt unterbringen. Den zu spielen, traute ich ihr ohne weiteres zu. „Und im zweiten Teil dann die Lieder?", wollte ich wissen. Sie nickte. Strauss und Wolf.

Nach den Liedern brauchte ich nicht zu fragen, denn es stellte sich heraus, dass wir alle schon gehört hatten an jenem Abend, als Johannes sich verliebte und ich mir meiner Gefühle so sicher war. Hätte ich damals eine Ahnung davon haben können, wie sich die Lage entwickelt? Hätte ich? Ich fragte mich das ernsthaft an jenem Abend, als wir zu dritt auf der Straße saßen. Das war vor acht Monaten gewesen; es kam mir viel länger vor. „Der Feuerreiter fällt weg", meinte Elsa gerade. „Dieses Werk ist einfach eine Herausforderung, die wir uns an dem Abend ersparen."

Eine Herausforderung, ja, das war es wohl, sowohl für Sänger als auch vor allem für den Pianisten, und an Herausforderungen hatten die beiden mehr als genug. Ich ging stillschweigend davon aus, dass Roland wieder als ihr Begleiter fungierte. Und Elsa machte keine Anstalten, das Schweigen zu brechen. Die Luft zwischen uns war bleiern schwer. Ich rauchte eine Zigarette nach der anderen, trank meinen Wein und wünschte mich weit weg. Die beiden taten es, verschwanden in Elsas Wagen. Das wars.

Ich blieb, war zu müde, um mich zu bewegen, zu kraftlos für irgendeine Art von Aktivität. Selbst heute noch, nach so vielen Jahren, spüre ich diese Mattigkeit, während ich darüberschreibe, sehe mich dasitzen, beim Griechen, den es längst nicht mehr gibt (vielleicht ist er zurück in seine Heimat?), den Rauch in den Abendhimmel blasen und spüre diese ungeheure Erschöpfung.

Was hatten wir eben gehört? „Ach, daß die Luft so ruhig! Ach, daß die Welt so licht! Als noch die Stürme tobten, war ich so elend nicht." Mehr gab es nicht zu sagen, es steht alles in diesem Zyklus. Punkt.

Ich ließ mir die Rechnung bringen, zahlte und ging. Es war Zeit für das Ende der Zeit. Es war mal wieder Zeit für das Ende der Zeit.

Bei Messiaen ist es ähnlich wie mit Bach: Seine Religiosität steht im Vordergrund und das hätte mich vielleicht zurückgehalten, mich mit seiner Musik näher zu befassen. Eine Spur hatte er aber schon hinterlassen nach Isabels Tod. Inzwischen gehörte dieses Quartett auch zu meinem Leben.

Wirbel von Regenbögen für den Engel, der das Ende der Zeit verkündet. So die Überschrift des Komponisten für den siebten Satz. Und weiter:

Der mächtige Engel erscheint und mit ihm über allem der Regenbogen, der ihn einhüllt. Der Regenbogen: als Symbol des Friedens, der Weisheit und aller Schwingungen von Licht und Klang. „In meinen Träumen höre und sehe ich geordnete Akkorde und Melodien, bekannte Farben und Formen; dann, nach diesem Durchgangsstadium, gehe ich über ins Irreale und erlebe in Ekstase ein schwindelerregendes Ineinanderdringen übermenschlicher Töne und Farben. Diese Feuerschwerter, diese Flüsse blau-orangefarbener Lava, diese plötzlich aufleuchtenden

Sterne: Dies sind die Wirbel, dies sind die Regenbögen!" Zitat des Komponisten.

Ich höre das vorletzte der acht Stücke und denke an diese Worte.

Wenn ich Musik höre, sehe ich entsprechende Farben, sagt Messiaen, sagt der Komponist im Vorwort zu seiner Partitur.

Ich begann Farben zu sehen. Beim achten Satz erging es mir noch oft so: orange, blau, silbern.

Dieser allein symbolisiert für mich das Ende der Zeit. Aus einem einzigen Grund: Weil es Musik außerhalb der Zeit ist. Auch und vor allem an diesem Abend und in dieser Stimmung. Wie kann man ohne eindeutige Tonart und mit nur zwei Instrumenten eine solche Atmosphäre erzeugen, eine Stimmung der Unendlichkeit und der Endlichkeit zugleich? Gleißendes Licht, Unbegrenztheit, Loslösung von jeder Körperlichkeit, von Leid – Schmerz, Qual – Ungerechtigkeit, Folter – Tod. Was bei Berlioz noch in den Füssen der Pilger liegt und bei Schubert bei der Gestalt des Leiermanns endet, verklingt bei Messiaen im Universum. Oder wie sollte man das letzte Stück sonst verstehen? Das Ende der Zeit, das Ende der Welt. Ein Kriegsgefangenenlager war für ihn das Ende der Zeit, im Januar 1941.

Im dritten Stück das Solo für die Klarinette – *Abgrund der Vögel*. Der Abgrund, das ist die Zeit mit ihrer Traurigkeit und Müdigkeit. Die Vögel sind der Widerpart der Zeit, sie sind unsere Sehnsucht nach Licht, nach den Sternen, nach Regenbögen und Jubelgesang. Töne, die aus dem Nichts kommen; man hört keinen Atem, so wenig wie bei den Vögeln. Septen, Quarten, Tritoni, die „unharmonischsten" Intervalle.

Ein wunderbares Cello-Solo mit Klavierbegleitung an fünfter Stelle. Das Klavier verstärkt und unterstreicht die Kantilene des Streichinstruments, was wirklich Legato spielen kann im Gegensatz zum Klavier. Dort gibt es nur das Pedal. Eigentlich könnte das Werk hier zu Ende sein, wenn man es nicht kennt und nicht weiß, was noch kommt. Auch für einen Atheisten wie mich ist es bemerkenswert, wie Messiaen sich die Gestalt des Gottessohnes vorstellt – in Tönen.

Danach der Boden der Realität – ein Stück in unisono für alle Instrumente, wohltuend habhaft, greifbar, menschlich. Tanz der Wut für die sieben Trompeten. Fast begann ich wieder, mit der Faust an die Wand zu schlagen. Die Wut war immer noch spürbar, aber sie nahm nicht mehr Besitz von mir, und heute Abend hatte ich keine Kraft mehr zu Wutausbrüchen. Gemeinsamer Spaziergang. Alle sind sich einig, auch wenn sie durcheinander zu reden scheinen.Und noch einmal – das letzte Stück, das ich damals nach Isabels Tod nicht ertragen konnte und das Messiaen überschreibt: *Lob auf die Unsterblichkeit Jesu*. Ich konnte mit diesem Titel nichts anfangen, damals nicht und heute nicht. Ja, ich sehe Farben, ich sehe Regenbögen, aber jetzt, bei dieser Musik, kann ich mir das Universum vorstellen. Das Leben könnte hier zu Ende sein.

Heute Abend war mir sehr danach, ich wünschte mich davon zu machen – die Welt hatte sich aufgelöst, der Himmel war offen und der Weg zum Universum frei. Es kommen Akkorde mit eindeutig harmonischer Aussage vor, die sich aber zum Glück nicht lange halten.

Messiaen eröffnet mir mit diesem Werk eine Dimension, die mir bisher verschlossen war.

Jetzt war der richtige Zeitpunkt für das und am Ende der Zeit, in diesem Moment, an diesem Abend, nach der Winterreise. Alles kam zusammen, alles traf sich. Die Vermutung liegt nahe, dass es Messiaen 1941 ähnlich ergangen sein muss. Wer weiß, welche Musik mir noch begegnen wird in meinem Leben, von der ich bislang noch nichts weiß, die für mich bedeutsam werden kann, vielleicht nicht heute, dann morgen oder nächstes Jahr. Diese hier entstand vor meiner Zeit, das Trio 1978 entstand während meiner Zeit. Und plötzlich hatte ich die Parallele gut hundert Jahre früher, 1822, in Beethovens letzter Klaviersonate – eigentlich in C-Moll, die sich gegen Ende nach C-Dur auflöst. Die Sonate hat nur zwei Sätze, zwei sehr gegensätzliche Sätze. Der erste zupackend, wild, aufbegehrend, und im zweiten geschieht ein Wunder: Ein schlichtes liedhaftes Thema wird variiert – eine Variation weist schon auf den Jazz hin und dann – öffnet sich der Himmel. Oder das Universum.

Das klingt bildhaft, malerisch, unglaubhaft und wird von der Wirklichkeit in Tönen übertroffen. Wenn Gerald Moore schreibt, dass das letzte Lied der Winterreise so nicht zu erwarten war, dass kein Mensch den Leiermann erahnen konnte, so würde ich Beethovens op. 111 ohne zu zögern gleichsetzen. Ich empfinde den zweiten Satz als Vermächtnis, ein intimes Vermächtnis an die Nachwelt, an uns, an mich. Wer hören kann, der höre.

Möglicherweise war C–Dur für Beethoven die Tonart für den Regenbogen, Messiaens Regenbogen und die Tonart für das Ende seiner Zeit. Hätte Messiaen diese hundert Jahre früher gelebt, wäre also auch er ein Vertreter der Tonalität gewesen, vielleicht – ja vielleicht hätte sein Quartett ebenfalls in C-Dur geendet?

Die Autorin

Eva Maria Hehl, geboren 1951 in Ludwigsburg, wohnhaft in Lauffen, studierte Lehramt an der Pädagogischen Hochschule in Karlsruhe, Klavier an der Musikhochschule in Karlsruhe sowie Liedbegleitung in Köln. Nach ihrem Studium gab sie Klavierunterricht, nahm als Klavierbegleiterin an vielen Wettbewerben teil und gab unzählige Konzerte. Bereits mit dreizehn Jahren führte sie Tagebuch und verfasste Geschichten und Märchen. Zu ihren bisherigen Veröffentlichungen zählen „Ansichten eines Siamesen", erschienen im Berliner Frieling Verlag, und zwei Kurzgeschichten im R. G. Fischer Verlag, Frankfurt. Musik, die sie selbst als ihre erste Liebe bezeichnet, ist für Hehl stets von existenzieller Bedeutung gewesen. Das Hören von Musik, verstanden als zutiefst intime Erfahrung, ist auch das Thema ihres jüngsten Romans mit dem Titel „Die Frau mit den Lilith-Haaren".

DER VERLAG

VINDOBONA
VERLAG SEIT 1946

ein Verlag mit Geschichte

Bereits seit 1946 steht der Vindobona Verlag im Dienst seiner Bücher und Autoren. Ursprünglich im Bereich periodisch erscheinender Journale tätig, präsentiert sich der Verlag heute als kompetenter Partner für Neuautoren am deutschen, österreichischen und schweizerischen Buchmarkt. Engagement, Verlässlichkeit und Sachverstand – das sind die Grundpfeiler, auf denen der Verlag seit jeher sicher steht.

Sie möchten mit Ihrem Werk das vielseitige Verlagsprogramm bereichern? Der Vindobona Verlag garantiert Ihnen eine professionelle Prüfung Ihres Manuskriptes durch das Lektorat sowie eine zeitnahe Rückmeldung.

Genauere Informationen zum Verlag
finden Sie im Internet unter:

www.vindobonaverlag.com